黒猫の黄金、狐の夜

Kiyo Date

伊達きよ

Ruby collection

Contents

kuro
クロ
幼少期にコガネに助けられ、「クロ」と名付けられる。
容姿端麗で賢い青年へと成長する。

登場人物紹介

character

コガネ
狐獣人。
父親の犯した罪のせいで身を削って働いている。
養い子のクロを何よりも大切に思う。
kogane

スオウ
蛇獣人の医師。コガネにある取引を持ちかける。

狼獣人。クロの学友。卒業後は警察官僚となった。
チトセ

領主一族に連なる貴族。クロの叔父。十年以上、行方不明だったクロを探し続けていた。
ロウ

Black Cat's Golden,

Night of The Fox

黒猫の黄金、狐の夜

序章

あるところに狐《きつね》がいました。まだ小さな小狐です。

物心ついた頃から小狐の側《そば》にいたのは父だけで、他に家族と呼べる人はいませんでした。

父が教えてくれたところによると、足を滑らせて川に落ちた幼い小狐を助けるために小狐の母もまた冷たい川に飛び込み、それが原因で風邪をこじらせて死んでしまったそうです。

小狐は何度も何度もその話を父から聞かされましたので、母が自分のために亡くなってしまったことをよく知っていました。しかし、母に助けられたその時のことは幼すぎて覚えていません。母を思って泣こうにも、その顔すら朧《おぼろ》なのでどうしようもないのです。ただ、その話をするたびにどこか恨みがましい目で自分を見る父の、その仄暗《ほのぐら》い目が恐ろしい、と思っていました。

父は母のことを心から愛していたらしく、狐の子はことあるごとに「どうしてあの人が死んでしまったんだろうな」「どうしてお前だけ生きているんだろうな」と言われました。本当に不思議そうな声で問われるので、狐の子もまた「どうしてだろう」と首を傾《かし》げました。

もしも自分ではなく母が生きていたなら、きっと父はもっと笑顔で過ごせたのでしょう。父の暗い目はまるで夜の森のようでした。その目を見つめると、小狐は暗いその森で迷子になったような気持ちになります。

もしかしたら、父もその森をぐるぐる彷徨《さまよ》っているのかもしれません。小狐は、もし父が迷子になっているのならば見つけてあげたい、と思っていました。

父にもっと笑って欲しい。それは、小狐の切なる願いでした。

小狐が八つになる前、二人は小さな村に移り住みました。

初めは他所者《よそもの》である父子を警戒していた村人でしたが、困りごとになんでも手を貸す父狐に次第に心を許していきました。父が笑顔でいるのを見て、小狐もまた笑顔になりました。怖い顔をしている父より、笑顔の父の方が好きだったからです。ようやく笑顔の父をたくさん見ることができて、狐の胸は幸せに膨らみました。村人は優しく、父も優しく、小狐は「自分たちはようやく暗い森を抜け出したのだ」と思っていました。

一年が過ぎた頃、父は村人からお金を預かるようになりました。難しいことは小狐にはわかりませんでしたが、どうやらそのお金で金儲《かねもう》けをして、儲けた分を村人に渡しているようでした。村人は大いに喜んでいましたし、父も喜んでいる様子でした。

父は村人からお金を集めて集めて、たくさん集めて……。そしてある日、忽然《こつぜん》と姿を消しました。

本当に煙のように消えてしまったので、最初はみんなどうしたのかと心配しました。事故にでも遭ったのではないか、悪い奴《やつ》に襲われたのではないか、と。けれどすぐにそれが違うことがわかりました。父は、村人のお金だけでなく、ありとあらゆる金品を盗んでいたからです。狐の父は「親切な人」から「悪辣《あくらつ》な泥棒」になってしまいました。

村人は、残された小狐を執拗《しつよう》に責めました。

「お前の父親はどこに行ったんだい」

「俺たちの金を返せ、この盗人」

「まったく、とんでもない父親だね。あんたも悪さの手伝いをしていたんだろう」

そんなことを言われても、小狐は耳と尻尾《しっぽ》を震わすことしかできませんでした。なにしろ小狐は何もわからなかったからです。父がどこに消えたのかも、何故《なぜ》そんなことをしたのかも、何も、何もわからないのです。

ほんの数日前まで優しかった村人たちが冷たく尖《とが》った言葉をぶつけてくるので、小狐はとても悲しくなりました。けれど、自分の父が彼らに何か「わるいこと」をしたというのはなんとなく理解していたので、黙っていました。

そう、父は「わるいこと」をした上、小狐が針のむしろになるであろうことをわかっていながら、姿を消してしまったのです。小狐は暗い森に置き去りにされたような気持ちになりました。一度抜け出したと思った森は、ざわざわと木を揺らし、小狐を覆いました。真っ暗な闇の中、小狐はひとりぼっちです。


これからどうしようか、と小狐は途方に暮れました。まだ十にも満たない年齢。住む場所も親もなく、たった一人生きていくのはとても難しいことです。

行くところもなく、小狐は村外れにある荒屋に住み続けることにしました。村人はいい顔はしませんでしたが、面と向かって「出て行け」とは言いませんでした。出て行けば小狐がすぐに死ぬことは誰だってわかります。憎き男の息子でも、子どもを見殺しにするのは寝覚めが悪かったのでしょう。

それに、小狐は体のいい村の雑用係にもってこいでした。どんなに汚く、面倒くさい仕事を頼んでも、小狐は罪の意識から「嫌だ」とは言いません。害虫の退治、死人の墓掘り、寒い時期の水汲《みずく》み。「手伝ってくれ」と言えば小狐はそれをすべてやってくれました。

そして小狐が少し大きくなり金を稼ぐようになると、「父親が盗んだ分を返せ」とその金を自分たちに寄越《よこ》すように言い始めました。その頃には小狐も幾分分別がつくようになっていましたので「父の罪は自分の罪ではない」と思いました。が、それは自分が言うべきことではないということもわかっていました。父が消えてから少しの間に、小狐は人の顔色を窺《うかが》うのが得意になっていました。罪人の子は、逆らわず、争わず、項垂《うなだ》れていなければならないと。幸せそうにしたり、言い返したりしてはいけないのだと、小狐はもうしっかりわかっていました。

小さな体で働いて、金を稼いで村人に渡して、言われるがままに辛《つら》い手伝いをこなして。「ありがとう」の一言もないまま一人寂しい日々を過ごして……。

そうやって贖罪《しょくざい》の日々を過ごすうち、あっという間に七年の月日が流れました。

一

コガネは暗い夜道をとぼとぼと歩いていた。

ほう、ほう、とどこからか梟《ふくろう》の鳴き声が聞こえてくる、森の真ん中を通る一本道。もちろんコガネ以外には誰も歩いていない。じゃり、と小石を踏む自分の足音だけが、やけに大きく響いていた。

手元には小さな灯りがひとつ。中の蝋燭《ろうそく》は今にも燃え尽きてしまいそうだ。それがなくなると月の明かりを頼りに家に帰るしかなくなる。

(すっかり遅くなってしまったな)

ふう、と息を吐くとわずかに白く染まったのが見える。もうすっかり冬も深まり、毎日身を切るような寒い日が続いている。コガネはこの季節には少々薄すぎる上着の襟を立てて「冷えるな」と呟《つぶや》いた。きっと、鼻先は真っ赤になっているだろう。

コガネの住まう「コク」という名の領地は国の中で最も南にあり、他の領地より暖かいと言われている。が、寒いものは寒い。

首を振ると、伸びるまま放っておいた髪がはらりと頬にかかった。夜目にも明るい金色の髪はコガネの名前の由来らしいが、「金」と「コガネ」がどう結びついているのかコガネにはわからない。コガネは物知らずなのだ。

ただ、以前父が何かの折にぽつりと「お前の毛の色が名前の由来だ。お前の母がつけてくれたんだぞ。大事にしろ」と教えてくれたことを、しつこく覚えているというだけだ。

嫌なことを思い出しそうになって、コガネは慌ててぴぴっと耳を跳ねさせて意識を逸《そ》らす。何年も前のこととわかっていても、いまだに父のことを思うと胸がきゅっと痛くなる。こんな暗い夜は尚更《なおさら》だ。

コガネは意識して「はぁー……」と長い息を吐いて、立ち上る白いもやを眺めた。

今日は刺繍《ししゅう》を施して仕立てたハンカチや靴下、その他布製品を街に卸しに行った。五年前に始めた刺繍の仕事は中々に評判で、卸しに行っている店の店主にも「コガネさんの作品は売れ行きがいい」と褒められた。

「特にこの金色の糸が使われた商品は人気だよ。持っていると幸せになる、なんて噂《うわさ》されてる。これ、もっと増やせないかね？」

という店主の言葉に、コガネは曖昧《あいまい》に首を傾けることしかできない。

金色の糸は実は糸ではなく、コガネの尻尾の毛だ。昔、どうしても金がなくて糸を揃《そろ》えられなかった時に尻尾の毛を使ったら思ったより良い刺繍ができた。それ以来時折尻尾の毛を交ぜるようにしたら、それが妙に持《も》て囃《はや》されるようになって、今に至る。

（持っていると幸せになる、か）

コガネは真っ暗な空を見上げて、ほう、ほう、と小刻みに白い息を吐く。

たった一本の毛が織り込まれた刺繍で幸せを得られるのであれば、たんまりとその毛を持っているコガネはとんでもなく幸せになってもおかしくないのではないだろうか。

しかし、コガネの生活は「幸せ」とは程遠い。

意識すると、ずしと背中が重たくなって、コガネは背負子《しょいこ》に載せた荷物をちらりと振り返った。

本に雑貨に、洒落《しゃれ》た小物。それらはすべて、コガネ自身の物ではない。村人から頼まれて街で買ってきたものだ。彼らはコガネが今日金を得ることを知っていて、わざと物を買ってきてくれと頼んでくる。やれ「年寄りの多い村では街に行くのも叶《かな》わない」だの、「父親に取られた金はこんなものじゃなかった」だの、「村に置いてやっている恩を返せ」と言われて。

コガネはそれに文句を言うこともなく、素直に「わかった」と受け入れている。父がどれほどの金を村人から騙《だま》し取っていったのかわからないが、きっとまだすべてを返しきれてはいないのだろう。

コガネの稼ぎはそれほど多くないし、借金には「利子」というものが付くのだとも教えてもらった。利子、は借金があるかぎり増え続けていくのだという。

(あとどのくらい、返し続ければいいんだろう)

明確な数字はわからない。村人ははっきりと教えてはくれないし、コガネも把握していないからだ。だが、たとえ父の借金返済に関する帳簿があったとて、コガネの役に立ちはすまい。何故ならコガネは……。

——ミャウ。

と、その時。か細い鳴き声が聞こえた気がして、コガネはその場で足を止めた。コガネの動きにあわせて、手に持った灯りがゆらりと揺れる。

コガネは狐耳をピンとそばだてて、あたりの音を拾った。

——ミャウ……ミャウ。

やはり鳴き声が聞こえる。しかしそれは本当に細く、弱く、今にも消えてしまいそうだ。

何度も耳を跳ねさせて、コガネは音の出所を探る。

(どこだ……、鳴き声と、水音？)

鳴き声にあわせて、水の流れる音が聞こえてくる。そういえばすぐ近くに村に沿って流れる大きな川があったことを思い出し、コガネはそちらに向かって駆けた。

「ん……こっちか？」

今にも消え入りそうな声を追って、灯りで川を照らす。と、ちょうど川の中腹の石と石の間に、何か「大きな塊」が引っ掛かっているのが見えた。川辺に立ったコガネはきょろきょろとあたりを見渡して、塊に引っかける棒のようなものがないか探してみる。が、そんなものが都合よく落ちているわけもない。

「どうするか……、おぉい、そこにいるのか？」

コガネはもう一度川に灯りを向けて、大きな声を出す。目と耳を凝らしてみたが、返事はない。違ったか……、と踵《きびす》を返しかけたその時、やはり「ミャウ」という鳴き声がその塊の方から聞こえてきた。そこに、何かがいるのだ。

（どうする、どうする）

コガネはしばしその場でうろうろと迷ってから、背負子を川辺の岩の上に下ろした。そして、穿《は》いていたボトムの裾《すそ》を折り曲げる。冷気が素肌を撫《な》でて、尻尾の毛がぶわわっと膨らんだ。しかし、これでへこたれているようでは次の行動には耐えられまい。

「よし」

コガネは自身のふくらはぎを、ぱしっと叩《たた》いて気合いを入れると、靴を脱いで川の中へと足を進めた。

「……ひっ」

とぷ、と流れる川に脚を浸した途端、鋭いナイフで肌を刺されたかのような痛みを感じた。冷たさではない、痛みだ。寒気がぞぞぞっと背中から首筋にかけて這《は》っていく。一度立ち竦《すく》み、コガネはぶるっと身を震わせた。

「っう、く」

思わず詰めてしまった息を「はっ、はっ」と短く吐きながら、一歩、また一歩と川の中を進む。脚の痛みは和らぐことなく、まるで針の上を歩くような痛みを感じる。

昨日雨が降ったせいだろう。いつもより水嵩《みずかさ》が増して、流れも速い。何度も足を取られそうになりながら、コガネはそれでも川の中ほどにある石に向かって歩いた。

「つ、うっ、うぅ」

ボトムの裾を折り曲げたものの、それはほとんど無意味に終わった。川の水位は膝《ひざ》のあたり、水の染みたボトムは太ももまでぐしょぐしょに濡《ぬ》れている。

「ひ、ひ、ひ」と喘《あえ》ぐように息を漏らして、コガネはようやっと「大きな塊」に手をかけた。

それは、籐《とう》で編まれた「籠《かご》」であった。

「ミャウ」

おそるおそる覗《のぞ》き込むと、やはりそこには鳴き声を発する生き物がいた。

「は、は、……黒猫？」

両手で抱えて少し余るほどの、黒猫だった。大きさからして、獣人の子どもであることはすぐに知れた。どうやらまだ人型にもなれないほど幼いらしい。

黒く艶《つや》やかな毛並みを持つその子は、明らかに猫科のそれを思わせた。弱々しく首を持ち上げては、何かを求めるように舌を出している。ふんふんと鼻を鳴らしては「ミャウ、ミャウ」と力なく鳴いている様子を見るに、どうやら腹を空《す》かせているらしい。

獣人は、体力を消耗しすぎると人語を話せなくなる。生き残るための本能なのか、やたらと獣性が強くなるからだ。つまり子猫は、人語を話せないほどに弱っている。

(これは、早く何とかしてやらないと)

籠の中を見ると、暖かそうな毛布と何かが書かれた紙が見えた。コガネはその全部を籠ごと持ち上げて、川辺へと運んだ。もちろん帰りの水も冷たかったが、腕の中の猫を思えばそれも耐えられた。

「どうするか」

ミャウミャウと鳴く子を呆然《ぼうぜん》と見下ろしながら、コガネは頭を抱えた。すっかり遅くなってしまったので、村人に頼まれた品物を渡すのは明日でいいだろう。とりあえずは濡れた体をどうにかしないと、凍傷になってしまう。

コガネは籠を抱えて、急ぎ村外れの自宅に向かった。

*

「よし、よし」

家に入ってすぐ濡れた服を脱ぎ捨て、早急にストーブに火をつける。片手に子猫を抱いたまま、片手で鍋《なべ》を用意してストーブの上に置いた。その中に山羊《やぎ》の乳を注ぐ。熱された鍋に触れて、じゅわ、と音を立てた乳はおそらくすぐに温まるだろう。

「ミャウ、ミャウ」

と、すんすんと鼻を鳴らした子猫の声がますます大きくなった。どうやら乳の匂いを嗅《か》ぎ取ったらしい。コガネはストーブの側に椅子を引っ張ってきながら、子猫の正直さを「ふ」と笑った。どうやら本当に腹ぺこのようだ。

早急に飲ませてやろうと子猫をテーブルの上にのせる。子どもの体はまだふんにゃりと柔《やわ》く、持ち上げると、とろりと溶けるように伸びた。まさしく猫だ。

「ほら」

程よく温《ぬく》もった乳を、浅く広めの皿に注ぐ。そしてそれを子猫の前に差し出してやった。

……が、子猫は薄桃色の鼻先を上向けてふんふんと匂いを嗅ぐばかりで、その皿に辿《たど》り着《つ》けない。

「なんだ、お前……」

顔を覗き込んで見ると、目は開いているのに焦点が合っていない。目の前に手を差し出してみると、まったく距離感を掴《つか》めていない様子でぶつかって、こてんとその場に転がった。

ミャウ、ミャウ、と鳴く猫はうろうろとテーブルの上を彷徨い、今にも端から落ちてしまいそうだ。

コガネは慌ててもう一度子猫を腕の中に抱える。

「お前、目が見えないのか」

どうにかできないかと部屋の中を見渡した。が、コガネが一人生きていくためだけの質素な部屋の中には、目の見えない子の役に立ちそうなものは何もない。

コガネは「困ったな」と思いながら椅子に座って猫を膝にのせる。子猫はとにかく腹が空いているらしく、ほろほろと涙を流して「ミャウ」と鳴いている。

「しょうがないな」

コガネは猫の腹が上を向くように抱え直して、赤ん坊に乳をやるように口元に皿を持っていく。

……が、ちょっと傾けたところで予想より多く乳が子猫の口に入ってしまい、子猫は苦しげに「けふっ」と咳《せ》き込んだ。

「あっ、悪い……」

けふっ、けふっ、と喉《のど》を鳴らす子猫を見ていると、居《い》た堪《たま》れない気持ちになる。身近に子どもなどいないので、扱いなどわかるはずもないのだ。

（どうするか……）

コガネは皿を机の上に置き、少し思案する。

そして、膝で子どもの下半身を支えながら、皿から指先で乳を掬《すく》ってみた。

「ほら、飲めるか？」

指を口元に持っていってやる。と、すんすんと鼻を鳴らした子猫がぺろりと舌でコガネの指を舐《な》めた。乳の味に気付いたのだろう、そのまま指の根元まで舐めてくる。

ざらざらとした舌の感触は、少し痛くて、やたらとくすぐったい。コガネは思わず笑いながら「待て、待て」と子猫を制した。そしてもう一度指で乳を掬い、子猫の口元に差し出す。……と、子猫は再び指に食いつく。

ちゅ、ちゅ、と舐めて吸って、く、く、と喉を鳴らして飲み込んで。そんな子猫にコガネは何度も何度も乳を運んでやった。

そうやって繰り返し続けた結果、皿の上の乳は空っぽになった。どうやら子猫も満足したらしく、腹を晒《さら》すようにして「けぷ」と息を吐いている。

コガネは、ほ、と安堵《あんど》の息を漏らしてから、吸われすぎてふやけた指先を洗おうと立ち上がる。

「ミァウ……と……」

と、子猫が鳴き出した。先ほどまでの力のないものではなく、声には芯《しん》が通っている。もしかしたら人語が話せるようになったのかもしれない。

「ん？　どうした？」

何か伝えたそうなその声に、コガネは耳を傾けた。腕を持ち上げて、子猫の口元に耳を寄せる。コガネの毛が肌をくすぐったのだろう、子猫がふにふにと笑ったのがわかった。

「あ、りが、とう」

微《かす》かな笑いを含んだその声は、まるで福音のようにコガネの耳に響いた。柔らかく、甘く、それこそまるで山羊の乳のような、そんな声だった。

びっくりして思わず顔を離し、子猫の顔をまじまじと見下ろす。まるで火が灯《とも》ったかのように、耳の先がじんじんと熱い。

黒い口元に白い乳を付けた子猫は、幸せそうに目を閉じて「あ……とう」ともう一度礼らしき言葉を繰り返した。どうやら腹が満たされて眠気がやって来たらしい。うとうとと目を閉じたり開いたりしながら、くしくしと手で顔を擦《こす》っている。

（ありがとう……、か）

今にも眠りにつきそうな子猫を腕に抱えたまま、コガネは不思議な気持ちで首を傾けた。腕を揺すると、子猫は気持ちよさそうに首を反らし、そして安心したようにコガネの腕に頬を擦る。

「安心しきって、まぁ」

コガネは目を伏せて、その額に自分の額を寄せてみた。乳くさくて、そしてどこか香ばしい匂いがする。子どもの匂いだ。

コガネの思い出す限り、最近……いや、ここ数年誰かに「ありがとう」と言われたことはなかった。村人はコガネが何をしようと感謝などすることはなく、礼を言うこともない。コガネはそれが当たり前だと思っていたし、周りもそういう態度だった。

子猫の混じり気のない、透明な「ありがとう」はコガネの心臓を優しく揺らした。揺らして、それは体中に染み渡り、コガネの涙腺《るいせん》をじわりと刺激した。

「……っと」

驚いて、コガネは数度瞬《まばた》きして水気を逃す。先ほど拾った子どもの、寝ぼけた言葉に涙するなんて思ってもいなかったからだ。

コガネは、ず、と洟《はな》を啜《すす》ってから「どう、いたしまして」と今さらの返事をする。

下手くそな返事は、もう子猫の耳には届いていないようだった。子猫の鼻からは、すぴ、すぴ、と規則正しい寝息が聞こえてくる。

無邪気なその顔を見ながらぱちぱちと瞬きすると、コガネの頬をころりと涙の残滓《ざんし》が転がった。それは腕の中の子猫の額に跳ねて、子猫は「んん？」と、むずかるようにそこに手を伸ばした。

「……ふっ」

その仕草がびっくりするほどに愛らしくて、コガネは小さく吹き出してしまった。なんだか後から後から涙が止まらなくて、コガネは顎《あご》先から垂れるその雫《しずく》が子猫に当たらないように、腕の中の子をぎゅっと抱きしめる。

「こちらこそ、ありがとう」

ありがとうと伝えてくれたことにありがとうと返すのはいかがなものかと思ったが、どうせ子猫には聞こえていない。コガネは胸に黒猫の子を抱きしめたまま、そろりそろりと寝床に入った。そしてもう一度、ぎゅっと優しく子猫を抱きしめる。

無意識なのか、子猫は時折コガネの胸を手で押した。押すというより揉《も》むように、右手と左手を交互に。いくつかはわからないが、もしかすると見た目より幼いのかもしれない。

（どこから来た子だろう）

今日は咄嗟《とっさ》に連れて帰ってしまったが、明日にはちゃんと親を探さないといけないだろう。子猫は毛並みがいいし、籐の籠も立派だった。もしかすると良いところの家の子かもしれない。

この子の両親が今頃必死に探しているのではないか。そう思うと胸が痛んで仕方なかったが、とに

かく今夜はこのまま寝かせてやる方がいいだろう。

コガネは時折胸を押してくる子猫の温もりを感じながら、ゆったりと目を閉じた。先ほど川で冷えた体は、ストーブの熱と子猫の体温のおかげで次第に温もりを取り戻していく。

(ぬくいなぁ)

椅子に腰掛けたまま、うとうとと眠気に押し負ける。乳の匂いのする子猫を落とすことのないように大事に胸に抱きしめて。

他人の温度を感じながら眠るのは、七年ぶりだった。

二

「『この子の面倒を見てください。どうか親切な人に拾われますように』だって。なんじゃこりゃ?」

「え?」

子猫を拾った翌日。コガネは村人に頼まれていた荷物を届け、ついでのふりをして昨日籠の中に入っていた紙に書かれた文字を読んでもらった。

しかしそこには予想に反した内容が書かれていて、コガネはぎょっと目を見張った。

「本当にそう書いてあるんですか?」

思わずそう問うと、犬獣人である男はムッとした様子で尻尾を立てて牙《きば》を剥《む》いた。

「俺が嘘《うそ》をついてるとでも言うのか？　あ？　嘘つきの息子が俺を嘘つき呼ばわりか？」

途端に責められてしまって、コガネはグッと息を詰める。そして「いえ」と首を振った。肩がけにしている大きめのハンカチの中の「温もり」に、布の上から優しく手を添える。

「まさかと思うが、ソレを育てるってんじゃないだろうな」

「えっ……」

じろ、と鋭い視線をハンカチに向けられて、コガネは一歩後ろに下がった。そして腕の中のそれを隠すように半身を引く。

「そんなことに使う金があるなら、親父《おやじ》が盗《と》った金を返すのが筋ってもんじゃないのか？」

「……」

コガネは何も言わないまま、ぺこりと頭を下げてから犬獣人の家を出た。ハンカチが……その中身が揺れないように両手でそれを抱えながら。

後ろではまだぐちぐちと言っている声が聞こえたが、それを無視して、できるだけ早足でその場を去る。腕の中の温もりにいじわるな声を聞かせたくなかったのだ。

たったっと村の中を走っていると、腕の中の温もりがもぞもぞと動いた。

「あの、僕、めいわくを……」

ぽそぽそと聞こえてきたのは、子猫の声だ。布の中でふにゃふにゃと体を動かす子猫は、油断するとすぐにぽてっと地に落ちてしまいそうだ。本人にも確認してみたが、やはり子猫は目が見えないようだった。明るい、暗い、といったものはぼんやりわかるようだが、きちんと像を結ばないらしい。

そんな子を部屋の中に残しておくこともできず、今日は腕に抱えて移動している。

だが、子猫の問題は目が見えないことだけではなかった。

「迷惑なんかじゃない。ただ……、どこから来たのか何も思い出せないのか？　本当に？」

腕の中に問いかけると、子猫は困ったように小さな「ごめんなさい」を返してきた。

「やっぱり、なにも……」

そっと布をめくってみると、子猫の金色の目に涙の膜が張っていた。それを見るだけで、コガネの胸がツキリと痛んだ。

「いや、いいんだ」

コガネは皺《しわ》の寄った子猫の眉間《みけん》に親指を当てる。

「泣かなくていい」

ぐりぐりと軽く撫でると、子猫が「んむ」と唸《うな》ってパタパタと耳を跳ねさせた。艶やかな黒い毛が美しいその耳を、コガネは微笑《ほほえ》ましい気持ちで見下ろす。子猫のその信頼しきった態度が、妙に心をくすぐった。


今朝、目が覚めた子猫はとても驚いた様子だった。それはそうだろう、見知らぬ場所、見知らぬ獣人の膝の上にいたらぎょっとして当然だ。

コガネは戸惑った様子で怯《おび》える子猫に、昨夜のことを伝えた。

籠に入った子猫を川で見つけたこと。凍えるといけないので家に連れて帰ったこと。乳を飲ませたらそのまま眠ってしまったので、自分も一緒に寝てしまったこと。

しかし子猫は不思議そうな顔をするばかりで、何もわかっていない様子だった。

「川、ですか?」「乳を飲ませてもらった?」と不審気に問われて、コガネもまた「何かがおかしいぞ」と気が付いた。よくよく話を聞いてみると、川を流れていたこと、そして昨夜乳を飲んだことも覚えていなかった。

そこで改めて子猫と話し、昨夜のことどころか、自分がどこからやって来て何という名前でどうして籠に乗って川を流されていたのかも……何も覚えていないということがわかったのだ。いわゆる「記憶喪失」という症状なのだろう。何が原因かなんて、出会って一日も経《た》っていないコガネにわかるはずもない。

これは一体どうしたものか……と頭を抱えるコガネに、子猫は耳を伏せ髭《ひげ》をしょんと垂らし「ごめんなさい」と本当に申し訳なさそうに謝ってきた。まだ五つほどにしか見えないが、子猫は驚くほどに気遣いに溢《あふ》れた話し方をする……というより、やたらしっかりして見えた。

ごめんなさい、と繰り返し謝る子猫を見ていると、彼を責める気持ちなんてなくなる。いや、謝られずとも責める気なんて微塵《みじん》もなかったが。

そして、何かの手掛かりにならないかと籠に入っていた紙を読んでもらうために、荷物を渡す体で村人のところへ行ったのだが、読んでもらった内容は予想していたものとだいぶ違った。

子猫の住所か、名前か、そういうことが書かれているかと思っていたのだ。コガネはその書かれた場所まで子猫を届けるつもりだった。だが、そんなことどこにも書かれていないという。

（この子の面倒を見てください、って……どういうことだ）

単純に受け取るなら、この子は捨てられたということだろう。しかしその後に続く「どうか親切な人に拾われますように」という文言からすると、手放したくて手放したようには思えない。何か止《や》むに止まれぬ事情があったのかもしれない。しかしいずれにしても、子猫が手放されたのは事実だ。

（本当にそうなのか？　だが、手紙の内容について嘘を言っているようにも見えなかったし……）

コガネは親指を口元にやり、かり、と指先を噛《か》む。悩んだ時の癖だ。爪は噛まないよう深く切っているが、意識していないとどうしても指が口元にいく。

コガネは悩んでいた。犬獣人の彼が言ったことが本当か、嘘か、判断をつけかねて。そして「あぁ」と髪の中に手を入れてわさわさとかき乱した。

（俺が、ちゃんと文字を読めたら）

そう、コガネは文字が読めない。そして計算も碌《ろく》にできない。

だから父親の借金がいくらあって、いくら返済して、あとどのくらい返さなければいけないのかもきちんと把握できていないのだ。コガネがそうであることは村人みんなが知るところなので、彼らも父の借金が残りいくらかをきちんと教えてくれない。

どうして文字を読めないかというと、単純に、学ぶ機会に恵まれなかったからだ。父はコガネに学が必要だとは思っていなかったらしく、文字のひとつも教えてくれなかったし、学校にも通わせてくれなかった。

父がいなくなってからは、ますます学校に通う必要性なんてものはなくなった。誰が盗人の息子に

「学校に通ったらどうだ」なんて勧めてくれるだろうか。呑気《のんき》に勉強をする暇があるくらいなら働いて金を返せ、……何度もそんなことを言われて、今に至る。

本当はコガネだって文字を学びたかったが、今となってはどうしようもない。誰もコガネのような大人に文字は教えてくれないし、教えてもらうにしても金が必要になるだろう。しかし、コガネにはそんな金も、時間もない。日々の忙しさにかまけているうちに、学びの機会はどんどん遠くなっていく。

村の者はコガネに学がなく、文字が読めないことも知っているが、だからといって教えてくれたりは絶対にしない。ただどうしても文字を読む必要がある時には、コガネが乞《こ》えばそれを代わりに読んでくれた。だがそれも、揶揄《からか》いまじりに嘘の内容を教えられることもあったので、もしかしたら今回も……と思わないでもなかったのだが。

（いや、やっぱり嘘をついているようには見えなかった）

思い返してみても、犬獣人の彼は嘘をついているようには見えなかった。どころか、少し疑う素振りを見せただけで「嘘つき呼ばわりか」と怒っていた。

しかし、彼の語る内容を信じるということはつまり、子猫が捨てられたことを認めるわけで……。

「あのぅ」

思案の最中《さなか》か細い声で呼びかけられて、コガネはハッと顔を上げる。気が付けば家の前まで戻ってきていて、コガネは仕方なく一旦《いったん》部屋の中に入った。他の届け物も済ませる予定で家を出たのだが、それはもう後でいいだろう。

コガネの家は、かなり手狭だ。玄関から入ってすぐ左手に備え付けの台所、真ん中に机と椅子が二脚、奥には服をしまっておくための棚と寝床にしているベッドがある。机の側にあるストーブは、年中出しっぱなしだ。

（……狭いけど、まぁ、二人で暮らせないことはないな）

以前は父と暮らしていたので、二人で住むにも困ることはないだろう。子猫が大きくなるまではベッドも共にすれば……。

（いや、俺は何を……？）

ぼんやりとそんなことを考えて、コガネは首を振る。それではまるで、この子猫の面倒を見ると決めたようではないか。

犬獣人の彼も言っていたが、今のコガネに自分以外の誰かの面倒を見る余裕などなかった。そんな金があるなら早く借金を返してしまいたい。

はぁ、と溜《た》め息《いき》を吐《つ》くと、ハンカチをもぞもぞと揺らしてから、子猫が半分ほど顔を出した。そろそろとあたりを窺う様子なのは、家を出る前にコガネが「ハンカチから顔を出したり、大きな声で喋《しゃべ》ったりしちゃあ駄目だぞ」と言い含めたからだろう。つくづく頭のいい子らしい。

「あぁ、今俺の家に帰ってきた。もう出てきていいぞ」

コガネはそう言って、肩口で結んでいたハンカチの結び目を解《ほど》く。子猫の体を持って床に下ろしてやると、彼は顔を上げてコガネ……がいるであろうと思った方向を見上げてきた。

「あの、僕は……親に捨てられてここにやって来たのでしょうか」

「……」

あまりにも真っ直《まっす》ぐで邪気のない問いかけに、咄嗟に否定も肯定もできず、コガネは黙り込む。そしてしばし考えてから、膝を折って子猫に向かい合った。

「お前がどうやってここに来たのか、実際のところは何もわからない」

川に流されていた状況や、籠の中に入れられた手紙を見るに、たしかに子猫は捨てられたといっても過言ではない。だが、それが両親によるものかどうかはわからないし、そもそもそうなるに至った理由もコガネにはもちろん、記憶を失《な》くした子猫にもわからない。

「わからないことを考えてもしょうがない」

捨てられたか捨てられていないか、事情があったかなかったか。その答えはいくら頭を悩ませたところで、出てこないのだ。なにしろ正解を持っている人物が、ここにはいないのだから。

(答えが出ないことを考えてもしょうがない)

それは、コガネがこの七年で学んだことだ。

コガネも、子猫と同じように悩んだことがあった。父はどうして自分を置いていったのだろうか、と。村人に責められるであろうことがわかっていて、どうして置いていったのか。何か事情があったのだろうか、コガネを連れて行けない理由が。それとも単純に邪魔だから捨てたのだろうか。

何年も何年も悩み、考えて、そしてどれだけ経っても答えなんて出ないことに絶望した。長く悩めば悩むほど、きっとその絶望は深くなる。コガネはそれを、身をもって知っていた。

「まぁ、そう思い悩むな」

不安そうな顔で自分を見上げる子猫を見下ろす。まだ人型にもなれない、小さな黒猫だ。艶やかな黒い毛に金色の目、薄桃色の鼻先。愛らしさを全身にまとった哀れなその子に、コガネはどうしても手を差し伸べずにはいられなかった。

(自分と、重ねるわけじゃないけど)

それでも、と心の中で呟いて、コガネは子猫の脇下に手を入れる。「わ?」と驚いた様子の子猫に「悪い」と謝ってから、それでも優しく腕の中に抱き上げた。

昨日から何度も抱きしめたからか、その温もりがすっかりと肌に馴染《なじ》んでしまった気がする。

「うちに、いればいい」

声に出してから、少し後悔する。が、そんな気持ちはすぐに霧散してしまった。コガネの言葉を聞いた子猫が、驚いたように目を丸くしたからだ。まん丸な金色の目は、まるで夜空に浮かぶ月のようだ。その金色がきらきらと眩《まぶ》しくて、後悔なんてあっという間に溶けてしまった。

「君さえよければ。うん、うちにいればいい」

目を見開いた少年に同じ言葉を繰り返して伝えてみる。不安や「本当にいいのか」という気持ちや、村人にやんやと文句を言われる未来が見えた……が、それすら凌駕《りょうが》する気持ちが、コガネの胸に湧いていた。

「え、えぇ……」

戸惑ったような子猫の声が、じわじわと湿り気を帯びる。

「お、おい」

気が付いたら丸いその目には涙の膜が張っていた。ゆらゆらと揺れるそれは今にも転がり落ちてきそうだ。

「どうした？　嫌だったのか？」

慌ててそれを拭《ぬぐ》おうとするも、一瞬遅く。大粒の涙はぽろんと子猫の目から転がり落ちた。

「あぁ……」

「え、う、嫌じゃないです」

子猫は泣きながら、それでも懸命に言い募る。

「お、置いてもらうなんて無理だと思ってたから、駄目だって、思ってたから……、うれしくて」

どうもこの子猫は人の機微に聡《さと》い。そして目が見えないながら周囲の話をよく聞いている。おそらく、先ほどの犬獣人の言葉を聞いて「自分はここにはいられないんだろう」と悟っていたのだろう。だからコガネに「いればいい」と言われて、動揺しているのだ。

「ほんとうに、いいんですか？」

ほとほとと涙を溢《こぼ》す子猫を、コガネは腕の中で転がすように抱きしめる。そして、その額に鼻先を寄せた。朝起きてから飲ませた乳の匂いが、優しく鼻をくすぐる。

「俺はいい。けど、君こそいいのか？　会ったばかりの俺なんか……」

「いい。あなたがいい」

コガネの言葉を遮るように、子猫が何度も頷《うなず》く。そして、コガネの胸に額を擦り付けるように頭を寄せてきた。

「あなたがいいんです」

「……そうか」

コガネは頷きながら、同時に「よかった」と胸の内で呟いた。昨日今日で、驚くほどに子猫に対する柔い気持ちが育っていたからだ。子猫に「他のところに行きたい」と言われていたら、ショックで耳をしょげさせていたかもしれない。結局のところコガネは、可愛《かわい》いこの子猫にすっかり心を奪われていたのだ。

（まぁ、一生一緒にいるってわけでもなし）

答えが見つかるまでとは言わないが、少なくとも彼が一人で生きていけるようになるまで。いや、それより短くてもいい。誰かもっと良い人に貰《もら》われるならそれでいい。ただ、今この時、この子猫を助ける者が誰もいないのであれば、コガネがそれになりたいと思った。

（今だけでも、一時でも。面倒を見てやりたい）

耳の奥で、子猫の「ありがとう」が優しく響いている。あのひと言があれば、たとえ村人から何と言われようと平気だと思えた。それほどに、あの言葉は孤独なコガネを救ってくれたのだ。

（きっと）

きっと、村人には嫌な顔をされるだろう。先ほどの犬獣人の彼と同じように。そもそもコガネがこの村に住めているのは父親の贖罪のためでしかないのだから、それも当然かもしれない。子どもを世話することになれば、その分金もかかる。噂されるかもしれないし、冷たい目で見られるかもしれない。だが……。

（それでもいい。別に、いいんだ）

それでも、別にいいと思えた。なにしろ子猫は目が見えない。どんなに冷たい目で見られようと、子猫にはわからない。コガネは平気だ。なにしろもう七年も、その視線に晒されて生きてきたのだから。

コガネは心の中でそうけりをつけて、子猫を抱く腕を上げ、その頬に自分の頬を寄せた。

「わぷ、え、……へへ？」

コガネにすりすりと頬を擦り付けられて、子猫がもにもにと脚を動かし、そして笑った。ごろごろと機嫌の良さそうな音が喉から聞こえてきて、コガネの耳をくすぐる。

ふへ、へへ、と笑う子猫を撫でながら、コガネは「そうだ」と思いつく。

「自分の名前、覚えてないんだよな」

「ん……、はい」

前脚で顔を擦る子猫を見下ろして、コガネは少し逡巡《しゅんじゅん》してから「なら」と言葉を続けた。

「名前がいるな」

そう言うと、見たものをそのまま映す子猫の目がころんと見開かれた。金色の縁取りの真ん中に、真っ黒な瞳《ひとみ》がある。そこには、コガネが映っている。自分でも驚くほどに穏やかな顔をした、コガネが。

「……クロ」

その黒い瞳を見ていたら、ぽろりと言葉が漏れていた。しかし言った後にすぐ、それはあまりにも安直だろうと気付いて思わず口を押さえる。黒いから、クロ、だなんて、センスがないにも程がある。

「くろ、……僕のなまえですか？」

そんなコガネの羞恥《しゅうち》など知らぬ子猫は、きょと、とした顔をして首を傾げた。

「いや、その……」

「くろ！」

子猫はどうやらもうそれが名前だと解釈したらしく、口の中で転がすように「くろ、くろ」と繰り返している。

そしてコガネが「やっぱり止めよう」と言う前に、ほにゃりと柔らかく笑った。

「すてきです、くろ」

「……っ」

嬉しそうに笑う黒猫は、本当に嬉しいらしい。それはもうはしゃいだ様子で「僕はクロ。クロです」と自身の名前を繰り返している。

コガネは困って耳を伏せて、そして最後には笑ってしまった。なにしろ、子猫が……いや、クロがあんまりにも幸せそうに胸を張るので、その笑顔が伝染してしまったのだ。

「ちょっと安直すぎないか？」

「いいえ、すてきです、クロ！」

二人して笑いながらベッドに座り込み、そして転がる。布団の上にころんと落ちた子猫は、コガネを探すようにその鼻先を左右に向けた。コガネが「ここにいる」と教えるように手を出すと、すんすんと鼻を鳴らしながら近寄ってきて、濡れた鼻先を寄せてくる。

「クロ」

名前を呼ぶと「はい」と行儀よく返事を返してきた。鈴を転がすようなその響きが心地よくて、コガネは目を閉じる。そしてクロと同じように、視覚以外の感覚で相手を探る。

「あの」

と、ちょんちょんと頬のあたりを前脚で突かれて、コガネは「ん？」と吐息で返事をした。するとクロが戸惑ったような、どこか困ったような声で問いかけてきた。

「あなたのお名前は、なんですか？」

「ん？　あぁ、名乗ってなかったな」

コガネはぱちぱちと目を瞬かせる。そういえば、自身の名前も何もかもクロに伝えていなかった。

今から面倒を見るというのに、なんとも雑な話だ。

「悪い。俺の名前はコガネというんだ。狐獣人の……」

「コガネさん」

瞬間、しびびっと尻尾の先が震えた。コガネは金色の耳をしっかりと立てて、「え？」と間抜けに問う。

「あれ、コガネさん。コガネさん……じゃなかったですか？」

何か間違えたかと申し訳なさそうな顔をするクロの頬を両手で挟んで、コガネは首を振る。そしてすぐに、彼には視覚的な情報が伝わらないのだということを思い出し「違う」と言葉でも伝える。

「ち、違う？」

「あぁいや、違うことはないな。……ただその、名前を呼んでもらって嬉《うれ》しかっただけだ」

正直に気持ちを伝えた後、何か恥ずかしいことを言ってしまったような気がして、頬が熱くなる。

久しく人とこういうやり取り……業務的なこと以外の会話をしていなかったので、何を言って良くて何を言ってはいけないかの判断が鈍っていた。

すると、きょとんとした顔をしたクロが、しばらくして嬉しそうに頬を持ち上げた。頬に生えた髭がピンと上を向いて、彼が喜んでいる様がよく伝わってくる。

「名前をよんでもらってうれしいの、僕とおなじですね。僕もクロってよんでもらってうれしかったです」

「……あぁ、あぁそうだな」

同じだ、と嬉しそうにゆるゆると尾を振るクロのその純粋さに、コガネの胸がきゅうと引き絞られる。

この子の素直さは、きっと記憶を失くす前からのものなのだろう。あまりにも自然で愛らしい物の考え方に、いっそ感動すら覚えてしまう。

コガネはクロの体に腕を回して、優しく抱きしめた。

「これからよろしく、クロ」

「はい、よろしくおねがいします、コガネさん」

よろしくを伝えながら、コガネは心の中で「この子に苦労をさせない」「この子に苦しい思いをさせない」と小さく誓う。

そう、それは本当に小さい、しかし確固たる誓いだった。昨日の今日で子猫の面倒を見ると決めたが、それは甘い決意ではなかった。たしかに衝動的な気持ちがなかったとはいえないが、コガネなりに責任は取るつもりで「うちにいればいい」とクロに伝えた。一度口から出した言葉の責任は取らねばならない。

責任を取る。この腕の中の温もりを守る、大切にする。絶対に不幸になんてしない。

「コガネさん……」

「ん?」

クロがどこかもじもじと言葉を切って、そしてコガネの耳に口元を寄せる。

「ありがとうございます」

やはり、その言葉だけでなんだってできると、コガネは思った。きっと何があろうと、どうなろうと、自分がこの子を守ってみせると、強くそう思った。

三

「ただいま」

重い荷物を下ろしながら家の中に向かって声をかける。と、すぐさま「おかえりなさい」と柔らかな声が返ってきた。同時に、ちりん、と甲高く美しい鈴の音が響く。

狭い家なのだから声が届くのは当たり前なのだが、打てば響くように返事がくるのがとても嬉しい。コガネはたまらなく幸せな気持ちで「クロ」とこの世で一番大事な名前を呼んだ。

「コガネさん」

もうすっかり部屋の中の物の配置を覚えているクロはするすると狭い部屋の中を進み、コガネのもとまでやって来た。コガネはその頭に手を伸ばし、よしよしと頭を撫でる。黒髪は柔らかく、決して満足な栄養を摂《と》れているわけではないだろうに驚くほどに艶やかだ。そのまま頭の上にある耳をふにふにと指の腹で撫でてやると、クロは幸せそうにくふくふと笑った。

最後に林檎《りんご》のように瑞々《みずみず》しく赤い頬を突《つつ》くと、クロが「夕飯、準備しますか？」と聞いてきた。コガネは「あぁ」と頷いてもう一度クロの頭を撫でる。その動きにあわせて、ちりん、ちりん、と鈴が鳴った。それは優しくコガネの耳朶《じだ》に触れ、心を明るくする。

「俺が出ている間、火は使っていないな」

そう言うと、クロは「もちろんです」と小さな胸を少しだけ張った。何故だかわからないが、クロはコガネとの約束を守ることを誇りに思っているらしい。

コガネが外に出ている間に火を使わない、刃物を使わない。外に出てもいいけれど、知らない人にはついて行かない。それはもう何年も前に交わした約束だが、クロはいまだに律儀にそれを守っている。約束を守りながらも、クロは、自分にできることを探している。

台所を覗くと、今日夕飯に使おうと思っていた野菜が綺麗《きれい》に泥を落とした状態で並んでいた。半分ほどに減っていたはずの水瓶《みずがめ》を覗けば、水がたっぷりと満たされている。部屋の中も朝出た時より明らかに片付いているし、布団を干してくれたのかふかふかしているのが見るだけでわかった。

「クロ、また部屋を片付けてくれたんだな。それに夕飯の準備も……」

そう言うと、クロはそれこそ誇らしそうに胸を張り「ちょっとだけですけど」と鼻の下を擦った。子どもらしいその仕草がとても可愛くて、コガネはたまらず彼の頭をもう一度撫でた。

「ありがとう」

心からの感謝を込めてそう言うと、クロがごろごろと喉を鳴らす。人型を取っているので獣性は出にくいはずなのだが、どうやら余程嬉しかったらしい。

コガネは子猫の頃にしていたようにその顎下をちょいちょいと撫でた。ついでに鈴を指先にかけて「ちりん」と鳴らすと、クロが顎を持ち上げて自慢げな顔をする。まるで「いい鈴の音でしょう」と言わんばかりの表情を見て、コガネは再び微笑んでしまう。

愛《いと》しさで笑みが溢れることもあるだなんて、クロに出会ってから初めて知った。

クロがこの家にやって来てから五年が経った。

拾った時には獣型だったクロも、今やしっかりと人型で生活している。

黒猫の時から愛らしい姿だったクロだが、人型の彼もまたそれは見目の良い子どもだった。養い親の欲目かとも思ったが、村人の誰もが「可愛い子だ」「綺麗だな」「人形みたいに整った顔だね」と言うので、きっと間違いないはずだ。クロは可愛い。

月のない夜空のような艶やかな黒髪、長い睫毛《まつげ》に縁取られた目は満月のように眩《まばゆ》い金色。すっきりと整った頬や顎、幼いながらスッと通った鼻筋と高い鼻、紅をさしたように色付いた薄い唇、そして艶やかな毛流れの耳と尻尾……何もかもがきらきらと眩いほどに美しい。まるで丁寧に磨かれた宝石のようなその見た目は、どうあっても人目を惹《ひ》きつける。

だが、幸いなことにというか不幸なことにというか、クロ本人は目が見えないので自分の、そして他人の美醜にもまったく興味がない。誰に「可愛い」と言われてもそつない笑顔で「ありがとうございます」と礼を返すだけだ。

顔と同じく、クロは体もすらりと伸びやかで美しい。その細く長い首には、これまた黒い首輪がつけられていた。柔らかな布地でできたそれは肌を傷付けないとは思うが、クロはそれを四六時中つけているので心配になってしまう。首輪には、小振りの鈴が付いていた。その鈴は、クロと一緒に暮らし出してすぐの頃にコガネが彼に贈ったものだ。

クロは目が見えない。たとえば外に連れ出しても、はぐれてしまうとどこにいるかわからなくなる。クロは一度「捨てられた」という経験があるからか、はぐれることを極端に怖がった。「置いていかれる」「捨てられる」と無意識のうちに恐怖してしまうらしい。外に出る時は常にコガネに抱き抱えられるか、手を繫《つな》いでいないとそわそわと落ち着かない。

そんなクロの様子を見て、はぐれてもすぐに居場所がわかるように、と、コガネは音の出るものを彼に与えることにした。それが「鈴」だ。

何故鈴なのかと言うと、彼のその美しい声が鈴を振るった音に似ていると思ったからに他ならない。

鈴を転がしたような声、とはよく聞くが、クロの声はまさにそのようにコガネの耳に響いた。りん、と明るく細く、聞いているだけで心地よくさせてくれる。そんな声だ。

クロの声と同じものを探すのであれば、普通の鈴ではいけないと思った。

なのでコガネは、自分の尻尾の毛の一部をごっそりと刈ってそれを換金した。そしてその金を使って、街一番の金物屋で、一等上等な鈴を手に入れたのだ。

尻尾の毛は商売道具でもあったので、多少の後悔はあった。が、それもすぐに消えてしまった。なにしろ鈴を受け取ったクロが「わぁ」とそれはもう嬉しそうな笑みを溢したからだ。

黒い布に通して首につけて「ありがとうございます」と笑って。その場でくるくると回って何度も鈴を鳴らした。クロの笑い声と鈴の音が合わさって、まるで天の国の音楽を聴いているかのような心地になって。コガネはその時その瞬間「間違いなく、今が、生まれてきて一番幸せだ」と思った。そして同時にコガネはその時、自分の身を削ってでもクロの笑顔が見られればそれでいい、ということを感覚的に学んでしまった。

それは後々コガネだけではなく、クロをも悲しませることになる思考の芽生えだった。が、この時のコガネにそれがわかるはずもない。コガネはただただ満たされた気持ちで、嬉しそうに鈴を鳴らすクロを見ていた。

以降、村の中にいる時も、初めて一緒に街に出た時も、いつも、いつでも鈴を身につけていた。それをつけていれば安心なのだ、と、まるでお守りのように。

「この鈴があれば、コガネさんはいつでも僕を見つけてくれますよね？」

子どもらしい無邪気さでそう問われて、コガネは苦笑しながらも「あぁ」と頷いた。どんなに離れたとしても絶対に見つけ出せるように、そのために鈴を買ったのだから、まぁ間違いではない。コガネは鈴の音がするといつでも「クロ」とその名を呼んだ。ちゃんと見ていると、どこにいても見つけると、そう信じてもらうために。

クロは、日中はもちろん、夜の寝る時だって鈴をつけている。コガネはそれがたまらなく幸せであり、同時に、コガネの思いを受け取ってくれるクロに感謝の気持ちも抱いていた。こうやって人と思いを交わすのも、好意を好意で返されるのも、コガネにとっては初めてのことだったからだ。

人を愛し、人に愛されて過ごす日々は、コガネをたまらなく満たしてくれた。

＊

季節は移ろい、日々は穏やかに過ぎていく。

夏の終わりを感じる、ほんの少しだけ涼しい風が吹く夕暮れ。コガネはクロと手を繋いで、のんびりと家路を辿っていた。

「コガネさん、本、ありがとうございました」

「ん？　あぁ、いや。よかったな、欲しい本があって」

「はいっ」

今日は、コガネの刺繍作品を街の問屋まで卸しに行った。その帰りに本屋に寄って、クロが欲しがっていた本を一冊だけ買ってやったのだ。クロは片手でコガネの手を、そしてもう片方の手で本を大事そうに抱えている。

大判の重そうな本だったので「持とうか？」と聞いたのだが、クロは頑《かたく》なに「いいえ、自分で持ちます」と言い張った。そして、街の本屋から電車に乗って村に帰ってくるまでの間、ずっと大事そうに腕に抱いている。余程嬉しかったのだろう、何度も表紙を手で触っては、ふんふんと嬉しそうに鼻を鳴らしていた。

コガネは微笑ましい気持ちで隣を歩くクロを見下ろし、頬を緩めた。

クロが初めて「本を読みたい」と言ったのは、二度目に街に連れて行った日のことだった。

クロは街に着くなり、コガネの服の裾を掴んで「お願いがあるんです」と耳を伏せてねだってきた。

「コガネさん、コガネさん。僕、図書館に行ってみたいんです。そこなら僕が読める本があるかもしれないんです」

まさかクロが「本を読みたい」なんて言うと思わず、コガネは大いに驚いた。なにしろクロは目が見えないので、コガネはもう「クロに文字を読むのは無理だ」と思っていたからだ。しかしクロは、目が見えないならば見えないなりにできることを探そうとしていた。無理だ、とすぐに諦《あきら》めてしまうコガネと違い、無理ならばどうすればいいか、とその先を考えていたのだ。

その時初めてコガネは「クロは自分とは違う物の考え方をする」と気が付いた。そう、クロはコガネと違って、とても賢い。

『クロは賢い』

初めてそう思ったのは、彼の自身の目に対する考察を聞いた時だった。

「僕は目が見えないんですけど、コガネさんに言われたことはちゃんと頭に形として浮かぶんです」

「鍋といったら鍋の形が浮かぶし、野菜の形、生き物の形もそうです」

「僕は、形を知っています。見たことがあるんです。つまりそう、記憶を失う前は目が見えていたんじゃないかと……そう思えて仕方ないんです」

淡々とそう語るクロの話を聞いて、コガネは本当に驚いた。もしコガネがクロの立場だとして、自分の頭に浮かぶ物のことなど意識しただろうか。いや、きっと深く考えることもしなかったはずだ。コガネは当たり前のことに疑問を持ったりしない。

他にも、いつの間にか簡単な金のやり取りも覚えており、先日は、刺繍した品を店に卸す時「その金額じゃ少ないです」とクロが売上金が少ないことを指摘してくれた。クロに言われなければ、コガネは少ない金額を気付かず受けとって、きっとそれで終わりだった。クロの方が十も歳下だが、コガネよりも余程しっかりとしている。

そんな調子だったので、多少は戸惑いはしたものの、コガネはクロの望む通り彼を図書館に連れて行った。クロが「読める本があるかもしれない」と言うなら、きっとそうなのだ。

文字の読めないコガネは、生まれてこの方図書館を訪れたことなどなかった。

初めて訪れた図書館は奇妙なほどに静かで、紙の匂いに溢れていて、やたらと時が経つのが遅く感じる場所だった。コガネの図書館の感想など、そんなものだ。

しかもコガネは文字が読めないので、クロが求める本がどこにあるのかもわからない。図書館職員にしどろもどろで「目の見えない獣人が読める本はあるか」と尋ねたところ、きちんとその本の棚の前まで案内された。運の良いことにその職員はとても親切な猫獣人の女性で、目の見えないクロにその「特別な文字」の読み方を教えてくれた。

「この文字は、く。この文字は、ろ。あなたのお名前ね」

そうやって一文字ずつ、優しく丁寧に。

コガネにはどんなに頑張ってもできないことだったので、それはもうしっかりと頭を下げて礼を伝えた。その女性は「いいえいいえ」と首を振り、「少しでもお役に立てたなら良かったです」とクロを見ながら微笑んでくれた。その慈しむような視線から見るに、どうやら彼女はクロに憐憫《れんびん》の情を抱いてくれたらしい。同じ猫科の獣人として、クロに親近感を覚えたのかもしれない。

憐《あわ》れみであれ何であれ、他者に助けてもらえるのは貴重なことだ。コガネはせめてもの礼にと自身の毛を糸代わりに刺した刺繍入りのハンカチを彼女に差し出した。彼女はかえって恐縮した様子で喜んでくれて、快くそのハンカチを受け取ってくれた。

それからクロは、コガネが街に行くたびに図書館で本を借りてくるようにせがむようになった。

普段我儘《わがまま》や自身のことに関する望みなど絶対に言わないので、なんだかコガネの方が面食らって「いくらでも借りてくる」なんて言ってしまった。が、実際のところ図書館は無限に本を借りられる場所ではなく、借りられる冊数には上限があり、返すまでの期限も定められていた。

そんなことも知らないコガネであったが、それらの手続きもすべてあの親切な女性職員が教えてくれて、ことなきを得た次第である。文字の書けないコガネに代わり、貸出の手続きも済ませてくれた。

街へ行くには、駅までかなり歩かなければならないし、蒸気機関車にも乗らねばならない。以前は仕事で月に一度行くか行かないかという程度だったが、今は月に三度は必ず街に行くようになった。無論、クロの本を借りたり、返したりするためだ。

クロも毎回ついてきたがったが、仕事の都合だのなんだのと言って五回に四回はそれを断っている。なにしろ五回に四回はただ街に行くだけではなく、日雇いの出稼ぎ仕事も兼ねていたからだ。それはどぶさらいのような清掃作業から、新しい橋を作るための資材運びまで、多種多様であったが、いずれも文字を書く必要のない肉体労働ばかりであった。

当たり前だが、街へ通うには旅費がかかる。それに、図書館では読めない本もクロに与えてやりたくなった。そういう本は本屋にあるのだと、コガネはそんなことも初めて知った。クロといると、たくさんの新しいことを知れる。とにかく、必要なのは金だ。

今日の本もやはりそれなりの値がして、先日日雇いで稼いだ金の半分近くがなくなってしまった。もちろん、そんなことクロに言ったりはしないが。クロのためなら、きつい肉体労働とてまったく苦ではなかった。

クロの笑顔のためならなんだってできる。コガネは本気でそう思っていた。

「コガネさん？」

名を呼ばれて、コガネは耳を跳ねさせた。

きょとんとした顔のクロを見て、コガネは自分がぼんやりと考え込んでいたことを知る。

影はまた一段と伸びて、あたりは夕日に照らされ赤く染まりつつあった。本を片手に首を傾げるクロの頬、その片側は赤く染まり片側は影がさして黒くなっている。そのコントラストが妙に愛しくて、コガネは無意識に手を伸ばしてそこを撫でていた。

「んむ……、コガネさん？」

「ごめん。ぼうっとしていた」

コガネはクロと手を繋ぎ直してから「行こうか」と促す。もう少し歩くと、五年前にクロを拾った川がある。その川に架かる橋を通り過ぎればもう、コガネたちの住む村だ。

「ハンカチ、お店の人喜ばれてましたね」

「ん？　そうだな」

今日は、秋の花の刺繍を施したハンカチをたくさん卸してきた。ダリア、カルーナ、アブチロン、ビオラ。ハンカチの端にちくちくと描いたそれらの花を、問屋は「これは美しい」と喜んでくれた。

今の時期に卸しておくと、ちょうど秋に店頭に並ぶ。一年を通して好まれるデザインもあるが、やはり季節ごとに変化を加えた方が売れ行きがいい。

「コガネさんの刺繍、人気なんですね」

「人気かどうかはわからないが、買ってもらえるのはありがたいことだな」

素直な気持ちを口にすると、クロの手にキュッと力がこもる。

「僕も、コガネさんの刺繍、好きです」

ひとつひとつ区切るようにそう言われて、コガネは思わず眉根を下げてしまう。だって、クロにはコガネの刺繍を見ることができないのだ。好きも何も、目にすることもできない。

クロはコガネの気持ちを察したらしく、鼻の頭に皺を寄せながら「本当ですよ」と可愛らしく言い募った。

「僕、コガネさんの刺繍の『音』が好きなんです」

「音?」

いつも黙々と刺繍をしているつもりだったが、何か変な音を立てていただろうか。はて、と首を傾げるコガネに、クロは「ほら」と続けた。

「コガネさんが刺繍をする時の、ぷつ、しゅー……、ぷつ、しゅー……って音とか」

ぷつ、しゅ、と唇を尖らせながら、クロが何度も音を繰り返す。コガネはようやく合点がいって「あぁ」と頷いた。それはきっと、針で布を刺す音と糸が布を通る音だ。当たり前の作業音だったので気にしたことがなかったが、目の見えないクロにとっては気になる音なのかもしれない。

「布を机に置くと、かたん、ふさ、って音がして、時々指に嵌《は》めた金具……? が、何かにぶつかって、こん、って鳴って」

それは多分、木製の刺繍枠や布と机が触れる音。そして指に嵌めた滑り止めの指ぬきが刺繍枠とぶつかる音。

よく聞いているな、と驚くとともに、身振り手振りを交えて丁寧に音を表すクロが可愛らしく、そしてやはりとても賢く見える。コガネは目を細めて「それから?」とクロの話を促した。

「手元に明かりが必要になると、机の上の蝋燭を窓辺に持ってきますよね。作業が終わったら、ふっ、って息を吹きかけて消してる」

「あぁ」

「あと、疲れてる時はたまに『んんー』って伸びをしてる。椅子がギシギシって軋《きし》みます」

「ふふ。あの椅子も、もうボロだからなぁ」

本当に、よく耳を澄ませてコガネの発する音を聞いているのだ。クロの耳は、色んな音を拾っているらしい。

「そういう音が、好きだなぁ、綺麗だなぁって思います」

「綺麗?」

音が綺麗とは、面白い表現だ。思わずくすくすと笑ってしまう。と、クロは「綺麗ですよ」と拗《す》ねた様子もなく頷く。ゆるりと伏せた睫毛の影が、滑らかな頬にかかっている。

夕日に照らされたその横顔の方が余程綺麗だ、と思いながら、コガネは話の続きを待つ。

「目には見えなくても、綺麗なものは綺麗だなって感じるんです」

クロは楽しそうにそう言って、それこそ驚くほどに繊細で綺麗な睫毛を伏せて「たとえば」と手のひらを見せる。

「夕暮れに鳴く鳥の声でしょう。それから、朝露に濡れた草の香りに、つるんと丸いスグリの実、静かな夜の風の音」

クロが、細い指を使って指折り数えていくそれを、コガネは頭の中に思い浮かべる。

夕暮れに鳴く鳥の声。

朝露に濡れた草の香り。

つるんと丸いスグリの実。

静かな夜の風の音。

日常の中にある当たり前のものなのに、クロの声で語られると何故だか本当に素晴らしく美しいものに感じるから不思議だ。

ふふ、と笑っていると、クロが「あ」と少し戸惑ったような顔を見せた。

「ん？」

何事か言《い》い淀《よど》んだ様子のクロに、どうしたのかと疑問の声を向ける。と、クロは顎に指を当ててから首を傾げた。

「コガネさんの、シャキンって、たまに糸じゃない何かを切っている音はなんですか？」

「シャキン？　糸じゃない……？」

クロと同じように首を傾げてから、コガネは「あぁ」と思い至る。

「多分。尻尾の毛を切っている音だな」

「尻尾の毛？」

クロはますます不思議そうに首を傾げる。傾けすぎて、倒れてしまいそうだ。

コガネはクロの腕を掴んで引っ張り起こしながら「実は」と秘密を打ち明けるように、ひそりと続ける。

「刺繍に、時たま尻尾の毛を使っているんだ」

「えっ、そうなんですか？　糸の、代わりに？」

「あぁ」

そういえば、この秘密は今まで誰にも言ったことがなかった。

川の流れる音が聞こえてきた。橋までもう少しだ。コガネは歩きながら話を続ける。

「俺の尻尾は金色で、その金色を刺繍に使うと、なぜだか評判いいんだ」

「へぇ……！」

「金色が入った刺繍はたまにしか出さないから……、まぁ、尻尾の毛だしな。それで、珍しいから、持っていると幸せになるなんて言われて」

「持っていると……幸せになるんですか？」

クロは、きょと、とした顔をして、繋いでいた手を解く。そしてちょろちょろとコガネの後ろに回ると、コガネの尻尾に手を伸ばしてきた。

「この尻尾、ですよね？」

ふか、と尻尾に触れられて、コガネは苦笑しながら「そうだ」と頷く。

「コガネさんの尻尾、金色なんだ」

「先の方はちょっと黒くてちょっと白いけどな」

「金色で、ちょっと黒くて、白い？」

はて、という顔をするクロは、もちろん色なんてわかっていないのだろう。彼は色のない世界を生きているのだから、当然だ。

コガネは左右にふさふさと尻尾を振る。と、それで頬を撫でられたクロが「う、ふ」と笑う。しばし尻尾で遊びながら歩いていると、楽しそうに笑っていたはずのクロが不意に黙り込んだ。

「どうした？」

問いかけても、クロはさわさわと尻尾を撫でているだけで何も言わない。鼻先を押し付けて、頬で擦り、最後には顔まで埋《うず》めて。そしてその体勢のまま、クロは「いいなぁ」と小さく溢した。

「コガネさんの尻尾……」

「俺の尻尾が羨《うらや》ましいのか？」

クロのしなやかな尻尾と違って、コガネのそれはふさふさとしている。毛の話をしたので羨ましくなったのだろうか、と問いかけると、クロは無言でふるふると首を振った。

「違います。……コガネさんの尻尾を持ってる人がいいな、って」

「俺の尻尾って……あぁ、刺繍に使ったやつを、か」

コガネを羨んでいるのではなく、コガネの尻尾の毛が入った刺繍を持っている人物を羨んでいるらしい。

「なんでだ？」

話がよく読めずに問うてみると、クロは尻尾に顔を埋めたまま「だって」と呟いた。

「その人は尻尾の毛一本ぶん、コガネさんを手に入れたってことですよね？　その一本は、もうずっとその人だけのものなんですよね？」

「まぁ、金を払って買ったなら、そうだな」

それは至極当然のことなので頷くと、尻尾がふわりと熱くなった。同時に「うぅ」という唸り声のようなものが自分の尻尾の隙間から聞こえてくる。

「クロ？」

唸り声の主はクロで、熱はそれによって発生したクロの吐息によるものだった。

コガネはどうしようかと躊躇《ためら》ってから、ゆっくりと体を反転させる。と、尻尾に顔を埋めていたクロの頭が、胸の真ん中にぽふんと埋まった。

「どうした。不機嫌なクロは珍しいな」

クロは胸に抱いた本を、ぎゅ、と強く抱きしめて「ん」と不明瞭《ふめいりょう》な声を漏らした。

「自分でもわからないんです。なんでこんなに、もやもやするのか」

「もやもや？」

クロの背に回した手を、とんとん、と拍子を取るように動かす。と、クロは「ごめんなさい」と小さく謝った。

「謝らなくていい。それは、どんなもやもやなんだ？」

「……わからない、です」

クロが、コガネの胸の中に顔を隠すように埋める。あまり負の感情を表にしないクロにしては、本当に珍しい反応だ。

「クロにも、俺の尻尾の毛が入った刺繍をやろうか？」

「えっ？」

一瞬、クロがパッと顔を上げる。が、その顔はすぐにへにょりと歪《ゆが》んだ。

「俺のためにコガネさんの尻尾が減るのは嫌です」

そしてまた、胸の中に戻っていく。ぺたりと伏せった耳が可愛くて、コガネはそれをくすぐるように指で触れた。指先でくすぐると、まるでそれ自体が生き物のように、耳先がぴるぴると跳ねる。

「困らせて、ごめんなさい」

「いいや」

まぁ困っているのは事実だが、嫌な気持ちではない。むしろ子どもらしく感情を出してくれるクロが見られて嬉しいという気持ちもあった。

クロはいつでも大人びていて、自分の気持ちもすぐに飲み込んでしまうところがある。目が見えないことにも、贅沢《ぜいたく》ができないことにも、仕事や家事を手伝うことにも、クロはただの一度も文句を言ったことがない。少しくらいの我儘なら、むしろ付き合わせて欲しいくらいだ。いっそ困らせて欲しい。

「……僕は」

そんなことを考えていると、クロがぽつりと声を漏らした。

「僕は、コガネさんの金色の尻尾を見られない」

「うん」

「金色がどんな色かも、わからない。見たことがあるのかもしれないけど、なんとなく……眩しい色ってことしか知らない」

「うん」ともう一度頷いてから、コガネはクロの柔らかな黒髪を撫でた。

「僕の知らないコガネさんを、僕の知らないたくさんの人が知ってて、持ってるのが……羨ましくて」

僕だって知りたい、とクロがコガネの胸に顔を押し付けてくる。その声がかすかに震えていることには気付かないふりをして、コガネはやはり「うん」と頷いた。

クロにはコガネの尻尾の色を「見る」ことができない。

コガネはようやくクロの葛藤《かっとう》の理由に思い至り、そして、簡単に秘密を打ち明けた自分の浅慮を悔いた。そんな話を聞いてクロが喜ぶわけがないと、ちゃんとわかっていなければいけなかったのに。

「クロ、なぁクロ」

コガネはクロの髪を撫でる。と、ぺたりと伏せられてしまった耳がひくひくと震えた。どうやら声はちゃんと届いているらしい。

「俺の尻尾は、夕日みたいな色、……らしい」

クロの耳がぴく、ぴく、と動いているのを見ながら、コガネは話を続ける。

「コガネっていう色があって、俺の名前はそこからつけたって……昔、親に聞いた」

「コガネ……黄金色《こがね》？　金色……そっか」

「知ってるか？」

問いかけると、ずっ、とさりげなく洟を啜ったクロが「知ってます」と顔を上げた。その目尻《めじり》が少し赤くなって湿っていることには言及せず、コガネは「さすが、クロは物知りだな」と微笑んだ。

「黄金色は、金色よりちょっと赤みがかってるんです。あ、だから夕日……」

「そうか……うん、夕日は赤いもんな」

初めて「コガネ」の意味を知りながら、コガネは尻尾の先でクロの頬をくすぐる。

そして、顔を持ち上げて空を見上げた。夕焼けに彩られたそこは赤く染まっている。

「おいで、クロ」

コガネはクロの手をさらい、ゆっくりと歩き出す。クロは「コガネさん？」と不思議そうな声を出しながらも、同じ速度で歩き出した。

少し歩くと、村に繋がる橋に辿り着いた。木製の橋はコガネが子どもの頃からそこにあって、もうかなり古くなっている。

コガネはその橋の、ちょうど真ん中で立ち止まった。

「クロ。ほら、顔を上げてみろ」

さらさらと流れる川のずっと向こう、山の合間に夕日が沈んでいく。空も、山も、木も、川も、すべてを黄金色に染めながら。

隣に並ぶクロの顔も、髪も、手に持つ本も、見事に照らされている。きっと、コガネ自身も黄金に染まっているのだろう。

「夕日、わかるか？」

コガネに言われるまま素直に夕日に顔を向けるクロにそう問いかけると、クロは耳を揺らして首を傾けた。

「ぼんやりと、明るいのはわかりますけど……」

「どう感じる？」

「ん……温かい。ちょっと、寂しい。でも、嫌いじゃない。好きな、感じです」

ぽつぽつときちんと言葉にして伝えてくれるクロの、その顔を何度も尻尾で撫でる。と、最初は涙の残滓を啜っていたクロもくすぐったそうにふにふにと笑い出した。

「それが、俺の色だよ」

「え？」

「見えなくても、クロはちゃんと知ってる。それが俺の尻尾の色だ」

そう伝えると、クロは目を瞬かせてから、見たものをそのまま映す金色の目をじっとコガネに向けてきた。

「温かくて、ちょっと寂しい？」

「そう」

こんなに大切な子は、この世に一人しかいない。コガネはそんな気持ちを込めてクロの手を握る。頼りないほど小さくて、驚くほどに柔くて、涙が出そうなくらい温かい手。

「綺麗……」

クロが、ぽつりと溢すように呟いた。

「コガネさんの色は、世界で一番綺麗です」

何も映さないクロの金色の目。だが映らなくとも、クロは色んなものを全身で感じ取っている。

「色が、知りたくなったら、俺が教えてやるから」

コガネはそう言って、クロの手を優しく握りしめた。

「だから、他人を羨ましいなんて思わなくていい」

「……はい」

クロはわずかに顔を歪めて、そして肩をすくめるようにして頷いた。それは決して不満だからなのではなく、その証拠にクロはすぐさまコガネに抱きついてきた。

その背中でゆらゆらと嬉しそうに動く尻尾を見ながら、クロは「そういえば」と笑う。

「クロの尻尾も名前の通り、黒だな」

「あ、僕も、名前と同じ……なんですね」

二人とも、名前と色が繋がっている。コガネとの共通項を見つけたのが嬉しいのか、クロは頬を尻尾でくすぐった時と同じような顔をした。

つけた当時は「なんて安直な名前を」としばしば悩みもしたが、今となってはこの名前で良かったと心から思える。

「コガネは夕方、クロは夜だな」

「え？」

何の気なしに呟いたからか、クロが不思議そうに疑問の声をあげる。コガネは「いや」と苦笑してからクロの頬に手を当てた。

「夜は暗い……黒いから、クロが夜。俺の尻尾は夕日の色だから、コガネは夕方。夕方と夜って繋がってるだろう？　だから、悪くないなって……」

　思って、と尻すぼみに続けてから、コガネは頭をかいた。もう少し上手《うま》いことを言いたかったのだが、言いたいことの半分も伝えられた気がしない。

「黄金は夕方、黒は夜」

　だが、聡いクロにはきちんと伝わったらしい。クロは嬉しそうに何度かそう繰り返すと……、きゅ、と目を閉じた。

「クロ？」

「嬉しい。……コガネさん、大好き」

　あまりにも素直に好意を伝えてくるから、コガネは思わず息を詰めて、そして「いや」と掠《かす》れた声を返した。そしてクロと同じように目を閉じて、肌の感覚を頼りに腕の中の子を抱きしめる。

（クロ、クロ、俺の黒猫）

　目を閉じても、ごろごろと気持ち良さそうな喉の音が耳に響く。ちりちりと美しい鈴の音も。それよりももっともっと美しい「コガネさん」と自分の名を呼ぶクロの声も。

（お前になら、尻尾だってなんだって、全部渡せるよ）

　それは嘘偽らざる本音だった。

　今まで、父の罪を滅ぼすことに費やされていた人生が、クロがいることで意味を持ち始めた。クロと生き、クロを生かす。それこそが、今のコガネの人生のすべてなのだから。

（でも、お前はそうなっちゃ駄目だ）

コガネはそう心の中で呟いて、クロのどこか甘い匂いで鼻腔《びこう》を満たす。もうとっくに乳は卒業したというのに、クロはいつだって甘い、それの匂いがする。甘く、柔く、どこまでも愛しい。コガネの人生は、父の罪滅ぼしとクロのために。それでいい。だが、クロは駄目だ。愛しいクロには、コガネと同じように生きて欲しくない。

きっと父の借金はまだまだ残っている。利子だって常に増えているのだと村人は言っていた。もしクロがコガネのために生きるとなると、その借金を一緒に返していくことになる。

(そんなの駄目だ、絶対に)

ゾッとして、コガネは身を震わせた。

こんなにも愛しい子に、そんな罪を共に背負わせる必要はない。クロにはただ健やかに、なんの憂いもなく育って欲しい。そしていつかは……。

「コガネさん? ふふ、苦しいです」

知らず、腕に力がこもりすぎていたらしい。は、と目を見開くと、ふくふくと笑うクロが尻尾を振っていた。

「悪い」

コガネは謝ってから、ゆるゆると腕を緩める。そして、今度は柔らかくクロを抱きしめた。

ふと顔を上げると、夕日がほとんど山の向こうへ消えようとしていた。あたりも段々と暗闇に包まれつつある。

「もうすぐ暗くなる。帰ろうか」

「はい」

クロは大きく頷いて、まるで導くようにコガネの手を引き歩き出す。この橋まで来れば、ほとんど村に入ったも同然だ。クロはすっかり村の中の地形を把握しており、目が見えているかのように上手に歩く。あたりは薄暗くなってきたが、クロは迷いなく進んでいく。

二人手を繋いで歩く。きっと家に着いたら「ただいま」と「おかえり」を言い合って、笑うのだ。今日は街で買ってきたパンと、少しの野菜が入ったスープを食べよう。二人で風呂《ふろ》に入り、コガネの刺繍の音を聞きながらクロは本を読む。それが終わったら、二人でひとつのベッドに入って抱き合いながら眠るのだ。

（幸せだ。本当に、幸せ）

こんな幸せな日々がずっと続けばいいと、心からそう思う。心からそう願う。だが、このままではいられないことも、コガネにはわかっていた。

いつかは、クロだって巣立っていかねばならない。そのためにしなければならないことが、コガネにはきっとたくさんある。

（絶対に、クロを不幸になんてしない）

クロを拾った時と変わらない決意を胸の内で転がしながら、コガネはそれでも今この瞬間の幸せを目一杯に享受した。

四

身近に子どもがいると、時の流れをしかと感じることができる。そして子どもの成長を感じると共に、不意に自分の老いも実感するのだ。と、昔誰かに聞いたことがあったような気がするが、本当にその通りだ。

コガネはそんなことを考えながら、泥に汚れた顔を布で拭った。ちらりと後ろを見ると、尻尾には泥が付着して、ぱりぱりに乾いている。コガネは溜め息を吐いて尻尾をしぴしぴと振った……が、こびりついた泥はその程度で落ちてくれない。

街から村までの帰り道がやたら遠く感じるのは、疲れているからだろう。村の入り口である橋までもう少しだが、足取りはやたら重かった。

今日は街で肉体労働を済ませてきた。領主の命令で新しく建てられる何かの施設……の建築作業。コガネはそれがどんな建物になるのかわからないまま、ひたすら土台作りのための土掘りと石運びに勤《いそ》しんだ。

(疲れたなぁ)

心の中で正直に漏らし、肩を落とす。

冬に差し掛かる寒い時期だからまだ耐えられたが、これが夏場ならどこかで倒れていたかもしれない。

(去年の方が楽に感じた気がする)

まだ二十三になったばかりだが、やはりもう少し若い頃の方が体力もあった気がする。

しかし、肉体労働はきついがそれなりに実入りがいい。もう少し体を鍛える必要があるかもしれない。

「やれやれ」

そんな溜め息を溢すこと自体が歳《とし》を重ねた証拠とも思うが、口をついて出るものはしょうがない。

コガネは疲れきった体を引きずって、村へ向かう。

――ちりん。

と、遠くの方から聞き覚えのある鈴の音が聞こえた。クロの鈴だ。項垂れていた顔を起こすと、橋の上に何人か人が集まっているのが見えた。

「クロ、目が見えないから危ないわ。私が手を繋いで連れて行ってあげる」

「なんでアカネなんだ。同じ男の俺がいいだろ。な、クロ？」

「子どもじゃ危ないから、私が連れて行くわよ。あんた達じゃ森で迷うのがオチね」

何が起こっているのかをすぐさま見てとって、コガネは「はー、やれやれ」と妙に年寄りくさい溜め息を溢してしまった。

騒ぎの中心にいるのは、コガネの大事な養い子……クロだ。彼は自身の周りで起きている悶着《もんちゃく》に一切関心のない様子で、ただこちらの方……村の外へ顔を向けていた。そしてコガネが歩いてくると、その艶やかな黒い耳を力強くはためかせる。

「コガネさんっ」

その声は、上等な鈴を転がすよりもまだ人の耳を心地よくさせる。彼の周りにいた者もそうなのだろう。どこか蕩《とろ》けそうな顔でクロを見やり、そしてその注意の先にいるコガネに視線をくれてから「あぁなんだ」という顔をした。概《おおむ》ね「もう戻って来やがった」というところだろう。

(お前たちのクロを取り上げて、すまないな)

どこか気まずい思いで、コガネは「クロ」と養い子の名前を呼ぶ。途端にクロは両側から掴まれていた手をふり解いて、ぱっ、とコガネに向かって走ってきた。

「コガネさん」

クロの脚はしなやかだ。まだ成長途中の幼さが残るとはいえ、きっと太く逞《たくま》しくすらりと長く育つであろうことを予見させる。その脚で地を蹴《け》り、クロは迷うことなくコガネのもとへ駆けてくる。まるで目が見えているかのように正確に。どうも最近、クロは足音でコガネを判断している節がある。猫獣人は耳がいいんだな、と感心するしかない。

「おかえりなさい。大丈夫ですか？　荷物は？」

「いや、大丈夫。あ……」

「なんですか？」

思わず途中で言葉を切ると、クロが不思議そうに、しかし決して逃さないというようにキリリとした顔を向けてきた。

「汗を……汗をたくさんかいたから。近寄らない方がいい」

そう言うと、クロは呆《あき》れたように溜め息を吐いて、そしてグイッと体を寄せてきた。

「コガネさんは、いつもいい匂いしかしません」

そう言って、クロはわざとらしく鼻先を寄せてくる。くふくふと匂いを嗅がれて、コガネは思わず飛《と》び退《の》いてしまった。

「クロ、クロ、頼むから」

「頼まれても困ります。さ、一緒に帰りましょう」

クロを拾ってから八年、彼は今年十三歳になった。

年の割にすらりと背が高く、もう幾年足らずでコガネに追いつきそうだ。服も、最近はコガネとクロで共有して着ることが増えた。

顔立ちこそまだ幼さが残っているが、目付きは以前よりキリリと鋭くなった。手脚もすっかり伸びて、どことなく雄らしさが増し、耳も尻尾もなめした皮のように艶々と黒く光っている。まるでクロ自身が芸術品かなにかのように見える時さえある程だ。

（まぁ、小さな頃から美しい子ではあったけども）

それにしても、この三年の急成長は目を見張るものがある。

そのおかげというかなんというか、数少ない村の若い者達はこぞってクロに夢中だ。彼らは、クロが目が見えないということもあって「何か手伝うことはないか」「面倒を見てあげる」とよく声をかけてくる。親切心からくるものなのでありがたくはあるが、最近は家にまで押しかけてくることもあり少し困っている。

ちなみにコガネは元々村の厄介者なので、いてもいなくても空気のような扱いを受けている。クロと若い子たちが舞台の真ん中にいて、コガネはそれを舞台袖《そで》から眺めている……そんな心地だ。

しかし、村の子たちの気持ちもよくわかる。最近のクロは、見た目はもちろん中身もぐんと成長してしまった。

図書館に所蔵されている、目の見えない者が読める本のそのほとんどを、クロは読破してしまったらしい。コガネも驚いたし、図書館の職員も驚いていた。さらにコガネは読んだことを吸収して、形にしていた。自分で学んだことを、目の見えない者のための文字で書き記しだしたのだ。今はもうすらすらと文字が書けるし、計算だってできるらしい。十を越えたばかりの子にしては十分だ、いや、十分が過ぎる。学校に通っている子たちより、余程賢いのではないかとコガネは考えていた。というより、実際そうに違いない。

だがクロは、目が見えないので村の学校には通うことを許可されなかった。

(もしも、クロの目が見えていたら)

これは、何年も前からずっとコガネが考えていることだ。

コガネには学がないのでよくわからないが、もしかしたら記憶を失くす前は見えていたかもしれないというクロの目は、手術を受けさえすればまた見えるようになるのではないだろうか……。

何にしてもそのためには、金が必要だ。コガネはそのために、ここ数年ずっと金を貯《た》め続けていた。父の盗んだ金を返すためのものとは別に、ずっとずっと。

自身の尻尾の毛を使った刺繍がよく売れることは知っていたので、最近はそればかりを作っている。おかげで昔より尻尾はみすぼらしくなってしまったが特段困ることもない。

コガネはとにかく、賢いクロのその才能を、そのままにしておきたくなかった。

「コガネさん？　早く家に帰りましょう」

「あ、あぁ」

名前を呼ばれて、コガネは思考に耽《ふけ》っていた頭を振り、頷く。結局「汗をかいた」と言っているのにクロはぴたりとコガネの横に並んでしまった。汗くさいだろうに、とは思うが、こうなったクロが離れないこともコガネはもう重々承知している。

クロに手を引かれながら歩き出すと、橋の上にいる若者たちが、じっとりとした目でコガネを睨《にら》んできた。まるで「お前が邪魔をしたから」とでも言うように。まぁたしかに、彼らにとってコガネは目の上のたんこぶどころではない邪魔者だろう。なにしろクロは相変わらずコガネにべったりだ。それ自体はコガネもわかっているところなので、なんとなく申し訳ない気持ちになる。

自身に憎しみをぶつけるのはいいが、クロにそれが向くことがないようにとは思う。クロ本人は……周りの視線や想《おも》いなどどうでもいいような顔をしているが。

(クロだって、恋のひとつやふたつする年頃だろうに)

普通、クロくらいの年代であれば誰かを好きになったり、他者によく見られたいと思ったりするのではないだろうか。

村の若者に対するツンとした態度が本心からなのかは、聡くもなく恋の話にも疎いコガネにはよくわからなかった。

＊

家に帰って、とりあえず風呂に入って汗と土を流した。風呂とはいっても、沸かした湯を大きな桶《おけ》に溜めただけのものだ。すぐ土色に染まるそれを何度もひっくり返してから、コガネは汚れた体をなんとか清めた。

やれやれと思いながら、さすがにその日は刺繍仕事もほどほどにベッドに寝転んだ。やはり数年前より体力が落ちているような気がする。

クロはそんなコガネの世話を甲斐甲斐《かいがい》しく焼いてくれた。夕飯の準備を手伝い、風呂を沸かし、着替えを用意して。最近は家事のおおよそをクロが担ってくれている。まだ子どものクロにそんなことをさせるわけにはいかないと言うのだが、クロは素知らぬ顔で「僕がしたくてしてるんです」と言う。

出会って十年近く、昔よりませた物言いもするようになったが、コガネにとっても大事な養い子だ。同年代の他の子たちはのびのびと自分のことだけを楽しんで過ごしているというのに……、とたまに自分の不甲斐なさが情けなくなる。

苦労させない、苦しい目に遭わせないと誓ったのに、最近はそれすら守れていない。

「コガネさん、また変なこと考えてませんか？」

「……いや、変なことは考えていない」

それは間違いなくそうなので、コガネはベッドにうつ伏せたままふるふると首を振る。衣擦《きぬず》れの音でコガネが首を振ったことがわかったのだろう、クロが「む」と不服そうな声を出して、ベッドに飛び乗ってきた。

「わっ」

「体、揉みます」

「え？　いや、大丈……わっ」

断ろうとしたものの、クロはあっという間にコガネの腰の上に陣取り、ぐ、ぐ、と背中を指圧してきた。

「ぐ、うぅ～」

クロはまた、按摩《あんま》がやたらと上手い。賢いから勘所を掴めるのだろうか……と考えて、さすがにそれは関係ないか、と内心首を振る。

肩甲骨を開くように指を差し込まれて、背骨に沿って親指で、ぐぅっ、と強く押されて。腰骨を左右両側から揉まれて……。土掘りや何やらで疲れた体は、あっという間に蕩けてしまった。

「……う、う」

「コガネさんって、気持ちいい時も苦しそうな声出しますよね……」

「う、……ん？」

そう言われて、コガネは閉じていた目を開く。そう言われてみれば、そうかもしれない。

「どうしてですかね」

（どうしてって、……あぁ）

あまり大っぴらに喜ぶ顔をすると、父が嫌な顔をするからだ。「お前は母を殺したくせに、よく楽しそうな顔をしているな」と。

笑い声をあげると、村人が怒るからだ。「こっちはお前の父親に金を取られて何も楽しくない。なんでお前が笑ってるんだ」と。

楽しいことも、嬉しいことも、気持ちいいことも、それは自分の中に押し込めておくもので、大きく表現してはいけないのだ。コガネはそう学んで生きてきた。

「なんでかな。ただの癖だよ」

コガネは何もかもを飲み込んで、そう答えた。本当のことを言うと、クロの耳が悲しそうに伏せられるだろうと思ったからだ。

昔から察しのいい子ではあったが、クロは最近とみに人の心の機微に聡い。それに、コガネの借金やそれにまつわる話も聞きたがるようになった。まだすべてを把握しているわけではないようだが、村人のコガネに対する言動を見ていれば察するものがあるのだろう。少なくとも、コガネの借金が、コガネの父に起因するものであることはわかっているようだった。

「でも、クロといる時は自然と笑ってしまうよ」

当たり障りのない言葉を付け加えると、腰にのった手に、ぐぅうっと力が込められた。ついでぽこぽこと軽く叩かれて、思わず「あたた」と呻《うめ》く。と、何故か「痛くないでしょう」と理不尽なことを言われてしまった。拗ねたようなその口調が可愛らしかったので、コガネは痛みも忘れて笑ってしまった。

「そういえば、今日も子どもたちに囲まれてたな」

さりげなく話題を変えると、クロが何のことかと言いたげに黙り「……あぁ」と興味なさそうな声をあげた。

「俺の手伝いは大丈夫だから。クロももっと人と遊んだりしてくればいい」

クロはいつだってコガネを手伝おうとする。昔は「自分のいないところで村人に冷たく扱われたら」と心配でできる限り側にいたが、最近の村人はクロにだけは当たりが柔らかい。コガネが暇そうにしていれば何かと仕事を押し付けてくるが、クロは子どもだし見目のいい人気者なので遊んでいても何も言われないだろう。

クロにはもっと普通の子と同じように過ごして欲しいし、成長してもらいたい。大人の手伝いが当たり前だと思って欲しくないのだ。しかし……。

「大丈夫です」

クロは素っ気なくそれを辞退した。

「いや、ほら……好きな子はいないのか？　一緒に遊びたくなるような……」

「いないです」

言葉を遮るように否定されてしまって、コガネは気圧《けお》されたように「そ、そうか」と頷くしかない。

「だって、僕が好きな人は……」

「うん？」

そこまで言って、クロは言葉を途切らせてしまった。その後、返事をいくら待っても返ってこない。

クロはただ無言で、ぎゅ、ぎゅ、とコガネの体を優しく揉んでいる。

さてどうしたものか、と次の言葉を考えていると、コガネの腰のあたりから重みが消えた。どうやら按摩が終わったらしい。

コガネは、ほう、と息を吐いてから体の力を抜く。……と、何かがするりと尻尾に触れた。細く繊細なそれは、クロの手だ。

「クロ?」

「尻尾、また細くなりました?」

うつ伏せていた体を少し捻《ひね》って後ろを振り向く。と、コガネの側に座っていたクロが、顔を俯《うつむ》けたまま問うてきた。コガネは少し言葉を探してから「あぁ」と頷く。

「季節的なものだ」

「もう冬なのに?」

「……まぁ、そういうこともある」

「ふぅん」

一般的に、冬毛の方が夏毛よりもふわふわと豊かである。とはいえ種族でも差があるし、誤魔化せるものと思っていたが……クロは静かに俯いたままだ。

幼い頃は黙っていても何を考えているか手に取るようにわかったものだが、最近のクロはそれが難しい。時々、コガネの考えつかないような難しいことを思案しているような気がする。

「この領地の民は、男同士でも結婚できますよね」

唐突にそんなことを言い出すものだから、コガネは面食らってしまった。だが何も返事をしないわけにもいかず「そうだな」と頷く。

この獣人の国は、国としての決まりごとの他、各領地ごとに定められた法がある。それぞれの領地の主が、その裁量で法を敷いて、己《おの》が管轄の民が心やすく過ごせるように努めているのだ。

コガネたちが住まうこのコクという領地は、古くからある獣人の一族が世襲制により治めている。数年前に代替わりしたとは聞いたことがあるが……詳しいことはコガネにはわからない。が、とにかく、同性の婚姻に関しては、特段何の縛りもなく許されている。

(もしかして)

コガネはクロの言葉と先ほど「好きな人は……」と言葉を切ったことを思い出し、は、と瞬く。

(クロは、同性が好きなのか？)

同性の婚姻が認められているとはいえ、やはり子を生《な》せる異性同士の方が数でいえば圧倒的に多い。同性婚に反対している領民も少なくない。

聡いクロだからこそ、自分の性的指向に早々に気付き、気付いたからこそ悩んでいるのではないだろうか。

(そういうことか)

コガネは「なるほど」と内心納得しながら体を起こす。そして、クロと向かい合うようにベッドの上に座った。

「クロ」

「はい？」

名を呼べばクロは躊躇いなく顔を上げる。その際にちりんと首元の鈴が鳴った。クロは今でもこうやってコガネが贈った鈴を身につけてくれている。その素直さが、たまらなくいじらしい。何でもしてやりたくなるし、何もかも許したくなる。

「クロの悩みはクロのものだから、何も言えないけれど」

クロの悩みだって丸ごと引き受けてやりたいが、そればかりは叶わない。クロの悩みは、クロだけのものだ。クロはコガネより賢いし、きっといつかは上手く答えを導ける。

「俺はずっとクロの味方だ。クロだけの」

コガネにできるのは、クロが導きだしたその答えを否定しないことだけだ。どんな時も、味方でいることだけだ。

万感の思いを込めてクロの髪を撫でると、クロは笑みとも、何ともつかない表情を浮かべて「はい」と頷いた。黒く艶やかな耳がぴぴっと跳ねて、そして伏せられた。まるで「もっと撫でて欲しい」と言わんばかりのその仕草が可愛らしくて、コガネはクロの頭を抱え込むようにして撫でる。

わしわしと両手を使って撫でてやると、クロは目を閉じてごろごろと喉を鳴らす。少し体は大きくなったが、こういうところも相変わらずで可愛らしい。

コガネとクロは、しばし二人でじゃれ合って、笑い合った。

「ん、それにしてもよく婚姻のことまで知っていたな。それを領主が決めていることも」

じゃれ合いの合間、ふと、先ほどの会話で気になったことを聞いてみる。

「本で読みました」

どことなく誇らしげに耳を伏せるクロは、コガネに褒められて嬉しいのだろう。好きな人の性別で悩んだり、難しいことをたくさん知っていても、やはりまだまだ子どもなのだ。

「僕は……今の領主はあまり好きではありません」

「そうなのか？」

日々の生活で手いっぱいで、領主のことなど考えたこともなかったコガネは、クロの言葉に驚くしかない。クロは目が見えない分、たくさんのことを心の目で捉《とら》えているのだろう。

コガネはクロと向き合ったまま、まだわずかに幼さの残るそのまろく白い頬を眺める。

「同性同士の婚姻を許可したのは先代の領主です。今の領主は先代の決まりごとをそのままなぞっているだけで、まったく改良していない」

「それは、駄目なことなのか？」

思ったことをそのまま問うてみると、クロは「僕が考える範囲で、ですけど」と前置きしてから話を続けた。

「時代は変わります。たとえば学校だって、昔は家の仕事の都合で通えなかった子もいたでしょうが、今は違います。技術もだいぶん発展して、子の手が必要なくなってきた。いっそすべての子を学校に通わせた方が後々領地のためになると思います」

「そう、か」

随分と難しいことを考えているんだな、と思う。しかし、たしかに平等に学校に通えるのであれば、クロだって、そしてコガネだってみんなと一緒に勉強ができただろう。

（俺が、学校に。そしたら文字だって読めるし、書けた……？）

そんな自分を想像できなくて、コガネは苦笑してしまう。文字の読み書きができていたら、刺繍や肉体労働以外の仕事もして、クロにもっと美味《おい》しいものを食べさせられていただろうか。簡単に目の手術を受けさせてやれていただろうか。

考えるだけで素晴らしいが、現実との差を思い知らされて悲しくもなる。

「借金の制度だって曖昧です。コガネさんの借金は元々コガネさんのものではなく、お父さんのものでしょう？」

「……クロ？」

滔々《とうとう》と話し続けるクロは、何だか思い詰めたような難しい顔をしていた。コガネは段々と話の主旨がわからなくなって、戸惑ってしまう。

「クロ、でも父が盗んだものは俺が返さないと……」

「どうして。自分ではない誰かの罪や重荷を背負うなんて、そんなのおかしい。そういった事例はきっと今もたくさんあるのに放置して新しい法の……」

「クロ、すまない。俺には少し、難しい」

クロの話の内容が難しい。難しい上に、聞いていると自身の負った物と向き合わされているような気持ちになる。

なんだか胸がバクバクと鳴って、痛くなって。コガネは思わず拒否するように両手を差し出し、話を止めてしまった。クロの話を遮るなんて、初めてのことだ。

「話についていけなくて、悪い。俺が……、俺が学のない物知らずだから。ごめん」

話についていけなくてごめん、理解できなくてごめん、と謝る。多分コガネより、クロの方がもうずっと立派で賢い。

「違う。それは、コガネさんのせいじゃない」

しかし、クロは先ほどよりも力強くコガネの謝罪を遮った。手探りでコガネの手を掴み、見えない目で懸命にコガネの顔を覗き込んでくる。ちりちりと鳴る鈴の音が、彼の懸命さを物語っていた。

「コガネさんの、せいじゃないのに」

悲しそうに眉根を下げて声を掠れさせるクロを見ながら、コガネもまた申し訳なくて、悲しい気持ちになる。

クロの言葉は、わかるようでわからない。けれど、クロがコガネのことを思ってくれているのは十二分に伝わってきた。

「クロ、クロ、ありがとう」

コガネはクロに掴まれた手をゆっくりと開き、逆にクロの手を包み込む。身長こそまだコガネの方が高いが、手の大きさは同じくらいになってきた。きっとクロは、もっともっと大きくなる。見た目だけじゃなく、中身も、きっと。

「お互い疲れているんだ。今日はもう寝よう、ここで寝ていいから」

「ん……」

クロの体が大きくなってきたということもあり、昨年ベッドをもうひとつ準備した。元々使っていた古いこのベッドとは反対の壁際に寄せるようにして置いてある。が、クロはそれでもこうやってコガネのベッドに乗りたがる。

「こっちで寝るんだ」と何度新しいベッドで寝かしつけても、夜中にはコガネの横で寝ているのだから大したものだ。それでもしつこく自分のベッドで寝るように促していたが、今日くらいはいいだろう。

コガネは自ら布団を持ち上げて、クロをそこに招き入れてやった。

暗闇の中。自身の腕を枕にしながら、コガネは一人静かに思案する。隣にいるクロは、安心しきった顔ですやすやと眠っていた。

ひゅう、と風が吹く音がして、窓がカタカタと鳴る。どこからともなく冷たい隙間風が吹き込んできて、コガネはクロの顎先まで掛け布団を掛けてやる。

(クロは)

クロは優しい、クロは賢明で聡い、クロはきっともっと優秀になる。コガネの知らないことをいっぱい知っていて、未来をちゃんと見据えている。明日のことだけじゃない、村のことだけじゃない、もっと大きな目で世界を見ているのだ。

そんなクロのために、自分にできることは何か。コガネはぐっと下唇を噛み締めてから、顔を俯ける。

おそらく、いよいよ踏ん切りをつけなければならない時が来たのだ。クロも十三歳。学校に通い始めるにはぎりぎりの歳になってきた。

「ん……」

と、コガネに身を寄せるようにしてクロがころんと体を横向けた。子どもらしくふっくらとした手がコガネを探して彷徨って、やがてコガネの寝巻きの裾を掴んだ。安心したようにむにむにと微笑みながら。

その、体全部を使ってコガネを慕っている気持ちが伝わってきて、胸が熱くなる。喉元《のどもと》まで込み上げてきたそれをどうにか飲み下して、コガネはクロの髪を撫でた。

（本当はずっとクロと、このまま……）

このまま、の先に続く言葉は胸の内にそっとしまって。窓から差し込む月明かりに照らされたクロを、コガネはずっとずっと見つめていた。

五

「わ。音が、多いですね」

駅に着いてすぐのクロの感想に、コガネは「そうだな」と微笑みながら頷く。クロは目が見えないので「人が多い」「建物が高い」といった視覚的な感想は抱かない。その独特な感想はいつもコガネに新しい発見をくれる。

「クロは、こんな都会に来るのは初めてだな」

「はい。長い時間機関車に乗るのも初めてでした」

今日は機関車を乗り継ぎ、領地一の都市コクダンにやって来ていた。いつも刺繍作品を卸しに行く街より数倍も人口が多く、賑《にぎ》やかな街だ。建物も大きく、道行く人も洒落た格好をしている。見るからに「田舎から出てきました」という服装のコガネとクロは浮いているが、誰もそんな二人を見ていないし気にしていない。各々の目的に向かう人々が行き交っている。

駅から出てすぐのところに突っ立っているコガネやクロにも、誰も関心を抱かない。

(こういうところの方が、生きやすいんだろうな)

いつも誰かの視線を感じる村とは大違いだ。コガネは父の借金があるので、あの村から出て行くことは許されない。今日もコガネが街に出ると知ると、あれやこれや買ってこいと伝えてきた。もちろん断ることは許されない。

なんだか、大きな檻《おり》の中に閉じ込められているような気がする。足枷《あしかせ》をつけられて、羽を切られて、出て行けないようにと繋がれた鳥のように。

(俺は仕方ない。借金を返さなきゃいけないから。でも……)

ふ、と小さく溜め息を吐くと、その音を聞きつけたらしいクロがぴぴっと耳を跳ねさせた。

「今日は、病院に行くんですよね？」

「あぁ」

きょと、と可愛らしい顔をして見上げてくるクロのその金色の目を見下ろし、コガネは目を細める。

今は何も映していない硝子玉《ガラス》のような目だが、もしかしたら、きちんと像を結ぶようになるかもしれない。

「クロの目を、診《み》てもらおうな」

クロの頭に手を置いて、よしよしと撫でる。と、その手に擦り付けるようにクロが頭を揺らす。ちりり、と高い鈴の音が、人混みの中でも綺麗に響いた。

安くはない交通費を払って都市までやって来たのは、他でもない、クロの目を治療するためだ。

「クロの目を見えるようにしてやりたい。そして、賢いこの子を学校に通わせてやりたい」

コガネは長年そう思っており、そのために生活を切り詰めて金を貯めてきた。そろそろ、目の手術を受けられるくらいの額には達したはずだ。

最初はいつも通っている街で手術を……、と考え医者に相談したのだが「目を見えるようにする手術？　ここらへんじゃ無理だね。もっと都会じゃないと」と素気なく言われたので、今日こうやって領地一番と呼ばれる都市までやって来た次第である。

クロにも簡単に事情は説明しているが、目が見えるようになったその後のことはまだしっかりと相談できていない。

クロは、村の中の同年代の子どもたちの中でも、ずば抜けて頭がいい。普通の学校に通うだけではもったいないくらいに賢いのだ。

（それに、このまま村にいたって……）

村にいると、クロは必然的にコガネと共にいることになる。それは、コガネと共に借金に縛られるということだ。

自分と同じく狭い檻に閉じ込められるクロを想像して、尻尾の毛がゾッと逆立つ。


「コガネさん、どうかしましたか？」

思考に耽っていたコガネの耳に、子どもの柔い声が届く。コガネは、は、と瞬きをしてから、クロの頭に置いていた手を持ち上げる。

「いや、なんでもない。行こうか」

そう言うと、クロがにこりと微笑んで手を差し出してくる。コガネは「はぐれないように」と言って、その手をそっと包むように握りしめる。クロは「はい」と本当に嬉しそうに、大きく二度頷いた。

（学校のことは、目が見えるようになってからでも……）

問題を先送りにしたところで、出る答えはひとつとわかっていた。わかっていたが、それでもコガネはそのたったひとつしかない答えから目を逸らして、手の中の温もりに意識を注いだ。

冬真《ま》っ只中《ただなか》ながら空は真っ青に澄んで日差しが暖かい。道行く人は誰もコガネたちを見ておらず、耳にはちりちりと優しい鈴音が響く。そして、手の中には何よりも大切な温もりがある。

「暖かいな」

「そうですね。ぽかぽかです」

何もかもが上手くいきそうな、そんなことを感じさせてくれる暖かく、穏やかな道のりだった。

きっとクロの目の手術も上手く話が進むはずだと、コガネは自身にそう言い聞かせながら、街の医者に書いてもらった紹介状を頼りに病院を目指した。

＊

「手術は可能です。クロくんの目はきっと何でも見えるようになりますよ」

その言葉を聞いた瞬間。コガネの胸ははち切れそうなほどの喜びでいっぱいになった。嬉しくて、嬉しくて、思わず隣に座るクロに抱きつきそうになって、どうにかそれを堪《こら》えて「っ、よかった」と噛み締めた歯の隙間から溢す。

クロもまたいつになく嬉しそうな様子で耳を跳ねさせて、コガネの方に顔を向けてくる。

「コガネさん、っ」

「あぁ」

「僕、目が見えるようになるんですか？」

「あぁ」

「目が？　あぁ、コガネさん、コガネさん……」

溢れる感情を抑えきれないのか、ただひたすらコガネの名を呼ぶクロの、その手を握りしめる。クロの手は小刻みに震え、尻尾の毛がぶわりと膨らんでいた。

（嬉しいな、嬉しいよな）

クロは、目が見えないことに対して文句を言ったことはない。本を指で読むこともそうだが、目の見えない自分にできる精一杯をこなして生きている。嘆くよりもまずできることをするのだ、とでも言うように。

だが、辛いこともたくさんあったに違いない。他の子のように思い切り外を駆けることもできず、学校にも通えず。コガネしかいない狭い世界で、息苦しかっただろう。

（目が見えたら、きっと）

思い切り走ることもできるし、目一杯好きな本を読んで勉強もできる。自分の目で世界を見るクロを頭の中に思い描いて、コガネはうっかり涙ぐんでしまった。

それをクロに悟られる前に、コガネは慌てて目元を拭う。

「よかったですね。ところで、お話を続けても？」

「あ、はい……、すみません」

優しげな表情を浮かべる医者に問われて、コガネは頭を下げながら頷く。医者は獣耳のない獣人だった。白銀の髪に赤い瞳という珍しい色彩を持つ彼は、おそらく爬虫《はちゅうるい》類型なのだろう。どの獣性を持つかまでは、ひと目では判別することができないが。

いずれにしても、柔和な表情の医者は悪い人物には見えない。なにしろクロの目を治してくれるというのだから、コガネにとっては神のような存在だ。

「手術を受けるならできるだけ早い方がいいでしょう。年齢が上がるほど成功率は低くなると思ってください」

「……はい」

医者の言葉を聞いて、コガネはぐっと眉間に力を入れる。できるだけ早く、早く手術を受けさせて、それから……。

「それから、手術費用についてですが」

諸々《もろもろ》の説明をしていた医者が、そこで言葉を途切らせる。ちら、とクロに視線をやったところを見るに、金の話を子どもの前でしていいのかどうか悩んでいるらしい。コガネはすぐにそれを察して「クロ、受付のところで待てるか？」とクロに問うてみた。

「看護師に案内させましょう」

医者が看護師を呼ぶと、すぐに女性が一人やって来た。クロは大人しく「待ってますね」とコガネに言って、診察室を出て行く。コガネはその小さな背中を見送ってから、医者に向き直った。

「えっと、手術の費用は……」

貯めていた金がどのくらい減るのか、クロが学校に通う分としていくら残せるか。そんなことを考えてそわそわと膝を揺すっていると、医者が変わらず柔和な笑みを浮かべたまま「そうですね」と続ける。

「ざっと見積もって手術だけで五百ゼルほどですね」

「え？」

コガネは聞き間違いかと思って、耳を跳ねさせた。それほどに、信じがたい金額だったのだ。

「五百……」

「五百ゼルです。その他に入院費や薬代もかかってきますので、正確にはもっと増えます」

医者は柔和な表情を崩さない。コガネは何度か小分けに息を吸い、下を見下ろした。裁縫のせいで傷が多く、皮の厚くなった自分のみすぼらしい手が目に入る。

「あの、俺……」

「はい？」

「あの………」

そのまま言葉を紡ぐことができなくなって、コガネは黙り込む。

コガネたちの住まうこの国の通貨単位はゼル。どの領地でもそれは共通だ。補助通貨としてニィカもあり、百ニィカは一ゼルに相当する。

刺繍をしたハンカチが一枚およそ五ニィカの金額で買い取ってもらえる。月に五十枚ほど刺繍して、その他にも休みなく日雇いの仕事をして。そこから生活費や、村人に返す金を差し引いて、切り詰めて切り詰めて残った金を懸命に貯めて。そうやってこの八年でコガネが貯めた金は、百ゼルだ。それだけあればクロの手術だってできるし、学校にも不自由なく通わせてやれると思っていた。

だが、全然足りない。驚くほど、思わず笑ってしまうほど足りない。コガネが尻尾の毛を使い、文字通り身を削って汗水垂らして稼いだ金でも、クロに手術を受けさせてやることはできない。

（五百、五百貯めるのに、あと、どのくらいだ？　俺が毎日仕事をしても、寝る間も惜しんで刺繍をしても、それでもきっと……）

碌に計算もできないコガネでも、途方もない時間がかかるであろうことはすぐにわかった。この八年で百ゼルを貯めたので、同じ額を貯めるにもあと八年はかかる。五百ゼルなら、その何倍もかかる。今まで以上に働いたとしても、クロが大人になるまでには間に合わない。絶対、絶対に間に合わない。先ほどまで喜びに溢れていた胸が、ぐっと上から押しつぶされたように痛い。痛いし、苦しいし、惨めで悲しい。

手術の費用どころか、学校に通わせるためのお金に……なんて考えていた自分がいっそ滑稽《こっけい》に思えて、コガネは顔を俯ける。あまりの衝撃に、涙すら出る気配もない。

(俺はなんて、なんて物知らずで、なんてめでたい……なんて)

比喩《ひゆ》ではなく目の前が真っ暗になって、コガネは自分がきつく目を閉じていたことに気付く。いっそ気を失って倒れてしまいたい。だが、待合室で待っているであろうクロを思うとそんなことできない。

きっとクロは、明るい笑みを浮かべているだろう。もうすぐ目が見えるのだと、素晴らしい希望に胸を膨らませて。

最初から手術費用が賄えないとわかっていたら、ここに来ることもなかった。しかしコガネのせいでクロは「治る」という希望を知ってしまった。一度知った希望を握りつぶすのは、あまりにも辛い。

「もしもし、大丈夫ですか?」

医者が柔らかく言葉をかけてくれる。言葉と一緒に、そ、と肩に手を置かれた。自分のそれと違って真白く綺麗なその手を見ながら、コガネは虚《うつ》ろな顔を持ち上げる。

「お金を、手術の費用を、借りたりすることは……」

「残念ですが、それはできません」

医者は申し訳なさそうな顔で眉尻を下げ、首を振る。

「手術を受けたい方はたくさんいらっしゃいます。クロくんやあなただけが特別ではないのです」

ガンッ、と頭を殴られたような衝撃だった。

そう。自分たちは所詮《しょせん》その程度の存在でしかない。金を払えば手術は受けられるし、払えなければ目を治すこともできない。そんなの当たり前だ。けれど……。

「でも、あの、クロは……あの子は特別賢いんです」

コガネは太腿《ふともも》の上に手を置いて、懸命に医者に伝える。

「目が見えないのに本も読めるし、計算だってできます。物知りで……あの、歴史にも詳しいんです。俺が知らないことをたくさん知ってる」

そう。コガネは物知らずだが、クロは違う。クロはあの小さな村で一生を終えるような子ではない。才能に溢れた、選ばれた子なのだ。檻の中に閉じ込められるなんて、耐えられない。

太腿に置いた手が、ぶるぶると小刻みに震える。医者が気の毒そうな目で見ているのがわかる。だが、コガネは溢れ出る言葉を止めることができなかった。

「あの子の目が見えたら、きっと素晴らしい才能を開花させるに違いないんです。学校にも通って、きっと……あの子は、クロは……っ、だからっ」

だから……、と続ける言葉に詰まってしまって、コガネは唇を噛み締める。ふっ、ふっ、と鼻息だけ荒く震えて、そして「ぐぅ」と何も言えないまま広げた手のひらに顔を埋めた。どうしようもない、どうにもできない気持ちが心の中で渦巻いて、辛くて、苦しくてどうしようもない。

何もできない自分が不甲斐なくて、叫び出したい。わぁわぁと喚《わめ》いて、泣きたい。

「コガネさん」

名前を呼ばれ、コガネは「ふー……」と長く息を吐いてから「はい」と震えた声を返す。

「失礼ですが、クロくんとは……血縁関係でいらっしゃいますか？」

「……違います。俺は、育ての親です」

「他に、頼れるご家族や親族は」

「いません。二人だけの家族ですし、頼れるような人も……」

村人の顔を思い浮かべるが、誰も金を貸してくれそうにはなかった。そもそも、すでに借金を背負っている状態なのだ。知り合いなんてほとんどおらず、金の無心をできそうな人物など一人も浮かばない。

「誰も、いません」

聞かれたことに素直に答えると、医者は「なるほど」と頷いた。その声にどこか喜色が含まれているように感じて、コガネは下げていた視線を上げる。

医者は変わらず柔らかな笑みを浮かべたまま、コガネの背後に視線を送ってきた。

「尻尾」

「……は？」

突然、話の流れとまったく関係のない単語が出てきて、コガネは思わずきょとんと目を見開く。そして「しっぽ？」と医者の言葉をそのまま繰り返した。

「尻尾の毛が少ないのは、もしかして、売ったからでは？」

問われて、コガネは自身の尻尾に目を落とし、そしてもう一度医者に視線を戻す。窓から差し込んだ光が、医者の髪を白く光らせている。妙に明るくて……なんだか光に溶けてしまいそうな儚《はかな》さがあった。

なんともいえない微妙な気持ちで、コガネは「そう、ですけど」と肯定する。

コガネは刺繍で自身の尻尾の毛を使っているが、それ以外でもまとめて刈って売り払うこともしばしばあった。コガネに限らず、尻尾の毛を売り払うことは間々ある。特に、尻尾の毛を潤沢に持っているけれど金のない獣人は、よく取る手だ。

「クロくんのために」

「……え」

「コガネさんは、クロくんのためならなんでもする。そんな雰囲気ですね」

そう言われて、コガネは言葉に詰まる。

それは、医者の言葉を否定しようと思ったからではない。

「なんでも……」

ぽつ、と溢したコガネに、医者が「ん？」と穏やかに聞き返してくる。

「なんでも、できるものならしてあげたいです。俺にできることならなんだってしたい、俺にあげられるものならなんだって渡したい。でも……」

でも、実際のところコガネがしてあげられることなんて、些細《ささい》なことだ。

ご飯だって満足にあげられていない。クロがいつも「もうお腹《なか》いっぱいです」と言うのは嘘なのだと、コガネを気遣い遠慮しているのだと知っている。服だってコガネのお下がりばかりで、靴もぼろぼろ。何もかも、何もかも。

「できることの方が、少ない。手術だって……っ」

自分の情けなさとクロのいじらしさで、胸が詰まって声が裏返る。コガネは拳《こぶし》を握って、それを太腿に振り下ろした。何度も、何度も。

「手術だって、受けさせてやれない」

どんっ、どんっ、と鈍い音が響く。それが自身の体から出ている音だというのはわかっていたが、どうでもいい。体より、心がたまらなく痛かった。どうにもできない自分が歯痒《はがゆ》かった。

「コガネさん、あぁ、落ち着いてください」

柔らかな声で制されて、コガネは最後にもう一度自身を殴ってから「うぅ」と情けない声を漏らす。

「コガネさん、あなたは……」

「え？」

不自然に言葉を切って、医者が片手で口元を覆った。少し顔を俯けたので表情が読めなくなる。そのまま「ふ、ふ」と泣き声とも笑い声ともつかない吐息を漏らす医者を見て、コガネは眉根を寄せる。

「あの？」

「コガネさん……、ふ」

わずかに医者の肩が震えているように見えて、コガネはびくりと上半身を引く。

「本当に、素晴らしい、家族愛に溢れた方ですね」

どちらかというと肯定的な物言いに、コガネは詰めていた息を吐いた。もしや自分の行いが癇《かん》に障ったのかと思ったが、違うらしい。ちらりと見えた医者の目には涙が浮かんでいた。

「親が子を思う気持ち、本当に尊く感じます。感動しました」

「あ、りがとう……ございます」

なんと言っていいのかわからず、コガネは曖昧に礼を言う。と、医者が目元の涙を拭ってから、コガネの目に自身の目を合わせてきた。ぽたりと落ちた血のように赤い目が、じっとコガネを見ている。

優しい言葉をかけられているはずなのに、獲物を狙う蛇に見つめられたような気持ちになるのは何故だろう。

「私、いいことを考えたのです。もしかしたら……コガネさんたちの助けになれるかもしれない」

「助け……？」

なんのことかわからず、ぼんやりと医者を見つめる。と、不意に医者が手を伸ばしてきた。それは太腿の上に置かれたコガネの手に重なる。

まるで慰めるように、励ますように拳を手のひらで包み込まれて、コガネは「？」と戸惑いながら、その手と医者の顔とを見比べる。

「先生？」

「後日、またここに来てくれませんか？」

医者の言葉の意味がわからず「え？」と問う。医者はそんなコガネに向かってにこりと笑ってみせた。まるで、何も不安に思うことはないとでも言うように。

「クロくんがどれほどの学力があるのか、きちんと試験を受けてもらって確かめましょう」

「え、……え？」

「結果如何《いかん》では、コガネさんとクロくんの力になれるかと思います」

医者は押し切るような勢いでそう言った。掴まれた手は、ぎち、と音がしそうなほど強く包まれている。

何が何だかわからないまま、しかし医者の熱意に押されて、コガネはこくりと頷いた。

六

医者の名前はスオウといった。歳はコガネより十も上らしいが、驚くほど若々しい顔をしている。柔和で穏やかな表情をしており、コガネと話す時もクロと話す時も、いつでも笑顔だ。

親の残してくれた病院を継いで跡取りとなったものの、すでに両親は他界。今は人を救うことを第一の目的として、日夜懸命に働いている……。と、そういったことをコガネはスオウから直接説明された。

「質問があればなんでも答えますよ」

と、スオウは言ってくれたが、コガネには特に尋ねたいことはなかった。彼がどんな人柄であれ、クロを救ってくれるのであれば、それ以外何も求めることはない。

そう、クロさえ……クロの目さえ見えるようになるのであれば。それだけで。

病院を初めて訪れてから十日後。コガネとクロは再び病院へと足を運んだ。

訪れて早々、クロはコガネと離れて「学力試験」を受けることになった。どうやらそれはクロの知能の測定をしてくれるらしく、クロ用にきちんと指で触れる文字で問題が出されるとのことだった。

……なんて説明を受けたが、コガネにはそれがどういうことかいまいちわからなかった。なにしろコガネは試験なんてものを受けたことがないからだ。

クロの試験はそれなりに時間をかけて行われた。その間コガネはあっちに行ったりこっちに行ったり落ち着かなかったが、試験後のクロが開口一番「とても楽しかったです」と言ったので、現金だがそれだけでホッとしてしまった。クロが笑顔でいてくれることが、どんな状況でもコガネを救ってくれる。

ただ、頻繁に遠い街まで出向くと移動費はかかるし、その間仕事もできないので収入が減る。それをスオウに伝えると、彼は「そういうことなら」と笑顔でそれらの費用を負担してくれた。曰《いわ》く「自分が呼びつけている立場なので」とのことだったが、そこまでされると決まりが悪い。

しかしスオウは、申し訳なさそうにするコガネに対していつもにこにこと笑顔を向けてきた。どんな状況でも、どんな話をする時も。判で押したように、笑顔だ。

そんなスオウが、自身の「目的」を話してくれたのは、それから数日後。「試験の結果が出たので、すぐにでも来院して欲しい」とスオウから手紙と金が届いた、その次の日のことだった。


「クロくんの知能は、驚くほどに高いです」

スオウの言葉を聞いて、コガネの胸に「やっぱり」という納得する気持ちと「よかった」と安堵する気持ちが去来した。やはり、そうだったのだ。コガネが感じたことは間違いではなかった。独りよがりな考えではなかったのだ。

コガネは現在スオウの診察室で試験の結果を聞いている。クロは待合室で待っているが、今日はスオウが本を用意してくれていたので飽きることもないだろう。うきうきとした様子で新品の本を抱えるクロを見ていると、嬉しいような切ないような、どうにも表現しがたい複雑な気持ちで喉が苦しくなった。

「どの教科も満遍なく点数が高い。数学と古典は満点、他の教科もそれに近い。これまで学校に通っていなかったなんて信じられません。本当に素晴らしい」

「……はい」

「これなら国一番と名高い王立学園に入学することも可能だと思います」

自分のことを褒められるより、クロのことを褒められる方が何倍も嬉しい。コガネは揺れそうになる尻尾を押さえつけながら、しかし同時に、どうしようもない悲しみを感じる。そんな才能に溢れるクロを、コガネはどうしてやることもできないからだ。

なんともいえない感情を噛み締めながら俯いていると、机に置かれた書類に顔を向けていたスオウが、ぎっ、と椅子を軋ませながらコガネを見た。

「ただし、王立学園は全寮制。自分のことは自分で世話をするのが当たり前ですので、盲目の子はもちろん入学できません」

心臓を、真冬の湖に沈められたような心地がした。

ひや、と冷え切って、心音さえ聞こえなくなる。コガネは「は、は」と聞こえる耳障りな短い呼吸音が自分のものだということに気付き、慌てて口を閉じる。そして、皮膚が破けんばかりに強く、唇を噛み締めた。

(それは、そんな……。そんな)

そんなの、目が見えるようになる手術をしなければならないではないか。だがコガネには五百ゼルなんて大金を用意できない。

と、そんなコガネをじっと見つめていたスオウが、にこやかに頬を持ち上げた。

「それで。私があなたたちの助けになれるかもと言った話なんですが……」

「……は、い」

何をどう助けてくれるのか、本当に助ける意思があるのか、どんな条件を満たしたら助けてくれるのか、今の今までスオウは何も言わなかった。コガネは太腿の上で、ぎゅ、と手を握る。心臓の音がばくばくとうるさいくらいに鳴っていた。いや、心音が突然大きくなるなんてことはない。これはきっと、コガネが緊張しているからだ。だからこんなにも、心臓がうるさくて視界は狭くて、喉が詰まったように息が苦しくなる。

「手術費は私が立て替えましょう」

「え……？」

「それから、王立学園は身元のたしかな子しか入学できませんので、私が後見人になります。入学費用や学費も支払いますよ。まぁクロくんほどの実力があれば、学費は免除されるかもしれませんが」

「は、え……」

成績優秀者は特別に免除されるんですよ、なんて笑顔で言われても同じように笑みを返すことができない。話についていけないからだ。

コガネは「待ってください」と話を止めることもできないまま、回らない頭をどうにか回転させる。

（つまり、え、……どういうことだ？）

手術ができる、立派な学校に入学する手続きも取ってもらえる。そんな、そんな話があるだろうか。

「寮生活では生活費もかかりますので、それはコガネさんに払っていただきましょう。百ゼルはお持ちとのことでしたよね？」

「は、はい。あの、いやでも……、あ、待ってください」

「はい？」

ようやく、コガネは手のひらをスオウに向けて話を遮る。「どうしました」と首を傾げるスオウの穏やかな顔を見て、何度も口の中で言葉を転がし、そしてそれを絞り出す。

「な、なんで、ですか？」

あまりにも話が上手くいきすぎている気がして、コガネの頭の中で「こんなのおかしい」という声が響く。やめた方がいい、おかしい。お前は馬鹿なんだからよく話を聞け、と。そんな声が。

「なんでそんな話に……、どうしてそこまでしてくれるんですか。俺、俺は何をすれば……」

なにがしかの条件があって然《しか》るべきだろうとスオウと視線を合わせる。……と、ひとつに括《くく》った白髪をさらりと流しながら、スオウが首を傾けた。さらさらと白い糸のような髪が、同じく白い肌にかかる。スオウは長い指でそれを払ってから、真っ赤な目をコガネに向けてきた。

「一番は、コガネさんの、クロくんに対する愛情に感銘を受けたからですよ」

スオウはそう言って、手元にあった資料をまとめる。そしてそれを机の中にしまいながら「実は」とどこか照れたように続けた。

「私にも目指している夢がありまして」

「夢……？」

なんの話だ、と思わず眉根を寄せてしまう。スオウはそんなコガネの反応など気にした様子もなく、はい、と嬉しそうに頷いた。

「どうしても開発したい薬があるんです」

「薬」

コガネにとって薬とは既にそこにあって、使う「モノ」でしかなかった。誰かがそれを作っているなんて、想像もしたことがなかったし、開発と言われてもピンとこない。

いまいち反応の薄いコガネをどう思ったのか、スオウは薄く笑うと「それで」と続けた。

「その開発の手伝いを、コガネさんにして欲しいんです」

「俺に？」

「はい。だからこれは金を貸すのではなく、対価として払う形になります。契約です」

「はぁ……」

自分が薬を作っているところを想像しようとして、コガネはすぐに断念する。そもそもどうやって薬を作っているかも知らないので、映像が思い浮かばないのだ。

「でも、俺にできることは、なにもないと……」

「ありますとも」

スオウが大仰に手を持ち上げて、にこにことコガネを見やる。

「コガネさんは、クロくんのためならどんなことでもできるだろうと、私はそう思っています。……違いますか？」

スオウの問いに、コガネは二度瞬いて、そしてすぐに「はい」と返事をした。内容もよくわからないし、薬のことも、何も知らない。だが、コガネはきっと自分はこの話を受けることになるだろうと思っていた。

できることがあればなんだって、できないことだって無理をしても。クロにしてやれることならば、いくらでもなんでもしてやりたい。

コガネの力強い返事を聞いたスオウが「素晴らしい」と微笑む。そして、まるでコガネがそう返事をすることがわかっていたかのように、ゆったりと椅子の背に体を預ける。

「では、詳しくお話しさせていただきますね」

コガネは一度目を閉じて眼裏にクロの顔を描いてから「はい。聞かせてください」ともう一度力強く頷いた。

＊

「コガネさん、本当に食べていいんですか？」

「あぁ、今日は特別だ」

自身の前に置かれたケーキを前に、クロは戸惑ったように首を傾ける。そして、すんすん、と鼻を鳴らしてケーキの匂いを嗅ぐ。甘い香りが鼻をくすぐったのだろう、ほわ、とその頬が緩むのがわかった。

コガネとクロは、コクダンにある菓子店を訪れていた。駅の近くにあるこの店の前を通る時、いつもクロの尻尾が左右に揺れていたことをコガネは知っていたからだ。

スオウの病院での診察の帰り道「今日はここに寄ろう」と言うと、クロは飛び上がって驚いた。

店の外にはショーウィンドウがあり、色々な種類のケーキが並んでいる。それを横目で見ながら銀細工が施された扉を開けて店内に入ると、ほわ、と甘い香りに包まれた。

普段一緒に暮らしていて、甘い物を食べることはほとんどない。唯一の甘味は薄い紅茶に砂糖を溶かしたもの。クロはそれを「甘い、美味しい」と喜んで飲んでいるが、コガネはなんともいえない気持ちで眺めていた。だが、今日は違う。

コガネはどんなケーキがあるかひとつひとつ教えてやって、どれが食べてみたいかを尋ねた。クロはおっかなびっくりといった様子で「苺《いちご》の、のったやつがいいです」と教えてくれた。笑みを隠せない口元から犬歯を覗かせ、きらきらとした目でコガネを見ながら。

「コガネさんのもありますか？」

そう聞かれたが、コガネは「俺は、紅茶だけで十分だ」と答えた。実際、ケーキを嬉しそうに口に含むクロの様子を見ていたら胸がいっぱいになってしまって、何も入りそうになかった。

「美味しい、美味しいです」

何度も「食べませんか？」と聞かれるので、コガネはそれをひと口だけクロから貰った。フォークにひと口分のったケーキと苺はとても甘くて、美味しかった。

この甘さを、きっと自分は一生忘れることはないと思いながら、コガネは「クロ、話があるんだ」と切り出した。

「クロは、もっと勉強ができたら嬉しいよな」

「はい」

「本だって、もっと読みたいだろう？」

「はい！」

クロは、本当に本が好きだ。気持ちのいい返事に、コガネは頬を緩めた。

「目の手術を受けよう」

コガネの言葉に、クロは目玉が溢れ落ちそうなほどに目を見開いて、唇を震わせながらどうにか口を開き、そして「……っ、はい」と頷きかけ、はたと止まった。

「でも、お金……」

やはり、聡いクロはそこにまで思い至った。もしかしたらずっと考えていたのかもしれない。自分の目が見えるようになるか、見えないままか、その大事な瀬戸際にコガネの金のことを気にしてくれるそのいじらしさに胸が痛くなる。

コガネはクロに気付かれないように、顔を歪めてから、できるだけ明るい声で「大丈夫だ」と返す。

「金を……、貯めていたんだ。いつか、クロに目の手術を受けて欲しいと、思って」

ちゃんと、声を震わせずに話せているだろうかと不安だったが、それを聞いたクロがパッと頬を紅潮させたのを見て、大丈夫だったのだろうと察する。

「だから、心配しなくていい」

そう言うと、クロがぽかんと開けていた口をぐっと閉じて、そして顔を俯けた。

「クロ?」

何かまだ心配事があるのだろうか、と見守っていると、クロはゆっくりと首を振った。最近切ってやることもできずすっかり耳にかかるようになってしまった黒髪が、ぱさ、ぱさ、と音を立てる。

「……ありがとう、ございます」

俯いたまま、クロは続ける。

「嬉しい……、嬉しい、嬉しい」

繰り返すほど力強く、芯を持っていく声。最後にもう一度、まるで自身の心に刻むように「嬉しい……！」と繰り返したクロの睫毛が震えている。泣き出してしまうかと思ったが、クロは涙を溢さなかった。

「これで、コガネさんの顔が見られますね。火だって使えるから、料理もできるし」

家の中でできることが増えます、と嬉しそうに言うクロに、コガネは何も言えないまま。しばし黙ってから「クロ」とその名を呼んだ。

「え？　なんですか」

妙に静かなコガネの口調に何かを感じたのか、クロが耳を跳ねさせる。ぴるっ、と跳ねるそれを見ながら、コガネは「クロ、あのな」とクロの名前をもう一度呼んだ。

「目が見えるようになったら、学校に通おう」

コガネの言葉を聞いたクロはどこか呆然とした顔で「がっ、こう」と呟く。そしてもう一度「学校」とその言葉自体を確認するように繰り返して、そしてきらきらとした目をコガネに向ける。

コガネはそれを見ながら、心の中で「よし」と呟く。よし、ここからだ。ここからが大事な……本当に大事なことなのだ。

「あぁ。しかもただの学校じゃない。王立学園……この国で一番すごい学校だ」

「え、……えっ？」

「スオウ先生が後見人になってくれるって。ほら、この間病院に行った時に試験を受けただろう？

あれで、クロが王立学園に通えるだけの学力があることがわかったんだ」

「スオウ、先生？」

最初こそ笑顔で目を輝かせていたクロだが、段々と眉間に皺を寄せ始めた。何を言っているのか、と口に出さずとも困ったように顰《ひそ》められた眉《まゆ》が、わななく唇が、雄弁に語っている。

「コガネさん。王立学園は、王都にしかないですよね？　王都は、この領地からとても離れていると思うんですが。一日機関車に乗ったって、辿り着くこともできない。しかも、全寮制だ」

クロの声がわずかに震えている。それが怒りによるものか、悲しみによるものか、すぐには判別できない。だがその表情を見れば、クロが傷ついていることはよくわかった。

「あぁ」

「コガネさんっ」

今度こそ、クロが悲鳴のような声をあげる。辛そうなその声を、しかしコガネは動揺せずに受け止めた。この話をしようと思ってから、何度も、何度も何度も頭の中で繰り返し練習したからだ。

「なんだ？　あぁ、費用は心配しなくていいぞ。クロは本当に賢くて、学費が免除されるかもしれないって。ずっと上位の成績を維持しなきゃならないらしいんだが……クロならきっと大丈夫だな」

「コガネさんって、ねぇ」

「うん。クロならきっと大丈夫だ。スオウ先生も『まず間違いなく合格するでしょう』って言っていた」

クロの呼びかけに応えているような、いないような。そんな態度をのらりくらりと続ける。

「友達もできるぞ。クロみたいに賢い子がいっぱいいるんだ。話も合うし、きっと楽しい……」

「やめてくださいっ」

クロが大きな声をあげた。店内にいた客や、店員が何事かとこちらを見ている。コガネはそれでも、真っ直ぐにクロを見つめた。

「なんでスオウ先生なんですか？　王立学園？　どうしてそんな話になってるんですか」

混乱したようなクロの声は痛々しい。

「おかしいと思ったんです。なんで病院で試験を受けるのかとか、スオウ先生と長い時間何を話してるのかとか」

「クロ」

「僕のいないところで、僕の未来を決めてたんですか？　なんで？」

どうして、とクロは絞り出すように溢して、そして首を振った。

「スオウ先生……」

ぽつんとそう漏らしてから、は、としたように顔を上げる。

「スオウ先生に言われたんですね。王立学園に行かせたらどうかって」

何も映さないクロの金色の目が歪む。勘のいいクロのことだ、隠しても知られるだろうとコガネは「王立学園のことを、教えてもらった」と正直に答える。

「怪しいですよ、そんなの。後見人になるのだって、あの人になんの得があるんですか？」

「得とかじゃなく、……ただの厚意だろう。それだけクロに才能があると思われたんだよ。クロが、優秀だから見捨てられなかったんだ」

本当はそれ以外にも理由があることはわかっていた。が、それを今ここでクロには言うことはできない。

コガネの言葉を聞いて、クロが何か言いたげに口を開く……が、一度「ふぅ」と息を吐いて、気持ちを落ち着かせるように胸に手を置く。

「そんな申し出を受けて、コガネさんが何をされるかわからない」

だから嫌です、と首を振るクロに、コガネの胸がドキッとひとつ跳ねる。が、それを悟らせないよう、至極冷静な声を装い「駄目だ」と切り捨てた。

「王立学園だぞ？　優秀な子どもたちが集まる場所だ。きっとクロは一番になって、それこそ医者や、学者先生や、何かこう……凄《すご》い人になるんだ」

こんな時もあやふやなことしか言えない、学のない自分が嫌になる。世の中の、いわゆる「偉い人」「頭のいい人」という知識が乏しいのだ。自分の世界から遠すぎて、一体どんな職に就けるのかもわからない。

「文字を読めるようになって、計算ができるようになってくれ。俺のように……ならないでくれ」

それは、コガネの切実な願いであった。自分の人生を否定するような言葉だが、本気でそう思っているのだ。

文字を読めないことで、計算ができないことで、親の罪を背負ったことで、コガネは多分、人よりも少しだけ苦しいと思うことが多かった。クロには、そうなって欲しくない。できることなら、人よりもたくさん楽しいと思える人生を過ごして欲しい。

コガネの言葉を聞いたクロが、くしゃりと表情を歪める。しかしそれでも、クロは頑なに首を振る。

「……でも、それでも嫌だ。僕はコガネさんといたい」

「クロ……」

クロは持っていたフォークを皿の上に置く。かつん、と高く乾いた音が響いた。

「学校は家から通えるところでいいですし、ケーキもいりません。コガネさんがいればいい」

「クロ」

「しっかり勉強して、お金を稼ぐ方法ならちゃんと考えます。それに、あの村にコガネさんを一人残していくのも心配です。借金だって僕が一緒に返せば……」

「クロ……っ！」

それは、コガネが一番望んでいないことだ。クロに言わせたくない一心で、コガネはその言葉を遮る。コガネが珍しく大きい声を出したからだろう、クロはハッとしたように目を見開き、そして唇を噛み締めた。

「僕は、コガネさんといるだけで、幸せなのに」

悲しそうに漏らしたクロのその言葉はコガネの胸に柔らかく突き刺さった。

(俺も、クロといるだけで……)

本当の気持ちを吐露しそうになって、どうにかそれを耐える。それを言ってしまったら、すべてが台無しだ。

「急にこんな話をして、びっくりしたよな」

コガネは極力明るい声でそう言って、紅茶の入ったカップに口をつける。何の味もしないそれを無理矢理喉奥に流し込んで、本当に言いたいことは全部飲み込んで。

「入学試験までまだ時間はあるから、ゆっくり考えるといい。今は、ケーキを食べよう」

「……はい」

コガネの言葉に、クロは小さく頷く。その顔には「納得いってません」とありありと書かれている。

(参ったな)

そうなるような気はしていたが、やはりクロはあっさりとは王立学園への進学を受け入れはしなかった。

(だけど、きっと)

きっと本当は、クロだって勉強をしたいと思っているはずだ。クロは本当に物知りで、日常の中でもコガネに色々なことを教えてくれる。それだけたくさんの本を読んできたからだ。

もしも目が見えるようになったら、もっとたくさん本を読めるし、勉強もできる。そのためにはやはり……。

コガネは見えないながらも上品にケーキを食べるクロを見ながら「ふ」と小さく溜め息を吐いた。

七

菓子店での一件以降、コガネは事あるごとにクロに王立学園への進学を勧めた。が、クロはやはり頷かない。

話を聞いている限り「コガネと離れたくない」という理由が大きいらしい。

王立学園は全寮制で、入学すると最低でも三年は余程のことがない限り学園外に出ることを許されない。親元を離れ、自立し、国を担う立派な若人となること。それが王立学園の掲げる理念なのだという。

「三年も離れて、もしコガネさんに何かあったらどうするんですか」

そう言うクロの顔は真剣そのものだった。

どうしたものかと思い悩んでいる間にも時は過ぎる。いよいよ受験をするのかどうか決めねばならぬという頃、事態は思わぬ形で動くことになった。

ある日、スオウがコガネとクロの家を訪ねてきたのだ。

「スオウ先生？　なんで……」

玄関先で戸惑うコガネに、スオウは「やぁこんにちは」と洒落た山高帽を持ち上げ、いつもと変わらぬにこやかな表情で挨拶《あいさつ》をしてきた。

仕立ての良い上等な服を着たスオウは、隙間風が吹くコガネの家に似つかわしくない存在だった。

一応テーブルに案内して茶を出しはしたが、そのカップすら似合わない。端の欠けたカップを優雅な仕草で持ち上げるスオウは、まるでまったく別の人物が描いた絵をちぐはぐに切り合わせたような……そんな違和感があった。

「僕に、王立学園を受験しろと言いに来たんですか？」

呑気に茶を啜るスオウに対し、クロはまるで背中の毛を逆立てる猫のような警戒を見せ、刺々《とげとげ》しい言葉を投げかけた。

「こら、クロ……」

「まぁそうですね」

コガネが窘《たしな》めようとする前に、スオウはクロの発言をあっさりと認めてしまった。

「でもそれだけではなく、大事な用事があって来たんですよ」

「用事？　なんですか、それは」

「ふふ、秘密です。まぁすぐにわかりますけどね」

スオウは上機嫌だし、クロは不機嫌だし、そんな二人の間でコガネはおろおろするしかない。

スオウは出されたお茶をきっちり飲み切ると「さて」と机の上に手を置いた。

「コガネさん、あなたの借金の取りまとめは誰が？」

突然の話に、コガネは「え？」と目を瞬かせる。

「借金？　あぁ、それは村長が……」

コガネの父は、村人のほとんどから金を集めて回っていたので、コガネは彼ら全員に対して借金を負っている形になる。が、一応取りまとめという形で借金の返済は村長に支払っている。彼がその金を分配して村人に渡しているのだ。

「なるほど。では村長の家は？」

「えっ、と……」

問われて、コガネは言葉に詰まりながらも村長の家の場所を伝えようと口を開く。が、その前にクロが「スオウ先生」と幼いながらも芯の通った声をあげた。

「なんであなたがコガネさんの借金のことを知っているんですか」

クロの問いに、スオウは笑みを浮かべたまま「そりゃあ」と声をあげる。

「コガネさんに聞いたんですよ」

それを聞いたクロが、ちらりとコガネの方へ顔を向ける。嘘をつくこともできず、コガネは「俺が話した」とスオウの言を肯定する。

「まさか、あなたがコガネさんの借金を返すとでも言うんですか？」

クロの顔は真剣だった。真剣に、スオウの方を睨みつけている。

「そうやって恩を売って、コガネさんをどうするつもりなんですか？」

「クロ……」

明らかに、スオウに対する不審を孕《はら》んだ言葉だった。コガネは「クロ」と窘めるように名前を呼ぶが、スオウは気にした様子もなく「ははは」と場違いに明るい笑い声を溢す。

「すっかり警戒されてしまいましたね」

スオウは「参ったな」と頭の後ろをかくと、やはり笑顔を崩さないまま首を振る。年少者であるクロの言葉に、怒りを感じている様子もない。

「私はコガネさんの借金を払ったりしませんよ」

いやにあっさりとした口調でそう言い切って、スオウはクロ……ではなく、コガネに視線を向けた。

コガネはその視線を真正面から受け止める。

二人の視線が交わっていることに、もちろんクロは気付いていない。クロの見えない世界で、コガネはスオウと目と目で言葉を交わす。

「ただ確かめたいことがあるから、村長に話を聞きたいだけです」

言葉はクロに向けて、そして視線はコガネに向けて。スオウの赤い目が、コガネを真っ直ぐに射抜く。

「村長は、家を出て右手四軒目の家に住んでいます」

コガネは顔を俯けるように下げてから、外を指差す。クロには咎《とが》めるように「コガネさん」と名を呼ばれてしまったが、その前にスオウが立ち上がる。

「大丈夫。悪いようにはしませんよ」

そう言って、スオウはさっさとコガネたちの家を出て行った。クロはまだ不満そうに唇を尖らせ「なんで教えたんですか」と言っていたが、コガネは「多分、大丈夫な気がするから」と曖昧な返事をすることしかできなかった。スオウがどうするつもりなのかはわからなかったが、多分彼は自身の「目的」のために動くはずだ。

（であればきっと、悪いようにはならない）

確信めいた思いを胸の中で閃《ひらめ》かせながら、コガネは閉じた扉を、じっと眺めていた。


昼過ぎに出て行ったスオウが戻ってきたのは、夕方だった。

あまりにも帰ってこないので直接村長宅を訪れようとしたその矢先「戻りましたよ」といつもの笑みを浮かべて、戻ってきたのだ。

「はい、これ。コガネさんに」

何をどうしてきたのかを尋ねる前に、スオウは封筒をコガネに差し出してきた。

「スオ……え？」

嘘をつかれて、コガネは咄嗟に断ることもできず封筒を受け取る。

「それは、コガネさんのものです」

仕草で開けるように促されて、コガネは首を傾げながら封筒の中を覗く。

「ん、……え？」

中から出てきたのは、ゼル札やニィカ札であった。つまり、金だ。ざっと見ただけでも十ゼルはありそうだ。

「え、これ、なんですか？　何の、お金……」

「だから、コガネさんのものですよ」

先ほどと同じ言葉を繰り返すスオウを、コガネは呆然と見やる。

「村人に払いすぎていた分を返してもらっただけです。あ、ちなみにもう借金はありませんよ」

「は、……え？」

わけがわからず、コガネは封筒を手にしたまま突っ立っていることしかできない。

そんな木偶《でく》の坊になってしまったコガネの代わりに、クロが「どういうことですか？」と声をあげた。コガネの側まで来て、支えるように寄り添ってくれる。

「借金、返さないって言っていたじゃないですか」

「私は払ってませんよ」

肩をすくめたスオウは「疑問に思ったことを聞いただけです」と人差し指を立てる。

「コガネさんはとても真面目で誠実そうだ。こんな人がこつこつと十年以上も金を返してきてまだ返せていないほどの借金とはどれほどのものなんだろうと」

スオウの口ぶりは穏やかだが、冗談を言っている風ではない。

「たとえ村人みんなから金を取ったとて、まさか全財産根こそぎ奪っていったわけでもなさそうなのにな、と」

それで、村長に一体どれほど金品を奪われて、あとどのくらい返さねばならないのか確認しに行った、と。

「初めはわからないだの言う義務はないだの言ってきたのでね。困ってしまって『では知り合いの警察に調べてもらいましょうか』ってお聞きしてみたんですよ」

私、学生時代の繋がりでそういった知り合いも多いんです。と、けろっとした顔でスオウは続ける。

「それでまぁ、被害者だという村人皆さんに聞いたから時間がかかりました。嘘をついたら警察に突き出しますって言ったからか、意外と素直に全部教えてくれましたよ」

スオウは「で、返ってきたのがそのお金です」と締めくくって、コガネの持つ封筒を指差した。コガネは封筒と、スオウの顔とを見比べて「……え？」と首を傾げる。

「取りすぎだとわかっていたのに、あなたから金を奪っていたわけですね」

とんでもない話です、とスオウは呆れたように首を振る。

「もちろん、過剰に取りすぎていた方についてはきちんと警察に伝えておきますので。ご安心ください」

理解が追いつかなくて、コガネは呆然としてしまう。え、と漏らして封筒を見下ろして、どうしたらいいかわからなくて、クロの方を見る。クロもまた驚いたように目を見開き、わずかに開いた唇を震わせていた。

「俺は……」

いつの間にか力を込めて握りしめていたせいで、封筒はくしゃくしゃになっていた。慌てて封筒から片手を離す、と、ぶるぶると小刻みに震えていた。

俺は、もう金を返さなくてもいいんですか。

俺は、もう村人に理不尽に仕事を押し付けられることはありませんか。

俺は、もう父のしがらみに囚《とら》われなくていいんですか。

聞きたいこと、聞かなければならないことが頭の中でぐるぐると回る。順番に聞いていこうと口を開いて、そして……。

「ありがとう、ございます」

コガネはただそれだけを言って、頭を下げた。それ以上の言葉が出てこなかったからだ。

（あぁ、これで、心置きなく……）

「なんで、助けてくれたんですか」

それまで黙ってコガネに寄り添っていたクロが、口を開いた。隣を見ると、どこか挑むような、憤った表情を浮かべてスオウに顔を向けている。

スオウはその赤い目でジッとクロを見据えて、ふぅ、と細く息を吐いた。

「私には母がいましてね」

急に何の話だろうか、とコガネはスオウを見やる。クロも同じような気持ちだったらしく、戸惑ったような顔をして、スオウの言葉の続きを待っている。クロのその手が、コガネを支えるように腰に回っている。

「私のためならなんでもしてくれるような、すごく献身的な女性でした」

そう言ってスオウは、何かを思い出すように天井に目を向ける。

「私、蛇獣人なんですけど、その中でも変異体なんです。ほら、白い髪に赤い目なんて珍しいでしょう？　それが原因で体が弱かったんですよ。だから母は一生懸命私の面倒を見てくれましてね」

そうなのか、とコガネは目を瞬かせる。スオウの髪や目の色は珍しいとは思っていたが、まさか変異体とは……ましてやそれが原因で体が弱かったなんて、思いもしなかった。クロは色が見えないからわからないだろう、と思ってちらりと隣に目をやる。と、クロは真剣な顔をしてスオウの話を聞いていた。

「それはもう、自分の身を削るくらい懸命に」

ふ、と囁《ささや》くほどの声の大きさでそう言って、スオウは微笑む。そして天井に向けていた顔を、コガネに向ける。

「コガネさんを見ていたら、なんだか母を思い出してしまって。放っておけなかったんです」

「俺を見ていたら?」

話の文脈から察するに、スオウの母の献身とコガネのクロに対するそれが重なってしまったということだろう。しかし……。

「だから援助を申し出たんですよ。コガネさんを利用しようだなんて、思っていません」

スオウが真摯《しんし》な態度でクロに語りかける様子を、コガネは複雑な気持ちで見守る。もちろん、スオウの言葉に思うところがあったからだ。

彼はまるで嘘のない声でコガネを利用しようと思っていないと言い切った。しかし、本当はそうでないことをコガネはわかっている。

コガネはどこか虚ろな目で二人を見つめた。

「クロくん。村長が私に正直に話してくれたのは、私にそれだけの知識と、警察との繋がりがあったからです」

スオウはただ事実を淡々と述べていく。クロも何か思うところがあるのか、黙って彼の話を聞いていた。

「世の中、本当に良い人なんてひと握りしかいないのに、何故かそういう良い人ばかりが損をする」

ねぇ、とクロに問いかけるスオウの目は相変わらず笑みの形で。クロは見えていないだろうに、真っ直ぐな視線を彼に向けていた。

「搾取されないためには、知識が必要です。それから、必要な時に使える人との繋がりもね」

指折り数えたスオウは「あぁ」とさも今気が付いたかのような声をあげる。多少、わざとらしく。

「王立学園に行けば、そのどちらも手に入りますよ」

コガネはスオウから目を逸らし、クロへと向ける。クロは相変わらず睨むようにスオウを見つめていた。

「大切な人を守りたいのであれば、それなりの武器を用意しなければいけません」

武器といっても本物の武器じゃあないですよ、と笑うスオウの言うことは、ちゃんと伝わっているのだろう。クロは何も言わないままだったが、その、体の脇に垂らした腕の先……握りしめられた拳が震えていた。

スオウはその後「ではそろそろ帰りますね」と来た時と同じ唐突さで出て行った。

「村の方には絶対にあなたたちに手出ししないよう釘《くぎ》を刺してますから。気にせずいつも通り過ごしてください。必要ならコクダンに住まいをご用意しますよ。もうこの村にいる必要もないでしょう」

外を覗くと、村人がひっきりなしに村長の家に出入りしているのが見えた。時折、罵声《ばせい》や怒号が聞こえてくる。金を取られ（正確には取られたのはコガネの方だったが）、警察に捕まるぞと脅され、彼らも混乱しているのだろう。

コガネはなんともいえない気持ちで彼らを見ることしかできなかった。必要な金はスオウがすでに取り返してくれている。

「たぶんちゃんと調べればもう少し金も返ってくると思いますが」と言われたが、コガネはそこまでは求めなかった。何年も、何年も返し続けた借金がなくなったのだ。それだけでもう、十分だった。

その二日後、クロは自ら「王立学園を受験させてください」とコガネに頭を下げてきた。余計なことは何も言わずに、ただそれだけ。

スオウにクロの意志を伝えたところ、彼はそうなることがわかっていたかのように目の手術や学園入試の日取りや、必要なものなどをつらつらと伝えてきた。

まるで彼の手のひらの上で転がされているような気分になったが……、実際その通りなのだろう。きっとコガネとクロは、彼の思う通りに動いている。

八

一度道筋が決まってしまえば、話はとんとんと驚くほど滑らかに進んでいった。

およそひと月後、クロは見事王立学園の入学試験に合格した。そして目の手術後、すぐに直接王立学園の寮へ入ることも決まった。通常の入寮より若干早いのだが、それはクロ自身のためでもある。

クロが読めるのは、目が見えない人に向けた文字だ。クロはまず、一般的に使われている文字を学習する必要がある。その学習や、そもそも日常生活を問題なく送るための準備として、少し早めの入寮が認められたのだ。

入学に関するすべての付き添いはスオウが行うことになった。なにしろコガネは文字が読めないし、書けない。一緒に行っても迷惑になるだけだし、そもそも王都まで行く金もない。コガネとクロが最後に会えるのは、王都へ向かう前の日、スオウの病院で……ということになった。

たとえ手術が成功したとしても術後すぐに目を使うことはせず、包帯を取るのは王都に着いてからだ。つまりコガネは、目の見えるようになったクロと直接会うことはない。

「目が見えるようになったら、一番にコガネさんを見たかったのにな」

そう言って口を尖らせるクロを、コガネは優しく抱きしめた。俺も、目が見えるようになったクロを一番に見たかったよ、と心の中だけで呟いて。

王立学園は規則が厳しく、入寮して三年は基本的に親元に帰ることは禁止されている。つまり、どんなにクロがコガネに会いたいと思っても、実際に会えるのは三年後だ。

「会えない間は手紙を書きます」

クロはそう言って張り切っていたが、コガネは文字が読めない。それに、手紙のやり取りは何かと不都合があった。何と答えようかと悩むコガネに助け舟を出してくれたのは、スオウであった。

「私のところに手紙を送ってくださったら、コガネさんにわかるように読み上げて差し上げます」

そう、クロに申し出たのだ。たしかに、彼ならばもちろん文字は読めるし、後見人としての繋がりがあるのでコガネとも頻繁に会うだろう……と、クロも納得して「よろしくお願いします」と頭を下げていた。

「返事は、書けるかどうかわからないけど、何か……送るから、多分」

自信がなかったのでそんなことしか言えなかったが、クロはとても嬉しそうにしていた。「コガネさんが手紙を読んでくれてるって思うだけで、離れていてもきっと頑張れます」と、そう言って。

そうやっていろんな約束事を取り付けている間にも時は過ぎ、いよいよクロが手術を受ける日を迎えた。

＊

「クロ、じゃあ、そろそろ行くから」

「もう少しだけいてくれませんか？　あと、本当に少しでいいので」

「クロ……」

このやり取りを、一体何度繰り返しただろうか。コガネは腰に手を当てて、ベッドの中のクロを見下ろす。

病院のベッドは清潔で、敷布も掛け布団も何もかもが真っ白だ。目に包帯を巻いたクロは、なんだかとても小さく頼りなく見えた。

「すみません、子どもみたいに甘えて」

明日、スオウと共にクロは王都へ向かう。そこで王立学園に入学の手続きをして、入寮して、そして、少なくとも三年間は外に出てくることもない。

クロはやはり寂しいらしく、先ほどから何度も「もう帰るな」と立ち上がりかけるコガネを引き止める。

「俺だって離れがたいけど、そろそろ出ないと帰れなくなってしまう」

そう言うと、クロは「そうですよね」と悲しげに呟いて耳を伏せた。ぺたりとへたれた耳を見ると、思わず「ぐ」と言葉に詰まってしまう。コガネは昔から、クロの伏せた耳に弱いのだ。悲しげにしょげた耳を見ると、なんでもしてやりたくなってしまう。

ちらりと時計を見てから、コガネはベッドの脇にある椅子に腰掛けた。

「あと少しだけだからな」

「……はいっ」

嬉しさを隠すことなく顔に出すクロを、コガネはじっと見つめる。

「コガネさん？　どうかしましたか？」

「ん、あぁいや……」

視線を感じたのか、黙ってしまったコガネを不思議に思ったのか、クロが首を傾げる。

「手術、上手くいってよかったな。もう痛みはないのか？」

「はい、全然！」

クロの目の手術は、五日前に無事に終わった。スオウ曰く「ばっちり大成功ですよ」とのことで、クロ自身それを実感しているようだ。

「もう、物は見えるようになっているのか？」

「はい。最近、包帯越しでもはっきり明暗がわかるようになりましたよ」

「そうか。そうか……」

手術が成功したと聞いた時も嬉しかったが、実際クロから目のことに関する話を聞くと安心する。

「包帯、取ってみましょうか」

「こら」

自身の手を包帯に伸ばすクロを見て、軽く窘める。と、クロは「ごめんなさい」と軽く謝った。多分本気ではなかったのだろう。

「目が見えるようになっていきなり知らない場所で暮らしていくなんて、大変だと思うけど……クロならきっと大丈夫だ」

もちろん学園側に事情は説明しているし、しばらくは援助してくれるということだった。

だが、どんなに手助けされたところで、見知らぬ場所で、見知らぬ人に囲まれて生活するのは、大変だろう。自分の身に置き換えて考えるだけで胃が痛くなる……が、クロなら要領よくやれるはずだという確信もあった。

「僕もそう思います」

と、当の本人であるクロもけろりとした顔で認めた。

「自分で言うのもなんですけど、僕、そういうの得意な方なので」

不思議なものだが、クロは妙に人を惹きつけるところがあった。人好きのする性質というか、魅了するというか。この病院にも数日入院しているだけなのだが、すでに職員の人気者であり、食事や入浴の介助は誰が担当するかでいざこざになったりしている、とコガネもスオウから聞いていた。

村でもそんな様子だったので特段不思議には思わないが、改めてクロの「魅力」に驚いてしまった。

「クロは賢いし、見た目も可愛いし、声もいい。それに年の割に落ち着いているし……うん、大丈夫だな」

クロの額にかかる髪を払いながらそう言うと、クロは唇を尖らせてから「ん」と小さく頷いた。

「手紙、いっぱい書きますから」

「うん、ありがとう」

何度も、何度も聞いた言葉だったが、コガネはそのたびに礼を言った。コガネに手紙を書きたいという、クロの気持ちが嬉しかったからだ。

「たくさん勉強して、家に帰ったら、僕がコガネさんに文字を教えますから」

「それは、ありがたいな」

素直に礼を言うと、クロの口元が笑みの形を取った。そして、何事かを思案するかのように黙り込む。

「……コガネさん」

「ん？」

しばしの沈黙の後に口を開いたクロは、手探りでコガネに手を伸ばしてきた。コガネは宙を彷徨うその手を掴み、優しく握りしめる。

「僕、たくさん勉強して、知識を身につけてきますから。強くなりますから」

言葉に、固い決意が滲《にじ》んでいる。その理由に思い至り、コガネは「クロ」と養い子の名前を呼ぶ。

「今度は僕が、コガネさんを助けますから。他の誰かじゃなく、僕が」

(やはり、気にしていたのか)

クロは、スオウがコガネの借金の問題を解決してくれたことに、強く思うところがあったようだった。実際、あれをきっかけに嫌がっていた王立学園を受験することも決めた。

言葉ではなく、スオウは行動でクロに王立学園に進むことを決めさせた。果たしてそれが良かったのか悪かったのか、コガネにはわからない。いや、王立学園を受験することを決めてくれたことはよかった。本当によかったのだ。だが……。

「クロ、俺を助けるためじゃなく、自分のためでいいんだ。自分で自分の身を助けられるようになれば、それでいい」

コガネは、クロの手を握りしめてそう願う。

その願いが伝わったのかどうか、クロは「……はい」とどこかぎこちなく頷いた。

「コガネさん」

「ん？」

「コガネさん……」

二度目の「コガネさん」は、とても切ない響きを含んでいた。時計を見れば、いよいよ別れの時間が迫っているのがわかった。

「三年後。もし、もし僕の背がうんと伸びて、顔も、声も変わってしまっても、僕に気付いてくれますか？」

どことなく心配そうに首を傾げるクロを見て、思わず吹き出しそうになる。たった三年程度の変化で、クロのことがわからなくなるなんてこと、あるはずがない。

が、コガネは神妙な顔と声を保ったまま「そうだな」と頷いた。

実際のところ、コガネはクロがそれほど大きくはならないことはわかっていた。なにしろクロは猫獣人だ。たしかに手も足も大きいので、きっとコガネの背丈は越すかもしれないが、クロの想像している「大男」まではいかないだろう。しかし、クロは本気で心配しているようだ。

コガネはクロと繋いでいるのとは反対の手を伸ばし、その艶やかな黒髪を撫でた。さらりとした黒髪は艶々としていて、なんだかそれ自体が発光しているように見える。いや、髪だけじゃない。全身が、まるで宝石か何かのように輝いて見える。コガネの、宝物だ。

「大丈夫」

コガネは髪から頬、そして首筋まで指先で辿って、そこにある鈴を「ちりん」と鳴らした。こんな時でも、クロは肌身離さずコガネが贈った鈴を身につけてくれている。

「この鈴の音がしたら、わかるから。どこにいたって、絶対にクロを見つけるから」

そのために、この鈴を贈ったのだから。

クロはぽかんと口を開いて、そして口端をわななかせてから、きゅっ、と噛み締めた。

「……絶対ですか?」

「絶対。三年でも、五年でも、何年経っても絶対に」

頷いて、もう一度鈴を鳴らす。ちり、ちり、と甲高い音が、耳に優しく響く。何度この音を頼りにクロを見つけてきただろう。

誇らしい気持ちと、そしてどうしようもなく寂しい気持ちを胸に抱えながら、コガネは「絶対にだ」と繰り返した。

「だから、不安に思う必要なんてない」

「……はい」

クロは頬を紅潮させて、嬉しそうに頷いた。そして口元を隠すようにすっぽりと掛け布団を被《かぶ》る。

「安心しました」

そう言って、クロは本当に安心しきった様子で体の力を抜いた。本当にそれだけが、コガネに見つけてもらえないかもしれないということだけが、彼の不安の種だったのだろう。

(あぁ……)

コガネの喉が不自然に音を立てる。ぐ、ぐ、と何度も熱いものを飲み下して、コガネはクロの髪を指で梳《す》いた。それから「じゃあ、そろそろ行くな」とできる限り明るい声で告げ、立ち上がった。

そして、少しだけ迷ってから……そっと身を屈《かが》める。

「大好きだよ、クロ。俺の宝物」

クロの白くまろい額に、小さな口付けを落とす。子どもの頃から当たり前のように繰り返してきた口付けだ。

唇を離すと、クロが嬉しそうに微笑んでいた。目は包帯で見えないが、その口元を見ればよくわかる。

「泣くかと思った」

「泣きませんよ。コガネさんが心配するから」

「そうか……」

コガネはクロの額を優しく撫でてから「それじゃあ」とクロに背を向けて歩き出した。

「手紙、書きますから」

「あぁ」

「三年後、すぐに会いに行きますから」

「あぁ」

「僕も、大好きです。コガネさんは、僕の……、僕の宝物です」

一瞬、足が止まりそうになって、コガネは「……あぁ」と絞り出すように声を出して頷く。涙が溢れそうなことが、伝わらないように。できるだけ平気な声で。

そしてそのまま、コガネは病室を出た。それから、部屋を出てようやく振り返る。扉が閉まるまでの短い時間、クロの姿をじっと見つめた。黒猫の子は大丈夫だと言いながら、不安そうな顔をこちらに向けていた。きっと、本当は寂しいのだろう、心細いのだろう。だけど、それを悟らせたらコガネが困ると思っているから、精一杯強がっているのだろう。

（あぁ、あぁ、……クロ！）

思わずもう一度病室に踏み込みそうになったところで……、コガネは手を止める。廊下の向こうに、白衣を着た、白い髪の男が立っているのが見えたからだ。

「コガネさん、お別れは済みましたか？」

コガネは、目尻に浮かんだ涙を指先で拭ってから「あぁ」とつとめて短く返した。

「そうですか」

不自然なほどの明るい口調でそう言って、スオウは「では」とコガネの手から荷物を取った。ぼろぼろの布袋はあっという間に奪われて、コガネの手の中には何も残らない。

「行きましょうか。約束は守ってもらいますよ」

促されて、コガネは何も言わないまま静かに頷く。

板張りの廊下を、ぎっ、ぎっ、と軋ませながら、コガネはスオウに続いて歩き出した。

最後に一度だけ、ちらりと病室を振り返って、そして心の中で「クロ」とまるで守り袋を握りしめるように呟いて。

（クロ、俺の黒猫。……どうか幸せに）

日が落ちかけた夕暮れの病院。自分の尻尾の色のような黄金色が差し込む廊下を、コガネは歩き続ける。

ぎっ、ぎっ、という足音はどんどん遠ざかっていって、やがて闇の中へと消えていった。

九

「クロ副会長」

名前を呼ばれて、クロは振り返る。

そこには、同じ生徒会で会計を務める兎獣人《うさぎ》がいた。ひとつ下の学年で、まだクロたち上級生と話す時は緊張した様子を見せる。

「何か？」

「あの、来年の予算案の草案ができまして、その……」

おずおずと差し出された資料を受け取って、クロはサッとそれに目を通す。

「陸上競技部の活動費、部からの希望がそのまま記載されてるんじゃないか？　たしか五分の一ほどは却下されていたはずだ」

「えっ？　あ……」

「それ以外は概ね問題ない。けど、君ならもっと上手く作れる気がするな」

じゃあ後はよろしく頼む、と笑いかけると、それだけで兎獣人の後輩は飛び上がって「はいっ」と返事をした。そのままどこかぼんやりとした顔で資料を抱えて歩いていく。きっと指摘した箇所の修正だけでなく、もう一段階良いものとなって仕上がるだろう。副会長であるクロの期待に応えるために。

「うわ～、見ぃちゃった」

囃し立てるような声のした方に目をやる。と、兎獣人の後輩が去っていったのとは反対方向の廊下から、狼《おおかみ》獣人のチトセがやって来るのが見えた。

チトセは、今年の春から寮の同室になった同級生だ。部屋割りは昨年度の成績順になっているので、つまりチトセは学年で二番目の成績ということである。

「相変わらず悪い男だねぇ。後輩たぶらかして仕事のやる気を出させるなんて」

「たぶらかしてなんかない」

ふん、と鼻で笑ってやると、チトセは「どうだか」と肩をすくめた。

「副会長なんて面倒な仕事押し付けられたから、楽できるところは少しでも楽しておこうって魂胆だろ。後輩くんに頑張らせた方がマシ、ってね」

「さぁ。好きに解釈すればいい」

たしかに、生徒会副会長なんてクロは務めたくなかった。しかしそれだって「是非会長に」と推され続けたのをどうにか回避した結果である。

「会長職もそうやって上手いこと譲ってたもんなぁ」

誰もが「クロが会長になるべきだ」と思って立候補すら出てこない中、クロは現会長のヒイロに「君はみんなを導く力がある」と積極的に語りかけた。結果、獅子《しし》獣人であり熱血漢の気があるヒイ

ロは大いに燃えあがってくれて、彼が自ら立候補して会長を務めることになった。

「ヒイロが一番会長の適性があると思ったんだよ」

クロはそれだけ言って、後は何も言わないことにした。チトセはやたらと記憶力がよく、一度言ったことは忘れない。こういう相手には話せば話すだけ損をしてしまう。情報を渡した方がいい相手、渡さない方がいい相手、そこは見極めながら会話をする必要がある。

「まー、やな男。腹に一物抱えた男って感じ。はー、入学当初はあんなに可愛かったのに、こーんな大男になっちゃって」

こーんな、とチトセはクロの頭のてっぺんから爪先までをわざとらしく見やる。チトセも背の高い部類だが、クロはそれよりわずかに上背がある。学年でも五本の指に入るくらいには長身だ。

「別に、昔とそんなに変わらない」

「何言ってんの？」

ふん、と顔を逸らすと、チトセが呆れ顔を見せる。

「物凄《ものすご》い美少年が首席で入学してきたって、同学年の俺たちだけじゃなくて、学園中で話題になったじゃん」

「そうだったな。おかげで俺は自分の身を守ることを覚えた」

先ほどは「変わらない」なんて嘯《うそぶ》いたが、実際のところクロは学園に入学してからぐんぐんと身長が伸びたし、声もすっかり低くなってしまった。

入学当初はたしかに「美少年だ」「美しい」と騒がれて、男ばかりのこの学園で「そうい、う、お付き合いをしないか」と誘われたこともある。が、クロはその誘いをすべて断り、かつ、強引なものに関しては多少手荒な態度で拒否をした。

「可愛い儚げな美少年」という評価はいつの間にか「凶暴な美青年」に変わり、最終的に「強く逞しい偉丈夫」になった。チトセ曰く「腹に一物抱えた」なんて枕言葉もくっつくらしいが。

「あ、そうだった。いいお知らせがあって君を探してたんだ」

「なんだよ」

思わせぶりなチトセの物言いに眉を顰める。と、チトセは反対ににんまりと微笑んで、顎に手を当てた。

「部屋に手紙が届いてたよ。愛しの君から」

それを聞いて、クロは耳を跳ねさせる。そして、だっ、とすぐさま駆け出した。背後から「こら〜副会長が廊下を走っちゃ駄目でしょ」と呆れたような声が聞こえてきたが、知ったことではない。クロにとって何よりも、何よりも何よりも大事なものは、副会長として体面ではない。大事なものは、昔も今も変わらずたったひとつだけだ。

(コガネさん……!)

クロは長い脚を存分に使って、大股《おおまた》で寮までの道を走り抜けた。

クロが王立学園に入学して、二年と半年が経った。

クロは無事に入学し、まぁ、色々あったが一年から二年、二年から三年へと進級。さらに成績も上位を死守し続けている。

チトセの言っていた通り、入学当初は美少年だなんだと騒がれて、面倒な目にも遭ったが、時間が経つとそれも落ち着いてきた。いや、表面上は静かになったが、自身に思いを寄せる者が多いことは、クロ自身よくわかっている。クロは人の気持ちの機微に敏感な方だし、自身を過小評価したりしない。見目よく、頭脳明晰《めいせき》、ちなみに運動も陸上から球技水泳までひと通りこなせる。懸想されるのも仕方ない、と自分でも思っていた。

だが、こんな生活があるのも、すべてはそれを「与えてくれた」人がいるからだ。何も見えなかったクロの目が見えるように手術を受けさせてくれて、国一番の学園に入学できるよう手配してくれて、困らないように定期的に生活費を送ってくれる。この学園に入るまで、文字通り身を削りながらクロを育ててくれた人。

「コガネさん」

クロは寮の自室へ飛び込むとともに、机の上に置かれた郵便物へ手を伸ばした。基本的に外部からの郵便物は部屋ごとに配付される。チトセがまとめて受け取って、クロの机の上に置いていってくれたのだろう。そしてわざわざクロを探し、手紙が届いた旨を教えてくれたのだ。クロが、この手紙を何よりも楽しみにしていることを知っているから……。

手紙は、いつもの通り真っ白な封筒で届いた。宛名《あてな》の部分には学園の住所とクロの部屋の番号、名前。そして裏面にはコガネの名前が記されている。コガネは文字の読み書きができないので、これを書いたのは彼本人ではない。コガネとの手紙のやり取りを橋渡ししてくれている、スオウによるものだ。

引き出しの中から銀色のペーパーナイフを取り出し、手紙の上の部分に、ぴ、と走らせる。スゥ、と紙が破れる音がして封が開く。クロは指先で優しく封筒を開いた。

「ふっ」

中にはこの季節らしく、赤や黄色に染まった落ち葉が入っていた。底の方にはおまけのように小さなどんぐりも入っている。

（コガネさん、これを全部拾ったのかな）

村の森。クロのことを思いながらひとつひとつ落ち葉を拾い上げるコガネを想像して、クロの胸が甘酸っぱいもので満たされる。嬉しくて、どこか恥ずかしくて、愛しくて。何故だか下腹のあたりがむずむずと疼《うず》く。

入学当初から、クロは文字の読めないコガネに、一方的に手紙を送っていた。ほとんど日記のように日々あったことを書いて、書いて、書き溜めて。月に二度、それらすべてを送るようにしていた。返事はまったくなかったが、コガネが文字を書けないことは知っていたので、特段辛くはなかった。きっと届いている、きっと読んでくれている。と、そう信じるだけでも十分心強かった。

入学して数ヶ月経った頃、なんとコガネから手紙が届いた。すっきりと綺麗な宛名はどう考えてもコガネのものとは思えなかったが、中身は間違いなくコガネが選んでくれたものだった。

夏の日に届いた、洒落た形でもない滑らかな手触りの石。物言わぬ自然界の落とし物は、コガネの影を十分に感じさせてくれた。クロは初めてそれを受け取った日、泣いてしまった。学園に入学して、初めての涙だった。

春は押し花、夏は川辺の石、秋は落ち葉に冬は乾いた花や草。初めての手紙以降、それらは定期的にクロのもとへ届くようになった。それは大いにクロを励まして、元気付けてくれた。石を握りしめるだけで、落ち葉を撫でるだけで、「クロ、俺のクロ」と優しく自分を呼ぶコガネの声が聞こえてくるようだった。クロは届いたそれを毎回綺麗に並べて、眺めて、そして丁寧に箱に仕舞って引き出しの中に取っている。

今日もまた、封筒の中身をひとつずつ丁寧に机の上に広げて、並べて、クロは椅子に座り込んでそれらを眺めた。

「会いたいな……、コガネさん」

会いたい、ともう一度心の中で繰り返して、黄色の葉を指先で撫でる。

手紙だけでも十分に嬉しい。でも、本当は会いたい。会って顔を見たいし、できることなら抱きついてしまいたい。昔は彼に包まれるばかりだったが、きっと今なら自分の方が彼を胸に抱き込めるはずだ。ぎゅっと胸の中に仕舞い込んでしまったら、彼はどんな反応をしてくれるだろうか。

記憶の中のコガネは、いつも温かくて、柔らかくて、いい匂いがした。ふわふわの尻尾で頬を撫でられたら、もしかしたらクロはそれだけで幸せすぎて……どうにかなってしまうかもしれない。

「愛しの君、か」

チトセは、コガネからの手紙を「クロの愛しの君からの手紙」と呼ぶ。そのくらいクロはコガネからの手紙を見ると嬉しそうな顔をするらしい。

『嬉しいっていうより、文字通り愛しいって感じ？　本当に恋人からの手紙じゃないの？』

なんて聞かれたこともある。

クロはその言葉を思い出しながら、手に持った黄色の葉を、顔の前まで持ってきた。

（コガネさんの尻尾は、こんな色かな？　いや、もうちょっと赤いか）

そんなことを考えて、クロはその葉に顔を寄せる。ほんの少し唇を触れさせると、青い香りが鼻をついた。コガネの匂いとは全く違う。けれど、彼と過ごした日々を思い出させてくれる匂い。

（コガネさん）

クロは世界で一番大切な名前を胸の内で呼んで、そしてゆっくりと目を閉じた。

目の見えなかったあの頃を、コガネの匂いや形、そしてその唇の感触を思い出すように、静かに。

十

二年と半年の間に、クロの生活は劇的に変わった。

まず一番は、目が見えるようになったことだ。スオウによる手術は拍子抜けするほどすぐに終わり、クロは初めて自分の目で世界を見た。

目が見えない頃から形に対する知識や色に対する微かな概念はあったので、驚いた……というほどの衝撃はなかった。どちらかといえば、なるほどこういうものだったのだな、と確認するような感覚を覚えた。

「世界は綺麗なもので溢れている」

コガネにも教えられていたし、今までに読んだ本にもそういったことがたくさん書いてあった。

春に咲く色とりどりの花、青々とした新緑、澄んだ夏の青空、赤や黄色に染まった秋の野山、しんしんと降る雪の白さ。世界には色が溢れていて、目に映るそれらすべてが美しいのだと。

(でも俺は、もっと綺麗なものを知っているから)

綺麗、と言われてクロの脳裏に浮かぶのは、もう何年も前にコガネと見た、黄金色の夕日だ。正確には目で見たわけではなく、ただ肌で感じただけであったが、温かくも寂しいあの綺麗な夕日以上に美しいものを、クロは知らない。

どんなに美しい植物や絵画、人を見ても、あの……魂を揺さぶられるような感動を味わうことはなかった。

一番の「綺麗」を知っていることが誇らしくもあり、そして、今はそれを見ることが叶わないことが悲しくもあった。

クロは、目が見えるようになって早々に王立学園に入学することになった。

王立学園は、国に住まう者であれば等しく門戸が開かれている……という触れ込みだが、実際はいわゆる家柄からして高貴な者が多く、そうでなくともやはり金持ちの家の子どもが多い。幼い頃から専属の教師がついて、王立学園に入学するための勉強に時間を費やすことができた子どもたちだ。要人の子も多数いるため、身元がしっかりとしていないと入学すらできない。

クロの場合、王立学園出身かつ医者という身分を持ったスオウが後見人についてくれたので入学が許された。そうでなければ、そもそも試験を受けることさえ許可されていなかったかもしれない。

スオウはクロの目が見えることを確認してすぐに学園に連れ立って赴き、手続きを済ませ、当座の金を渡して、「それじゃあまた」と去っていった。

帰り際に後見人になってくれたことへの感謝、そして「コガネさんへの手紙、よろしくお願いします」との旨を伝えたが、スオウは常に「ええわかりました」と笑顔で頷くばかりで、なんというか手応えも何もない。

クロにとってスオウは、掴みどころのない人物であった。

いきなり見ず知らずのクロとコガネを援助し、かつ、コガネの借金の問題まで片付けてくれて。一体なんの得があってそんなことをするのかと思えば「コガネさんの献身に胸を打たれました。そして、クロくんの才能をこのまま埋もれさすのはもったいないと思ったんです」と言うばかりで……。彼の助力もあって学園に入学できたわけだが、クロはいまだに彼を信じ切ってはいない。

しかし、彼のおかげで「このままではいけないのだ」と自覚したのはたしかだ。

スオウは自身の知識やコネクションを使って、あっという間に長年コガネを苛《さいな》んできた、彼の父の借金を清算してしまった。もし彼がああやって力業で解決してくれなかったら、これから先何年も、何十年も、コガネは村人から搾取され続けていたかもしれない。

無知は罪だ、とまでは言わないが、無知により損をすることは往々にしてある。そしてそれにどんなに抗《あらが》おうとしても、知識や力がなければ押しつぶされてしまうこともあるのだと、クロは知った。

そして、スオウがコガネを救いあげるところを、否応なしに見せつけられた。自分の無力さを、わからせられた。

　どんなにぴったりと側にいようと救えないこともあるのだと、クロは思い知り、そして学園の受験を決意した。もしもコガネが辛い目に遭うことがあれば、その時こそ自分の力で彼を救ってみせるのだと、そう心に誓って。

　思うところは多々あるが、スオウのおかげでクロの目が見えるようになったこと、そして国一番と言われる学園に入学できたことはたしかだ。さらに、文字を書くことのできないコガネとの橋渡しもしてくれる。少なくともコガネと今も繋がっていられるのは、彼のおかげだ。

　入学後、学園での生活は問題なく過ごすことができた。

　最初こそこれまで目の見えなかったクロの面倒を見るために特別に職員を配置してもらったりもしたが、ほんの数日でそれも必要なくなった。

　元々目が見えない時も普通に生活していたし、村の中では比較的自由に歩き回っていた。物を手で確かめたり、目以外を使って周りを探る癖は中々抜けなかったが、目が見えるようになって不便などあるわけがない。

　後は今まで指で読んでいた文字と、目で読む文字との違いだが、これも段階を追って不自由はなくなっていった。勉強は嫌いではない……どころかそれをしたいがためにコガネと離れて学園に入学したくらいなので、文字を覚えるのもそれほど時間はかからなかった。

　学園生活は、とても刺激的だった。

そもそも同じ年代の子どもたちと接すること自体少なかったのに、それが毎日囲まれて生活することになったのだ。育ってきた環境の違い、それによって培われた価値観の違いを知り。そしてそれが違うことによって相容《あいい》れないものがあることや、その相容れないものも飲み込んだままにこやかに人と接する方法も学んだ。

それまで気にもしなかった、自己とは、他者とは、ということをじっくりと考えるようになった。学園の彼らとのことだけでなく、自分とコガネのことについても。ちょうど思春期ということもあり、思考の迷宮にぐるぐると落ち込むこともあったが、それでもクロは自身の気持ちに向き合い続けた。

また、クロにとって何より刺激となったのは、勉強についてだった。

目が見えるとは素晴らしい。今まで欲しかった知識を、浴びるように学び続けた。図書館は広く、在学中の時間すべてをかけても読みきれないほどの蔵書がある。興味のあることないこと、片っ端から調べて、本を読んで、読んで、読み続けた。知識はクロに色々なものを与えてくれた。文字、数字、地図に世界の広さ。正解のあるもののないもの、いくらでも。新しいことを知る楽しさを覚え、クロは読書に没頭し続けた。

入学してすぐからあまりにも図書館に入り浸りすぎたせいか、教師の一人に体を動かすことを勧められた。曰く「健全な心は健全な体に宿るのだ」と。その言葉の曖昧さに首を傾げたりもしたが、教師の気遣いも理解できた。

走るのが好きということもあったので、クロは陸上競技の部活に所属することになった。するとこれがやたらと性に合ったというか、気付いたらすぐに部活内で上位の成績を収めるようになった。どうやら自身でも把握していなかった身体能力が発揮されたらしい。

　これまで目が見えなかったこともあって全力で走る機会なんてほとんどなかったから、知らなかったのだ。思い切り走ることがとても気持ちがいいことだと。

　クロは読書と同じように、走ることにも夢中になった。黙々と本を読み、黙々と走り。それを繰り返しているうちに、周りから「文武両道の黒猫」と呼ばれるようになり、やたら距離を置かれたり、逆に妙にべたべたと親しげに近寄られてくることが増えた。数百人の生徒がいるとはいえ、学園は閉鎖的な狭い世界だ。特出した能力を持つ者は一目置かれ、そして人目を集める。

　クロは入学以来試験で首位以外を取ることはなく、そして陸上競技においても同じく一等を取り続けるようになった。クロ自身は、学費の免除を受けるためにも成績を維持したかったが、順位自体は特に気にしてなかった。だが、誰もクロに追いつけない。勉学も、走る速さも。栄養状態が良くなったからか、これまで伸び悩んでいた背はぐんと伸びて、縦にも、そして横にもがっしりと大きく逞しくなった。

　チトセの言う通り、入学当初はやたら「儚げな美少年が入ってきた」と騒がれたが、それも半年経ったら段々下火になっていった。代わりに「美少年が美青年になった」「美青年が偉丈夫になった」と進化していき、ついには美少年の「美」の字も出てこなくなった。入学当初はやたらと厳《いか》つい輩《やから》に声をかけられる（場合によっては手を出されそうになる）ことが多かったが、今はどういった種類と限らず、全校いろんな生徒から声をかけられる。

　もちろん、クロは一度たりともその誘いに乗ったことはない。クロが心を通わせたいのは、この世で一人だけだからだ。

学園に通い出して、もうひとつ気が付いたことがある。自身の、コガネに対する気持ちの「種類」だ。

元々、コガネのことは心から愛していた。

拾われた時にはもう記憶がなかったが、クロはあの時から既にコガネを「他人」と認識していた。目のことといい、コガネのことといい、記憶は完全に失くなっているわけではなく、脳のどこかに仕舞われているだけなのだろう。目の手術と同じように記憶を取り戻す術でもあればいいのだろうが、調べた限りそんな方法は見つからなかった。これればかりは、どうしようもない。

別に今の生活に不便があるわけではない、どころか十分に満ち足りている。わざわざ今の生活を擲《なげう》ってまでもう十年以上前の記憶をどうにかしたいというわけでもない。ので、それ自体は比較的どうでもいい。

とにかく大事なのは、クロはコガネを血縁関係の有り無しに関わらず「他者」として見ているということだ。もちろん、養い親という「家族」としてのかけがえのない存在であることはわかっている。それはクロとコガネだけの特別な関係だと。だが、本物の、血の繋がった親子ならおよそ抱かないような感情を、クロはコガネに対して育ててしまっていた。

それを自覚したのは、学園に入学してから。他人に、そういう意味での好意を抱かれたということに気付き、そして自分自身性的な知識を得て、実感したからだ。

そう。ちょうど二年前、クロは初めての精通を迎えた。それは夢精であったが、その時の夢に出てきたのは間違いなくコガネその人であった。

夢の中で、コガネはクロの手を握っていた。いつも二人で眠っていたベッドの上で、裸で寝転んでいた。コガネの顔なんて実際に見たことがないせいか、夢の中の彼の顔はぼんやりと霞《かすみ》がかかっていた。だがその肌の感触は、柔らかな声は、鼻をくすぐる匂いは、間違いなくコガネのもので。コガネと肌が触れ合うほど側にいるというだけで妙に胸が高鳴って、下腹部が引《ひ》き攣《つ》れるほどに疼いて、こめかみがどくどくと脈打っていた。手を伸ばして、白い肌に触れた時に漏れ聞こえた小さな声。

「クロ、好きだ」

そう言われた瞬間、クロは目を覚ました。そして自分が精通したことに気が付いたのだ。

知識としてそれがどういうものか知っていたので特段焦りもしなかったが、代わりに、自分の恋心を知った。いつからかなんてわからない。だがとにかく、クロはコガネに恋情を抱いていた。

なんとなく納得はしたものの、最初は「間違いかもしれない」と考えた。コガネは養い親で、家族だ。間違いなく大切な人ではあるが、その気持ちは性愛とはまた別だろうと。だが、コガネはその後も何度も夢に出てきた。何度も、何度も、優しくクロを抱きしめて、自身の心も体も開いてくれた。クロはそのたび途方もない幸せを感じて、そしてそれが夢だと知って、どうしようもなく絶望した。

数ヶ月悶々《もんもん》と悩んで、そして若い衝動に任せるまま、初めて自身の意思で自慰行為を行った。頭の中に、コガネを思い描きながら。罪悪感、羞恥心《しゅうちしん》、後悔、そしてそれらを凌駕する劣情と幸福感。その時に、クロは知った。クロの感情を揺さぶるのは、コガネしかいない。学園に入って多くの人と出会ったが、クロが好きだと思えたのは、心から好ましいのは、幸せにしたいし、幸せにして欲しいのは、一人しかいないと。

クロの感情を動かせるのは、コガネしかいない。クロの感情はすべて、恋情だって丸ごと全部、コガネだけのものなのだ。

「コガネさん」

名前を呼ぶだけで心が甘やかに切なくなる。こんな風になるのはコガネにだけ。こんなに好きになれるのはコガネだけ。間違いなく、この先もずっとそうだろう。

それに気が付いてから、クロは自身の恋慕を認めることにした。

やはり、クロはコガネのことを心から愛していた。ただもう、それだけだ。それが色んな意味を含んだ「愛」だと、そう認めるだけだ。難しいことではない。

気持ちを自覚してからというもの、コガネに対する気持ちはどんどん膨らんでいった。何かにつけて彼のことを思い出し、比例するように手紙は厚さを増していって。

数年後、実際に彼に会えることを考えるだけで心が沸き立つように幸せでたまらなかった。

入学する前は三年なんて永遠のように長いと思っていたが、入ってみれば意外にもあっという間で。勉学に運動にと生活を充実させて、定期的にコガネ宛に手紙も書いて。二年半が経ち、もうすぐコガネに会えるのだ、とクロは期待に胸を膨らませていた。

絶対にコガネに会えるのだと、その姿をようやく自身の目で見られるのだと、互いの目を見つめ合いながら名を呼べるのだと、そう信じて疑っていなかった。

十一

「呼び出し……、学園長室にですか？」

「そうだ。すぐに向かうように」

担任の教師にそんなことを言われたのは、冬のある日のことだった。

席の近いチトセに「あらら、なにやらかしたんだよ副会長様」なんて揶揄われながら、クロは教室を後にした。

足早に廊下を歩きながら、最近の自身の行いを頭の中で振り返ってみる。が、どんなに思い返しても学園長に呼び出されるようなことはしていない。先月陸上競技大会で優勝したし、期末試験も全教科満点で首位を守った。褒められることさえあれ、叱責されるようなことはないはずだ。が、担任教師の硬い表情を見る限り、褒められることではなさそうだ。

(何も心当たりはないけど)

長い脚で廊下を闊歩《かっぽ》するクロに、何人もの生徒が熱い視線を送ってくる。憧《あこが》れ、羨望《せんぼう》、嫉妬《しっと》に恋情。そのすべてを無視しながら、クロは学園長室に向けて足を進めた。

学園長室に入室したクロを待っていたのは、学園長だけではなかった。彼の他に二人、見覚えのない獣人が腰掛けている。

クロは彼らを見た瞬間に「あ」と内心で声をあげてしまった。あることに気が付いたからだ。彼らのうち一人が、黒い耳と尻尾を持っていることに。耳の形も、艶やかな尻尾も、そしてその顔立ちも、どこか覚えのある……いや、似ていると。

「ツルバミ」

思わず見つめていると、相手もまた痛いほどの視線をクロに向けてきた。そして、聞いたこともない名前を呟き、椅子から腰を持ち上げた体勢のままクロに向かって手を伸ばしてくる。

クロの尻尾の毛がぞわりと震えた。嫌悪からではなく、得体の知れぬ物に相対した時の感覚に近い。いや、知らぬというより、知っている。クロの本能が自身に似たその男を「知っている」と告げていた。

「ツルバミ、あぁ……」

もう一度繰り返された名が誰のことを指しているのかわかって、クロはひくりと頬を引き攣らせた。

「その目、その顔……兄にそっくりだ。あぁ、間違いない。そうか、君がそうなのか」

ツルバミという聞き覚えのない名前。初対面なのに「そっくりだ」と懐かしむような声を出す理由。近付いてくる男の顔を、その声を、まじまじと見聞きしながら、クロは「なるほど」と自身の中で結論づける。

「あなたは、俺の肉親の方ですか？」

冷静なクロの態度に、男は驚いたように目を見張り、そしてその場に立ちすくんだ。

「く、クロくんっ」

学園長が慌てた様子でクロを叱責しようと声をあげたのがわかった。おそらくだが、今クロのことを「ツルバミ」と呼んだこの男は、身分のある獣人なのだろう。

そんな学園長を手で制した男は、興奮した自分を恥じるように咳払《せきばら》いをしてから「あぁ」と頷いた。

「私は、君の叔父だ。君の父の……弟だ」

「叔父……」

急な展開にもちろん頭は混乱しているし、なぜ今なのか、どうしてわざわざ学園長室に呼ばれたのか、色々……思うところはある。

しかしそのうちの一端に気付き、クロは学園長の方へ顔を向けた。

「先日の、獣性検査の結果故ですか？　それから、陸上競技で年代別の新記録を出したこと？　いや、それを報じた新聞記事をご覧になったんですね」

学園長は驚いたように目と口を開いて、そして動揺した様子を隠さずクロの叔父という人物に視線を向ける。

叔父はやはり驚いたように軽く目を見張り、そして細めた。

「その通りだ」

妙に柔らかいその笑顔を見ながら、クロは目を眇《すが》める。

「獣性検査」とは読んで字の通りだ。自身の獣性を知るための検査である。

基本的に同じ獣性同士の両親を持つ者は、親と同じ獣性にしかならない。たとえば両親とも犬獣人であれば、犬獣人の子しか生まれないということだ。だが、これが父母の獣性がそれぞれ違う場合、どちらの獣性を受け継ぐかは決まっていない。確率的に母の獣性が出やすいとは言われているが、それも明確な根拠は見つかっていない。

とはいえ、獣性がはっきりしないからといって大きな不便はない。自身の獣性が何かなんて、生活していく上でそれほど重要じゃないからだ。大体赤子の時の獣の姿や、人型を取るようになってからは耳や尻尾、雰囲気等で判断している。

クロは捨て子なので、もちろん両親の獣性なんて知りもしない。見た目から「猫獣人」と判断されて育ってきた。コガネもそれを疑っていなかった様子だし、クロも同様だ。一応、獣性を判断する検査……いわゆる獣性検査を受けることはできるが、その検査はかなりの費用がかかる。コガネには簡単に用意できる金ではなかったのだろう。まぁそれでも、これまでクロの獣性はさほど問題ではなかった。

しかし、学園に入学して勉学や身体的能力の優秀さが発揮されるにつれ、クロが猫獣人であることが疑わしくなってきた。獣人の能力は獣性に大きく左右される。たとえば同じ猫科でも獅子獣人と猫獣人では体格も、そして身体能力も大きく違ってくる。獅子と猫がまったく別の生き物なのと同様だ。

クロ自身、段々と「果たして自分は本当に猫獣人なのか」と自分の獣性を疑うようになっていた。

そんな折、何故か学園の方から「獣性検査を受けてみないか」という提案をクロに持ちかけてきた。

もちろん費用は学園持ちで。曰く「学年一位の成績を誇るクロの獣性をきちんと把握しておきたい」「陸上競技を続けるなら、獣性を把握しておいた方がいい。競技の得意不得意もあるからね」とのことだった。が、改めて思い出すと「このため」だったのかもしれない。

そう。おそらくクロに目をつけた、クロの叔父《ふさわ》からの依頼だ。

目をつけられた、という言い方は相応しくないのかもしれない。叔父と名乗った彼の目に、嫌なものはひとつも浮かんでいなかった。ただ純粋に、クロとの再会を喜んでいるように見える。

叔父の真意はまだわからないが、彼に見つかった経緯は予想できる。新聞だ。先月、クロは徒競走の選手として大会に参加した。そして、これまでの大会記録を大幅に更新した。

部員や顧問の教師だけでなく、学園の皆が「これは快挙だ」と大いに喜んでくれた。クロも、嬉しかったし、誇らしかった。何よりきっとコガネを喜ばせるであろうことが、クロの心を躍らせた。だからこそ、学園を通して新聞社の取材も受けた。新聞に載ったとなれば、コガネが驚き喜んでくれるだろうと思ったのだ。

「新聞に載るなんてすごいな。さすがクロだ、俺の黒猫だ」

というコガネの優しい言葉を夢想した。

当初質疑応答だけの予定だったが、新聞社の記者はクロを見て「写真を撮らせて欲しい」と熱心に頼み込んできた。どうやらクロの容姿を見て、これは絵になる、と思ったのであろう。

クロは「いいですよ」と気軽にそれを引き受けた。写真があれば、文字の読めないコガネにも「クロだ」とわかる。学園に入学してからすっかり背も伸びたし逞しくなったので、きっとコガネは驚くだろう。「これがクロか？　大きくなったな」なんて笑うその姿を想像するだけで嬉しくて、楽しくて、胸が躍った。

コガネ、コガネ、コガネ。クロの世界の中心にいるのは、いつだって、離れていたって、コガネだった。コガネしかいなかった。

しかしクロがでかでかと新聞に顔を載せたことにより、思いがけないことが起こった。そう、クロの写真を、その顔を見て、コガネ以外にも驚く者がいたのだ。

大人に近付くクロの顔に見覚えのある者。クロの、本当の肉親だ。

肉親はクロの顔を見て驚き、そして記事の中で「猫獣人」と書かれていたことに不審を抱き、学園を通して秘密裏に獣性検査を依頼した。出てきた検査結果が予想通りのものだったから、今日、こうやってクロの目の前に現れたのだ。

「……違いますか？」

自身の考えを淡々と語ると、クロの叔父という男は大きく目を見開き、そして「あぁ」と唸るような声を出した。

「その通りだ。……ツルバミは、聡い子だ。兄さんに似て、とても」

ツルバミ、というのが自身が子どもの頃に呼ばれていた名前なのだろう。クロはひくっと耳を跳ねさせてから、首を振った。

「似ていると言われても、俺には父親の記憶などありません。俺の家族は、養い親ただ一人だけです」

迷いのない言葉できっぱりとそう言い切る。と、叔父の隣に控えていた獣人が「何を……！」といきり立って腰を持ち上げた。が、叔父はそれを手で制し「いいんだ」と続けた。

「突然叔父だと言われて、戸惑うのも当然だ。しかし……」

叔父は真剣な目をして、そして困ったように顎を引いた。

「信じて欲しい。君をずっと探していた。ずっとだ」

元々、川に流されて捨てられたのだ。それから十年以上経ってこうやって会いに来られたところで、おいそれと受け入れられるはずがない。という、クロの気持ちは言外に伝わっていただろう。だが、叔父はそれについて言い訳を口にしなかった。

しかし、たしかに情があったのだと、間違いなくクロを思っていたのだということを伝えたいのだということはわかった。その真っ直ぐな目を見て、クロは口を引き結ぶ。

そしてぽつりと、彼が「叔父」だと名乗った瞬間から気になっていたことを問うた。

「あなたの兄、……俺の父は？」

何故叔父が訪れて、本当の親であるはずの父がここにいないのか。そう問いかけると、叔父はどこか寂しそうに目を細めた。

「君の父は……残念ながらすでに他界している」

父親の訃報《ふほう》は、しかしそれほどクロの心を揺らしはしなかった。クロは「そうですか」と短く返して頷く。叔父の口ぶりや態度から、なんとなくそんな気はしていた。

叔父はそんなクロのわずかな動揺を感じ取ったのか、まるで畳み掛けるように「私は」と続けた。何か察したらしい隣の男が「ロウ様っ」と制そうとしたが、それに構わず続ける。

「私は、ロウ。コクの領地を治める領主の一族の……その血を継ぐ者だ。君は猫獣人ではなく、私や兄と同じ、黒豹《くろひょう》獣人だ」

それを聞いて、クロはさすがに息を呑《の》む。そしてそれがバレないように口元に手をやり、それから、確かめるように叔父……ロウを見た。

「コクの領地？」

それは、クロの故郷……コガネと暮らしたあの村を含めた広大な領地のことだ。国の中で最も南に位置するその領地は肥沃《ひよく》な土地を持ち、他の領地より豊かだ。だが平和ゆえか争いごとがあまりなく、競争による変化や進歩が少ない。保守的で、都会はまだしも領地の端の方に行けば行くほど古い慣習が残っている。

最近代替わりしたものの、特に先代領主は保守的で、先々代領主が行っていたことをただ繰り返している。と、クロは思っていた。

「そうだ。そして、君は……先々代領主の息子であり、コクの次期領主だ」

「……え？」

予想だにしなかった話の内容に、さすがのクロも言葉に詰まる。というより、一瞬息すら吸えなくなって、喉が変な音を立てた。

「いや、次期……ではないな。できるだけ早く領主になってもらう必要がある」

およそ正気と思えない言葉にクロは顔を上げる。さすがに冗談か何かだろうと、そう思った。視線の先、自身のものとよく似た金色の目が、恐ろしいほどの鋭さでクロを射抜いていた。

もうひとつの序章

あるところに若く逞しい黒豹がいました。

黒豹はその土地を治める領主でした。優しくおおらかで頼もしく、領地の民にとても慕われていました。

黒豹には、幼い頃から結婚しようと心に決めた大切な人がいました。彼女は同じ黒豹獣人の、とても優しい人でした。ただ生まれつき体が弱く、きっと子は望めないと言われていました。黒豹の周囲の人間は、彼女との結婚をひどく反対しました。一族の血を絶やしてはならぬ、と。子が産めない嫁など迎え入れることはできない、と。

黒豹は何度も周囲を説得しようとしましたが、彼の意見は、大きな波に飲まれるように押しやられ、揉まれ、流されて、なかなか聞き入れてもらうことができません。

そうこうしているうちに、彼女は病に臥《ふ》せってしまいました。たくさんの人間に黒豹とのことを責められた弊害でしょう。

げっそりと痩《や》せてしまった愛しい人を見て、黒豹は彼女との結婚を諦めることにしました。これ以上、彼女を苦しめたくなかったのです。彼女もまた、これ以上黒豹の迷惑になりたくない、と思っておりましたので、二人は最後に一度だけ抱き合い、以降会うことはありませんでした。

黒豹は、親族に勧められるまま裕福な家の娘と結婚しました。

裕福な家の娘は決して悪い人物ではありませんでしたが、とても誇り高く、そして嫉妬深い性格でした。彼女は絶対に、絶対に、絶対に、黒豹が「心に決めたあの人」と会うことを「よし」としませんでした。黒豹も一度結婚すると決めたのだからと、決して自ら彼女に会いに行くことはありませんでした。

それから、五年が経ちました。

すぐに子を授かるものと思っていましたが、不思議なことに黒豹とその妻はなかなか子に恵まれませんでした。妻は躍起になりましたが、子は授かり物、こればかりはどうしようもありません。そんな折、黒豹が不治の病に倒れました。どんなに若く逞しかろうと、身のうちを蝕《むしば》む病には勝てません。

妻は焦りました。このままでは自分は夫も、領主の妻という立場も失ってしまう。子も産めぬ女だと周りに嘲笑《あざわら》われてしまう。そんな屈辱など耐えられるはずがありません。

爪を噛みながら悶々と悩んでいた、そんな時。妻はひっそりと屋敷の裏口を訪ねてきた親子を見つけました。黒豹の母子です。

死の床に臥せる領主に昔お世話になったと、ひと目でいいからお会いしてお礼を言いたいと。母は体が弱そうで、子はどうやら目がよく見えていないらしく、獣型の姿で籠に入り母に抱えられています。あまりにも哀れな姿だったからか、屋敷の使用人が母子を通してやろうとしました。が、妻はそれを止めました。

その母親の顔に、見覚えがあったからです。そして子どもの顔にも。その子どもは、この五年毎日見てきた夫の顔とそっくりでした。たとえ獣型でも、妻の目にはすぐにわかりました。妻は気付きました。この女こそ、夫の心を今も掴んで離さない悪女だと。そしてその子どもは、妻からすべてを取り上げにきた悪魔の子だと。

母は妻の顔を見てハッとしたように頭を下げ、その場から立ち去ろうとしました。しかし、妻の冷たい目はすでにしかと彼女を捉えています。

ちょうどその場に居合わせていた黒豹の弟も、事情を察しました。彼は、兄が小さい頃からたった一人を思い続けていたことを知っていたのです。屋敷を訪れた彼女に、見覚えがありました。

弟は慌てて都合をつけて彼女を追おうとしました。が、時を同じくして黒豹が危篤状態となってしまいました。屋敷の中に沈鬱《ちんうつ》な雰囲気が漂いました。

その間に動いたのは、妻です。彼女は刺客を放ちました。放った先は、もちろん……。

寒い冬空の下。刺客はあっさりと依頼対象である黒豹の女性を刺し、そしてもう一人の対象である子どもを探しました。けれど、子どもはどこにも見当たりません。身寄りのなさそうな女が、子どもをどこへやるというのか。そんなものすぐに見つかりそうなものなのに、これがなかなか見つかりません。

そうこうしているうちに、黒豹の弟が駆けつけました。惨状を見て「なんてことを」と激昂《げきこう》し、付き人により男を捕縛しようとしました。が、男は刺客。何かを漏らす前にその場で自害してしまいました。刺客に依頼した犯人はわからず終《じま》いです。いえ、わかってはいるのですが、唯一の証人である刺客が亡くなったので、もう犯人……領主の妻へと繋がる糸は切れてしまいました。

一方、黒豹は最愛の人との子を知ることも見ることもなく、息を引き取りました。

子どものいない黒豹と黒豹の妻。当然、誰が領主の地位を継ぐかで揉めることになりました。しかしそれは、思わぬ形で決着します。なんと黒豹が死の間際に「血統に限らず、領主の妻も後を継げるものとする」と、領主として最後の政令を出していたというのです。まさかと思いましたが、それは真に黒豹が出したものでした。彼の血判が書類の端に赤く押されています。それは、妻が「私を次の領主にしてください」と死に際の黒豹に頼んだからです。

黒豹にも、後ろめたさや申し訳ない気持ちがあったのでしょう。妻に言われるまま、彼は妻が次の領主となることを認めました。

もちろん、騒ぎは起きました。しかし、妻は誰に何を言われようと絶対に領主の座を譲るつもりはありませんでした。その目に浮かんだ仄暗い決意の炎は、もはやどうあっても消えません。恨みや妬《ねた》みそして悲しみは、時にどんなものより強い原動力になることがあるのでしょう。

彼女は夫と入れ替わりに、領主の椅子に座りました。領地のこと、そこに住まう民のこと、血統のこと。彼女にとってそんなことはどうでもよかったのです。

彼女にとって一番大事なものは、自身の誇りでした。彼女はそのために夫の一番大事な女性を殺し、そして領主の地位を得ました。心の中は空っぽになりましたが、少なくとも誇りだけは保つことができました。

さて。母親を失った哀れな黒豹の子は、いったいどこに行ったのでしょうか。まだ獣の姿しか取れず、その上目も不自由です。一人で歩いて逃げる術《すべ》も知らないはず。籠に入ったまま、どこかへ連れ攫《さら》われてしまったのでしょうか。もしくは、どこかに預けられたか、はたまた「逃げられない」と悟った母の手ですでに楽にされてしまったのか。

領主となった黒豹の妻も、そして黒豹の弟も、四方手を尽くして探しましたが、行方はとんと知れないまま。

――そして、十年以上の時が流れました。

十二

「君の母は、奇跡的に一命を取り留めていた。彼女は君を、領地を横断するベニトビ川に……籠に入れて流したと教えてくれた」

ロウはそう言って、部屋に備え付けてあった茶器を使い、自ら温かな紅茶を淹《い》れてくれた。本来であれば給仕の者がすることなのかもしれないが、今は人払いをしているのでロウとクロ以外誰もいない。

豪奢《ごうしゃ》な机の上、差し出されたそれを一瞥《いちべつ》してクロは顔を上げた。

「では、『母』は今もどこかに？」

クロが今いるのはコクの領地、その領主の屋敷だ。

ひと月ほど前、ロウが学園を訪ねてきた際に「これからのことだけでなく、これまでの経緯についてもきちんと話したい。できれば一度コクの領主邸を訪れて欲しい」と招待されていたからだ。

クロとしても気になることや確かめたいことがたくさんあったので、その誘いを受けて、こうやって訪れた次第である。

通常であれば学園在学中はこういった外出は許されないのだが、今回は特例ということで学園長から直々に許可が出された。色々と思惑を感じないでもなかったが、それをすべて突っぱねるほど理解のない子どもでもない。

ただ「ひとつだけ」どうしても譲れない条件を告げ、その了解を得た上でクロはロウの寄越した馬車に乗り、コクの領地の、その領主の屋敷を訪ねた。

そしてそこで、自身の出生に関する話をロウから聞いた。

自分が領主の息子であったこと。そしてそれは母によって秘されていたこと。しかし結局父の妻に存在を知られ、殺されそうになったこと。

たしかに衝撃的な内容ではあったが、クロはそれを冷静に受け止めた。そうできたのは、どこか他人事《ひとごと》のように話を聞くことができたおかげかもしれない。クロは川に流された際、どういった事情でかはわからないが、記憶と、それからわずかにあったはずの視力を失っている。もし母の記憶が少しでも残っていれば、また違ったのかもしれないが……。

クロの問いに、ロウが静かに首を振った。

「君の母は、君を失ってからおよそ一年後に亡くなった。元々体が強くなかったところに大怪我《おおけが》を負って、精神的にも疲弊していたから……」

「そうですか」

「あぁ。だが怪我の治療やその後の暮らしについては私から支援させてもらった。そこは……心配しないで欲しい」

ロウがそう言うのであれば、それはきっと手厚いものだったのだろう。彼女が……母が一人孤独の中で死を迎えたわけではないと知れて、クロの心が少しだけ救われる。

「ありがとうございます」

悲しい。そう、悲しいと思う。彼女はきっと彼女なりに色々なことを抱えながら生きていたはずだ。本当であれば子を孕んだと言い出せれば良かったのかもしれないが、既に結婚してしまった父には伝えることができなかったのだろう。子を、争いの種にしたくなかったのかもしれない。もしくは、散々自身を責め立てた領主の一族に嫌気を感じていた、いや、怯えていたか。

「彼女は、死の間際までずっと後悔していたよ。どうしてヤコク……君の父に会いに行ってしまったのか、と」

それは、ヤコクが死の床に臥せっていた時の話だろうか。

たしかに、その時会いに行かねば、ヤコクの妻に見つかることもなかっただろう。そして殺されかけることも、子を手放すことも……。ただ、その時の彼女の気持ちはわからないでもないのだ。

（たとえ良くないことだとわかっていても、愛する人の死に際にひと目会いたいと願うことは……、それは……）

いいのか、悪いのか、クロには判断はつけられない。立場が変われば意見も変わる。それでも、クロにはその気持ちが、わかる。もし自分が彼女と同じ立場で、誰よりも愛しいコガネが死を迎えようとしていたら……何をおいても、会いに行ってしまうだろう。

しかし、結果的に彼女は大きな怪我を負い、そして息子の命を助けるためとはいえ、彼を……クロを手放してしまうこととなった。ヤコクへの愛が、彼女の人生を狂わせてしまった。

「彼女は最後まで君が生きていると信じていた。君を見つけることが、彼女の願いだった」

机を挟んで向かいにあるソファに腰掛けたロウが、膝の上で手を組む。指先が白くなるほどきつく力の入ったその手を見て、クロは叔父の真剣な顔を見つめた。

その願いを叶えるべく、ロウは十年以上もの間クロを探し続けていたのだ。兄の想い人である相手の願いを、必死で……。

（もしかして、この人は……）

ロウから母に対する何かしらの感情を感じたが、クロはそのことについて言及はしないことにした。ロウに自覚があるのかどうかわからないが、それをクロがこの場で暴いたとして、何の意味もなさない。母はもう、この世には存在しないのだから。

「馬で半刻《はんとき》ほど駆けた森の奥に墓がある。よかったら顔を見せに行ってやってくれないか」

「はい、……もちろん」

母の記憶のない自分が墓に参ったところで意味があるのかはわからなかったが、少なくとも目の前で切なそうに眉根を寄せる彼の辛さを少しは和らげることができる気がした。

クロが頷くと、ロウは「そうか」と切なげに目を細め、やがてゆっくりと伏せた。その目元には深い皺が刻まれており、彼の長年の苦悩が見て取れた。

「そして、クロ君はもう知っているかもしれないが……今は私がコクの領主代理として務めている」

「はい」

前領主であるヤコクの妻は、つい先月命を落としている。奇《く》しくも、夫であるヤコクと同じ病で。その病は国でも広く不治の病とされていて、原因はわかっていない。ただ、異なる獣性同士の者から生まれた子が特に発症しやすいとは言われているが……、確たる証拠はない。

「本来であれば私には領主たる資格はないのだが……仕方ない」

先代、ヤコクの妻を除きこれまで領主を継いできたのは男女問わず領主の長子のみだ。だからこそロウはあくまで「代理」なのだろう。そしてこれからどうするかが一族の中で紛糾している。

「君が生きているかどうかがはっきりしていなかったので、今まで存在は伏せていた。しかし、これで堂々と公表できる」

ここでクロがヤコクの息子として名乗り出れば、たしかに後継問題も収まるだろう。まぁ、それはそれでかなりの騒ぎにはなるかもしれないが。

ロウの期待のこもった眼差《まなざ》しを避けるように、クロは膝の上に置いた手に視線を落とす。学園の制服は少しだけ寸が足りないので、手首が出ている。その手首には、鈴のついた黒い腕輪をつけていた。

昔は首につけていた、あの鈴だ。いつもちりちりと音をさせるわけにはいかないから、時折ポケットにしまったりもしているが、肌身離さず側に置いている。

体が急に成長したので、制服は二回買い直した。二回目は「もう買う必要のないように」と、かなり大きめのものを買ったのだが、それもきつくなり始めている。

クロは、制服を買うたびに申し訳なく思った。それが、コガネが心血を注いで貯めてくれたであろう金であることがわかっていたからだ。

入学の際にクロはスオウから「これ、コガネさんからです」と金を渡された。当座の生活費として使うように渡されたそれは、それなりにまとまった金額だった。だがその金は紙幣だけでなく、小銭が大量にまざっていた。ものによってはやたらと薄汚れていたり、曲がっていたりして。クロはすぐにそれが、コガネがこれまで懸命に貯めてきた金であることがわかった。

コガネは自分に借金があるにもかかわらず、クロを不便なく学校に通わせようと金を貯めてきたのだ。

胸が痛くなるほどに苦しくて、ありがたくて、申し訳なくて……その夜、クロは寮のベッドの中で体を丸めて泣いた。コガネの愛は、献身的だ。クロのために身を削って、それでもきっと「痛くもないし、苦しくもない、辛くない」と笑うのだ。

クロは、コガネに自分を犠牲にして欲しいわけではない。クロに幸せになって欲しいと思うのなら、コガネも一緒に幸せになって欲しい。クロの「幸せ」の中にはコガネの幸せも含まれているのだから。

「すみません。領主になると、まだはっきりお返事はできません」

「……な」

　クロの言葉に、ロウは驚いたように絶句し、そして真意を確かめるように「何故？」とゆっくり問うてきた。

　領主となれば貴族として将来を約束されたも同然である。特にコクは領地自体が肥沃で、とても恵まれた環境だ。もちろん領主としての責務はあるが、その対価として、地位も名誉も金も存分に得られる。

「元々、俺は領主になるよう育てられたわけではありません。父と会ったこともない。領主になるための資質も覚悟も備わっていません」

「そんなことはない」

　ロウはすぐさま否定してきたが、クロは静かな口調で続けた。

「突然『先々代領主の息子です』とやって来て、迎え入れる方がおかしいでしょう。本当に、血筋しか必要としていない。俺の血しか見ていない」

「おかしい、か。あぁ……あぁそうかもしれないな」

　クロの言葉を受けて、ロウは噛み締めるように「あぁ」と繰り返す。肩を落とし、腕を組み、しかしその目は譲らない厳しさを含んでいた。

「だが、そうやってコクは領主を継いできた。血統によって。私たちの血筋があるからこそ信用してくれている民もいるんだ」

「先代は血筋から外れていた」

「だからこそ混乱を呼んだ。君も知っているだろう」

「だからといって俺が領主になっても変わらない。同じことの繰り返しだ」

二人は淡々と言葉を交わし、そして黙り込んだ。相容れぬ意見は平行線を辿り、部屋の中にシンと重い沈黙が落ちる。

「……君は優秀で、とても賢い」

静寂を破ったのは、ロウだった。

おそらく彼は学園での成績も確認済みなのだろう。

「血統のことはもちろん大切だが、ただ純粋に、君の力を貸して欲しいんだ」

真摯な言葉に、クロは何も答えられないまま唇を引き結ぶ。成績が良いことと領主として上手く民を導けるかは別問題だ。自身にそれだけの力が備わっているとはやはり思えない。

けれど、領主のやり方について思うところがあるのも本当だ。昔、コガネにも少しだけ語ったことがあったが、たとえば教育問題や、親族による借金救済制度についてなど、自分だったらこうしたのに、という考えがいくつもある。

ただ、いずれにしてもクロはこの件を一人では決められないと思っていた。

「あの」

「ん？」

膝の上の手を握り直して、クロはロウを真っ直ぐに見やった。

「返事をする前に、家族と話し合わせて欲しいのですが」

「家族……あぁ、そうだ。そうだったな」

ロウはそこでハッとしたように目を開き、そして何故か苦しそうに目を細めた。

「はい。約束していた通り、話し合いには、育ての親であるコガネさんに同席して欲しいんです」

クロがロウに出した「ひとつだけ」の譲れない条件。それは、今日のこの話し合いに、コガネを同席させることであった。

本当は卒業するまで会わず、立派になった姿を見せて驚かせたかった。が、クロの望むと望まざるとに関わらず将来が決まってしまうかもしれないこの状況では、そんなことも言っていられない。彼に何も言わないままに、将来の身の振り方を決めるのはどうしても嫌だった。

なにより、コガネはクロにとって人生の礎であり指針だ。彼が隣にいてさえくれれば、クロは迷わず自分の進むべき道を選べそうな気がした。

一応、この件については障りのない範囲を手紙で報告している。が、まだ返事はない。

ロウはクロの出した条件を聞いて驚いた様子ではあったが、快く了承してくれた。わざわざ「自分が村まで迎えを寄越して連れて来よう」とまで申し出てくれたほどだ。

そのロウが何故苦い顔をするのかわからず、クロはつられるように眉根を寄せる。

「なんですか？」

「いや、そのことで君に報告と、確認しなければならないことがあったんだ」

妙に重々しい物言いに、クロは「何を……？」と不審気に問う。心中では、確認の前にまずコガネをこの場に連れて来て欲しいと思っていた。ロウの何やら言い辛そうな表情がやたらと不安を煽《あお》る。

心臓が脈打って、握りしめた拳が痛い。一刻も早く、今この瞬間にコガネの顔を見て安心したかった。

「村を訪ねたが、三年近く前……君が学園に入学した時に、コガネさんもまた村を出て行ったと聞いた」

「……は？」

「実際、コガネさんの家は人の住んでいる様子もなかった」

苦々しく、どこか気まずそうに語るロウの姿がぐにゃりとぼやける。何を言っているのか、わからない……いや、わかりたくない。だが、頭の芯は嫌というほどに冷えていて、淡々と事実を受け入れ始めている。その上で「何故」「何がどうなっている」「意味がわからない」という気持ちがぐるぐると渦巻いていた。

そんなはずがない。コガネはあの村以外行く場所も、金だってない。混乱する頭の中にコガネの細い笑い声が響く。

『クロ』

顔もまだ知らないあの人が、手を振って去って行く幻影が見える。

「待っ……、え、医者は？　スオウ医師。彼なら事情を……」

クロの言葉に、ロウは何故か痛まし気に目を細める。その耳がわずかに伏せられているのを見て、クロの視界はどんどん歪み、そしてキィンと甲高い嫌な音が耳奥で響き始める。

『クロ』

　そんな中でも、自分を呼ぶコガネの声だけは、やたら鮮明に響いて。だから余計に胸が苦しい。痛い、いっそ今すぐに叫び出したい。

「君の言うスオウという医師は……消えた」

「消えた？」

「数日前。彼に逮捕状が出たらしい。違法な薬を開発していると。家も、経営していた病院も捜査されたが、既にもぬけの殻だったらしい」

　どくっ、と嫌な音を立て心臓が跳ねた。息が苦しい、目の前が歪む、クロの世界が歪んでしまう。

「コガネさんも、スオウ医師も、消えた……？」

　急なことに頭が混乱して、話についていけない。わけがわからない。わかりたくない。

　クロはとにかく何かの間違いだと思いたかった。コガネが消えるなど、あるはずがないと。

（だって手紙は？　手紙、コガネさんからの、俺に宛てた、あの……）

　縋《すが》るように疑問を心のうちに浮かべながら、しかし冷静な頭がすぐに「そんなもの」と否定する。

　そんなものいくらでも準備できる。文字のない手紙など、内容も何もない手紙など、いくらでも、誰でも準備できる。

「コガネさんとスオウさんの件が別の問題とは考えにくい。捜査は続いているから、いつかは……」

「いつか、……いつか？」

　ロウの慰めるような言葉に、クロはおそらく蒼白《そうはく》になっているだろう顔を上げた。

　三年経てば会えると思った。だから離れることができた。もう一度会えると信じていたから、コガネが「どこにいても見つける」と言ってくれたから。

クロは項垂れるように目を落とし、自身の手首を見つめた。

(コガネさん……)

まだ何も信じられない。自分の目で見たわけでもない。何が嘘で何が本当かもわからない。

(コガネさん?)

あの時の彼の言葉が嘘だと思いたくない。包帯に遮られた暗闇の中、「どこにいたって、絶対にクロを見つける」と言ってくれた彼の言葉が。頭を撫でるかさついた手が、抱きしめる腕が、すり寄せた頬の柔さが。その何もかもが……。

「嘘だ……っ!」

太腿に振り下ろした腕。ちりん、と激しく鈴が鳴る。

この音を、いま彼は聞いてくれているのだろうか。クロを、探してくれているのだろうか。

懸命に何か言葉をかけてくれるロウのそれを聞き流しながら、クロはただ呆然と腕の鈴を見つめ続けた。

十三

「お薬の時間ですよ、っと」

ベッドに腰掛けてぼんやりと窓の外を眺めていたら、ノックもなしにスオウが入ってきた。コガネは、ふい、と彼の方へと顔を向ける。最近以前にも増して脂気のなくなった髪が、ぱさ、と肩のところで音を立てる。伸びっぱなしにしていると邪魔なので切りたいのだが、理容室になど行けるわけもなく。しかし自分で切るとひどいことになる（以前自分で処理しようとしたら、顔を挟んで右と左で、てんでばらばらの長さになってしまった）し、かといってスオウは「ええ、面倒くさいですね」と言って数ヶ月に一度程しか鋏《はさみ》で切ってくれない。

「窓の外ばっかり見ていて飽きませんか？　って、ここに閉じ込めているのは私なんですけどね」

共に過ごすうちに、彼のコガネに対する態度もだいぶん気安くなった。最初の頃の穏やかさは健在だが、どこか投げやりで、何にも拘《こだわ》りなどないかのようにふわふわと軽い。飄々《ひょうひょう》とした、という表現が似合っているかもしれない。

ゆっくりと首を巡らせると、スオウの手には銀色の盆があった。上には注射器と薬剤が見える。

コガネは白い、入院着のような服の袖をまくる。数年前、日雇いの重労働さえ難なくこなしていた細いながらもしっかりと筋肉のついた腕は、そこにはもうない。ただ枯れ木の枝のように不健康に細いそれがあるだけだ。腕の内側にはいくつもの内出血の痕《あと》や注射痕が残っている。

不健康そのものの腕に悲しみにも似た苦笑いが漏れるが、それもスオウの「あ、今日はいいものがありますよ」というひと言で霧散する。

「はい。クロくんからのお手紙」

クロ、という言葉だけで心の中に喜びが膨らんで、コガネは「読んで、読んでくれ」と縋るようにスオウを見やった。

「お薬が終わってからですよ」

スオウはコガネの様子を軽く笑いながら、注射器で薬剤を吸い上げる。彼はコガネの扱いをよく心得ている。コガネは先ほどより迷いなく腕を差し出し、腕に巻きつけられるチューブを受け入れた。


コガネは今、スオウの家に住んでいる。といっても本宅ではないらしく、セキトウという領地の街外れにあるこぢんまりとした古い一軒家だ。

セキトウはコクの北に位置する領地だ。コガネは家からまったく出ないので、ここが本当にセキトウかどうか、実はわかっていない。まぁ、そんなこと今のコガネには関係がなかった。

家は、木造りの古い一軒家だ。玄関を開けてすぐに小さなホール、右手の扉を開けると洗面所や風呂場、左の扉を開けると台所と居間。一番奥の扉が、コガネが一番よくいる寝室兼スオウの作業部屋だ。部屋の手前にスオウの使う机と棚。奥の窓辺にコガネが使うベッドがひとつ置かれている。スオウはこの家で寝起きしないので、部屋にある家具は基本的に一人用だ。家の大きさの割に庭は広く、家の裏手から外に出ると小川も流れている。

この小さな一軒家には、コガネ以外誰も住んでいない。他に住人、いや、手伝いすらいないらしく、コガネはここに来てから一度もスオウ以外の人間に会ったことがない。

ただ部屋の中にいて、スオウに決められた薬を摂取し、時折採血をされる。立ち上がれるくらい具合の良い時は庭に出て、花を摘んだり、落ち葉や木の実を拾ったりする。クロへの手紙に詰め込むための、そんな色々を。他に刺繍をすることだけは許されているので、それだけ。

後は食事も何もかも、体に入れるものはスオウが準備する。コガネはまるでスオウに飼われている生き物のように生きている。いや、実際飼われているのだ。彼の、実験の成功のために。


クロが王立学園に入学できるだけの知力を持っているとわかったあの日。……コガネは、彼から契約を持ちかけられた。

クロの手術費を持つ、さらに後見人となり王立学園に入学する手続きもすべて請け負う、と。

そして、それらをすべて受け入れる代わりに、コガネに自身の体を差し出して欲しいと。そう、交換条件を出された。曰く……。

「私はずっと、ある不治の病について研究してきました。ようやく薬らしいものが出来上がったので治験をしたいのですが、国からは許可が下りていません」

「許可を得るのが一番いいことは重々承知。しかし私は、一日でも早くこの薬を完成させたいのです」

「この病に苦しんでいる人たちを一日でも、いえ、一秒でも早く救いたいのです」

そこで、コガネの体を治験に使わせて欲しいと言われた。擬似的にその病に罹《かか》った状態に陥らせて、そして薬を試すのだと。

そんなことできるのか、と不思議に思ったが、スオウが嘘を言っているようにも見えなかった。

仮にそれが嘘だとしても問題なかった。クロの目が見えるようになって、そして望むままに勉強に励み、たくさんの知識を得て、立派な大人になれるのであれば。それだけでもう、コガネは自分の人生を擲ってもいいと思っていた。むしろ、自分の人生でそれだけの幸福を賄えるなんて信じられないほどだ。

コガネの両親が狐獣人と猫獣人なこと（父母で違う獣性であることも重要らしい）、いなくなっても心配する親族がいないこと、金だけでは動かせない動機……自身以上の大切な存在を持っていること。そのすべてを加味されて、コガネはスオウに目をつけられた、らしい。

「あまりにも私に都合のいい存在が現れて、本当に嬉しかったんですよ」

さら、と濁りのない笑顔でそう言われて、コガネは出会った当初彼が笑っていた理由を知った。

「コガネさんの、クロくんに対する家族愛に感動して泣いてしまった」と言っていたが、結局のところやはり、あれは笑っていたのだろう。待ち望んでいた実験台がのこのこと現れて、きっと身震いするほど嬉しかったのだ。

だが、コガネはそれでも構わないと思った。構わないと思ったから、契約を結んだのだ。自身の身を差し出す代わりに、クロに良き人生を与えられるようにと。文字が書けないので、血判で契約書に了承の意を示した。

そんなことをしなくても契約を破るつもりなどないと思ったが、スオウは「こういうものは絶対に必要です」と妙に真面目くさった顔で教えてくれた。

スオウとの契約後、コガネはすぐにこの家に住まいを移した。正確には、クロの手術が終わってすぐ。彼を見舞ったその足で、この家にやって来た。

村人への借金問題はすでに方がついていたので、引っ越しはとても容易《たやす》かった。こんなにも簡単に村を出ることができるのか、と拍子抜けしたほどだ。

（一生、あの村にいるものと思っていたのにな）

コガネから悪意を持って搾取していた村人は、スオウの通報により数人警察に連れて行かれたらしい。ただ、すでに弁償が済んでいたということもあり、大きな罪には問われなかったようだが。

当たり前だが、引っ越しとなっても誰一人これまでのことを謝罪にも来なかった。それどころか……。

「最後まで厄介者だよ」

「親に捨てられた子を面倒見てやった恩を忘れたのかね」

「散々世話になったくせに、警察を呼ぶなんて」

そうやって、皆でコガネのことを悪し様《あ》に罵《ののし》っていたのも知っている。だが、コガネにとってはそれももうどうでもいい、関係のない話だった。

意図的ではなかったのかもしれない。が、彼らは長年にわたり被害者としての意識を募らせ、そしてコガネは罪を滅ぼして然るべきという意識を募らせ、それが日常化していた。誰も疑問に思うことなく。誰も金額を管理することもなく。それが「当たり前」になっていたのだろう。ただコガネは、その当たり前から脱却しただけだ。

＊

スオウの家での日々は、静かに過ぎていった。

スオウは、二、三日おきにコガネに薬を渡しに来る。おそらく、病院での仕事も忙しいのだろう。食料は十分に用意されており、二日三日来訪がなかったところで何も不便はない。

家には、外から鍵《かぎ》を掛けられることはなかった。むしろ、スオウは「自由に庭に出ていいですよ」と言ってくれたし、必要なら金を渡すとも言われた。それはきっと、コガネが逃げ出さないことを知っていたからだろう。コガネが逃げたら、クロはきっとスオウの後見を失う。そうしたら、クロは学園を追い出されてしまうかもしれない。そう考えるだけでコガネの足はすくみ、家の……庭にまでしか出ることはできなくなった。

コガネがこの世で一番大切なものは、たったひとつだけ。自分の体すら、大切の勘定には入らない。閉鎖的な生活は静かだが、刺激も何もない。コガネは唯一与えられた娯楽である刺繍に、黙々と励んだ。それは売りに出されることもなく、スオウに貰われることもなく、ただ家の一角に積み重なっていった。


擬似的に病を患わせると言ったのは嘘でも冗談でもなかったらしい。投薬から一年が経つ頃には、コガネはやたらと体調を崩すようになった。

熱を出して寝込んだり、立ち上がるのも辛いほどの眩暈《めまい》や頭痛に襲われたり、吐き気が止まらず何も食べられなくなったり。寝付けないほど腹を下すこともあった。

髪の脂質もそうだが、既に豊かとは言い難かった尻尾の毛もさらに抜けて、すかすかになってしまった。

「こんな尻尾じゃ、クロを撫でることもできないな」

なんてことを思ったりもしたが、そもそももうクロと会うことはないのだと気が付いて、虚《むな》しい笑いが溢れた。

クロには、何の事情も話していない。

言ったところで反対されるのがわかっていたからだ。反対どころか、泣いて怒り猛《たけ》って「今すぐにやめてください！」と言ったかもしれない。

コガネにとっては一番の選択も、クロにとってはそうではない。優しいあの子はきっとコガネの犠牲をよしとしない。それくらい、コガネにだってわかっていた。

この行為が自己満足であることも、行きすぎた献身であることも、ちゃんとわかっていた。わかっていたが、自分にできるそれ以外を知らなかった。コガネは、何かに報いるために自分の身を削る以外の方法を知らなかったのだ。そしてそんなコガネの性格を、スオウはしっかりと把握していた。

静かで、時折どうしようもなく苦しい生活の中の唯一の彩りは、クロからの手紙であった。

スオウは「クロくんと手紙の橋渡しをすると約束しましたから」と、クロから届いた手紙をコガネに読み聞かせてくれた。ただコガネ自身に文字を覚えさせることはせず、あくまで読み上げるだけだったが。

家の中には、本も、書類も、文字の書かれたものはほとんど置かれていなかった。おそらくコガネ

RUBY INFORMATION

6

June 2024

公式HP https://ruby.kadokawa.co.jp/ X(Twitter) https://twitter.com/rubybunk
〒102-8177 東京都千代田区富士見2-13-3 発行:株式会社KADOKAWA

黒猫の黄金、狐の夜

伊達《だて》きよ
イラスト／yoco《ヨコ》

狐獣人に育てられた黒豹の領主×健気な狐獣人

父親の犯した罪のせいで身を分にして働く狐獣人のコガネは、目の見えない猫獣人の子供を助け、「クロ」と名付けて大切に育てることを決める。コガネは自身の身を犠牲にして王都の学校へクロを送り出すが、実はクロは貴族の落胤で…？

単行本／B6判／
定価1,540円（本体1,400円+税）
2024年6月現在の定価です。

攻:クロ
幼少期にコガネに助けられ、記憶を失くしていたため「クロ」と名付けられる。容姿端麗で賢い青年へと成長する。

受:コガネ
目の見えない黒猫の子供を助け、育てることに。養い子のクロのためなら、どんなことでもしてあげたいと願っている。

すぐCheck!　https://ruby.kadokawa.co.jp/product/collection/

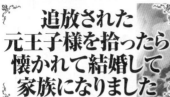

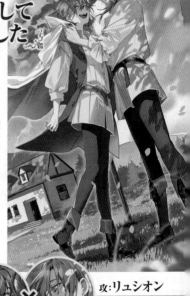

に文字を覚えさせないためだろう。それが何故だかはっきりとは言葉にされなかったが、たとえばコガネが何かの記録を残したりすると困ることがあるのかもしれない。

何にしても、コガネはクロの手紙を楽しみにしていた。

スオウの声で聞くクロの生活は、とても充実していた。

「試験で一番を取りました。入学してからもうずっと一番です。ただ今回は数学の問題で一問間違えてしまいました。とても悔しいです。全問正解したら、その解答用紙をコガネさんに送りますね」

「教師に勧められ、陸上競技を始めました。種目は徒競走です。最高学年の先輩にはまだ及びませんが、きっといつか学園で一番速く走ってみせます。コガネさんにも、僕が走っている姿を見て欲しいです」

「すっかり冬めいてきましたが、コガネさんはいかが過ごされていますか？　王都ではしっかりと雪が積もると同輩の子に聞きました。学年対抗で雪合戦なんてするそうです。コガネさんは積もった雪を見たことがありますか？」

ひとつ、ひとつ。どの場面のクロの姿も、しっかりと思い描くことができた。クロが勉学に励み、駆けて、そして同じ年頃の学友たちと楽しそうに笑い合う姿を想像するだけで、コガネの胸は幸せに満ち溢れた。と同時に、いつも、いつまで経ってもコガネのことを気にかけるクロに「もういいんだ」「自分のこと、そして今周りにいる人のことだけを考えなさい」と言ってやりたかった。自分に囚われている必要なんてないんだ、と。

しかし、どこか後ろ暗い喜びを感じていたのも事実だ。コガネのことを忘れてくれないクロが、可愛くて、いじらしくて、たまらなかった。

万一にも里心が湧かないようにと、自身を思わせる特別なものは入れずに。どこにでもありふれたものだけを封筒に入れて、スオウに宛名を書いてもらってクロに送った。

「愛しい人からの恋文を待つ少女のような顔をしますね」

クロと離れて一年ほど経った頃、スオウにそう揶揄われたことがあった。クロの手紙が、珍しく二十日以上届かなかった時だ。月に二度は必ず届いていたので、胸がざわついて仕方なかった。

自分のことなど忘れて欲しいと言いながら、結局のところ連絡を待ち望んでいる。恋文を待つ少女なんて、そんな綺麗なものではない。コガネのそれは、もっと浅ましく、自分勝手で、どうしようもない感情だ。

その時は「体調を崩してしまって手紙を送れなかった」と次に届いた手紙に記されていて。ホッとして、ホッとした自分を責めたりもした。

その後はコガネの方が体調を崩すようになって、返信の間が開くことも多くなってしまった。けれど、どんなに具合が悪くとも、ひと月に一、二回はクロへ手紙を送った。それだけが、クロとの間に残った最後の繋がりだったからだ。

*

長く一緒に過ごすようになっても、コガネにとってスオウは「よくわからない人」であった。

スオウはコガネがゲェゲェ吐いていても、ベッドから起き上がれなくなっても、熱でうかされていても、冷静に「あぁ、こういう反応が出るんですね」と観察していた。彼に心配をされたことなど、この二年半の間、一度もない。おそらく、スオウにとってコガネはまごう方なく「実験体」なのであろう。

コガネ自身も、別にスオウと馴《な》れ合いたいと思っているわけではない。コガネに利用価値があるから、スオウは契約を結んでいるだけだ。賢くないコガネでも、それくらいはわかっていた。

特段交流をしていたわけではない。彼の実験体として過ごして一年ほど経ったある日のこと、コガネは彼にあるものを差し出した。

「先生」

「なんですか?」

コガネはある朝、薬を差し出してきたスオウに、声をかけた。

スオウに対しては、この一年余りでだいぶ砕けた口調で話すようになっていた。スオウ自身が「気遣わなくていい」と言ってくれたからだ。元々丁寧な話し方が苦手だったコガネは、ありがたく口調を変えさせてもらった。スオウにも楽に話して欲しいと伝えたが、彼は「この話し方が楽なので」と敬語を崩すことはなかった。

「ハンカチだ」

それは、ハンカチだった。ただのハンカチではなく、コガネが刺繍を施したものだ。昔は一日に何枚も仕上げていたのだが、今はやたらと時間がかかるようになってしまった。指先が震えるし目が霞《かす》むので仕方ない。このハンカチも休み休み、数日かけて縫い上げた。

「俺の尻尾の毛を一本、糸の代わりに使ってる。何故かはわからないけど、持っていると幸せになる……らしいから」

昔言われていたことを思い出して伝えてみる。と、笑みを浮かべていたスオウが、珍しくそれを崩した。そして「えぇ」と戸惑ったように首を傾げる。

「私に、幸せになって欲しいんですか？」

そう問われて、コガネは目を瞬かせる。

単純に礼のつもりで渡したのだが、そういう風にも受け取れるかもしれない。

「別に。ただ、積極的に不幸になって欲しいとも思ってない。先生には、クロを助けてもらっているから」

正直に伝えると、スオウが軽く目を見開いた。そしてコガネの手元……差し出されたハンカチを見下ろす。

「クロくんのため、ね」

そう言いつつ、スオウはハンカチを受け取った。そして刺繍を指で撫でながら「あぁ黄金色ですね」と、ぽつりと溢す。

「みすぼらしくなった毛を、わざわざどうも」

みすぼらしい、というのが自身の尻尾を指しているであろうことに気付き、コガネは苦笑いを浮かべた。そして自身の尻尾を振って、膝の上に持ってくる。相変わらず毛はすかすかで、たしかに見て

いて哀れになる大きさだ。梳くとはらりと毛が散ってしまうので、コガネはそっと手をのせるだけにしておいた。

スオウはそんなコガネを、意外にも真面目な顔をして見つめていた。

「あなたは本当に、思った通りの人だ」

いつそう思ったのかわからないが、コガネはスオウの想像の範囲内の人物であるらしい。

自分に意外性があるなんて思ってもないのでコガネは「まぁ、だろうな」と特に否定することなく頷く。

「やたらと献身的で、自分の身を削るのに躊躇いがない」

自分の性格をこうやって言葉にして評されたことは初めてだ。コガネはぱちりと目を丸くして、そして自身の行動を思い返す。

「そうかな」

「そうですよ」

吐き捨てるようにそう言ったスオウの目には、いつもの笑みはない。どこか憎々しげに歪んだその目を見て、コガネは「先生?」と声をかけた。

「自己犠牲の先には幸せしかないと思っているんですよね、あなたたちは」

たち、という複数人を指す物言いに引っ掛かりを覚えたが、それについて言及する前にスオウが「ま、なんでもいいですけど」と肩をすくめた。

と、けほっと空咳《からせき》が出てしまった。けほ、けほ、と続けて咳をすると、スオウが背中を撫でてくれた。まったく感情のこもっていない、ただ壊れた道具を手入れするかのような手つきだ。

「まぁ、随分と細くなりましたね」

「けほ……そうだな。まぁ大体は先生の薬のせいだけど」

少し涙が浮かんだ目を揶揄うように細めてスオウを見やる。と、彼は少しだけ面食らったような表情を見せてから、そしていつも通りの穏やかな笑みを浮かべた。

「そりゃそうですね」

コガネとスオウは別に仲が良いわけでもないし、深めるつもりもない。互いに自身の利益を優先する契約関係だとわかっている。

それでも、日々共にいれば芽生えるものもあるのだ。

十四

スオウの実験体として過ごして、二年半以上が経った。コガネは相変わらずよくわからない薬を飲んでは体調を崩し、薬を飲んでは回復し、そしてまた寝込む。という生活を繰り返していた。

「けほっ」

最近は、何はなくとも咳が出る。少し前までここに吐血まで入っていたのだから、まだましになった方だ。コガネはベッドから立ち上がり、普段着ている寝巻きから普段着へと着替えた。以前はちょうど腰で止まっていたボトムが、すとん、と床に落ちる。仕方ないのでベルトできつく締めると、今度はそれが腰骨に当たってやたら痛い。

「はぁ、着替えるだけでひと苦労だな」

しかしこれでも、立ち上がれるだけ僥倖《ぎょうこう》だ。今日はいつもより具合がいいので、外に出てもいいかもしれない。

朝から打たれた注射がなんだったのかはわからないが、どうやら体調を安定させるためのものだったらしい。そろそろクロに手紙を送らなければならない。

クロは先日陸上競技大会の徒競走部門で優勝したらしい。しかも、大会新記録だという。嬉しくて、誇らしくて、コガネは手紙を受け取って何度も抱きしめた。

「猫獣人なのに、凄い。クロは本当に凄い」

あまりにも嬉しくてそう溢すと、スオウは何とも言い難い微笑みを浮かべていた。どちらかというと、苦笑に近かったかもしれない。もしくは、大喜びするコガネが滑稽に見えたのか。まぁ、なんだっていい。

しかしクロは、本当に凄い。それほど体格的に恵まれない猫獣人が、大型獣人も交じる大会で優勝するなどまずないことだ。

もしかしたら、別れたあの頃より背も伸びているのだろうか。いや、もしかせずとも伸びているだろう。クロは手足が長く、手のひらも足も大きかった。きっと猫獣人の中でも大柄な方なのだ。

ぽつぽつとそれを語ると、スオウは否定も肯定もせずにそれを聞いてくれた。そして、外に出ると言うコガネがベッドから下りるのに「手を貸しましょう」と、珍しく細く白い手を差し出してきた。彼がコガネを人のように扱うなど、大変珍しい。思わず「雨でも降るのではないか」と思ったが、さすがにそれは口にしないままだった。

そのまま庭まで共に出ると、スオウは庭に置いてある木の椅子に腰掛けた。そして、もう興味を失ったかのようにどこか遠くをぼんやりと眺めている。

「昼間なのに、病院に行かなくていいのか？」

顔を上げると、太陽が空の真ん中あたりまで昇っているのがわかった。普段であれば、この時間はスオウは病院へと仕事に出ている。この家を訪れるのは、基本的に朝だけだ。

しかしスオウは「あぁ」と緩慢に足を組んで、のろのろと動くコガネを見ている。

「いいんです、別に」

スオウの言葉に、コガネは「ふぅん」とだけ返した。彼が自分なんかの言葉に行動を左右されないことは十分に知っている。彼が行かないと言ったら行かないのだ。ただそれだけ。

コガネはそれ以上何も言わず、ゆっくりと庭を歩いた。屈むと、大小様々な落ち葉と、木の実も落ちている。以前も落ち葉や木の実を拾って送ったが、冬がさらに近くなったこともあってまた色合いが変わってきている。

つるりとした楕円形《だえん》の木の実を拾って、指先で汚れを拭う。親指と人差し指で挟んで持ち上げて、太陽の光に透かすように片目を閉じてそれを眺めた。綺麗であれば、側に置いてある箱にころんと転がす。葉っぱも同様だ。

ひたすらそれを繰り返していると、スオウがぽつんと「精が出ますね」と溢した。コガネは座り込んだまま顔を上げて、スオウのいる方を見やる。生い茂る木の影が彼を覆い、表情がよく見えない。

「どうしてそこまで自分を犠牲にできるんですかね、あなたのような方って」

「俺のような？」

微妙な言い回しに引っ掛かりつつも、コガネはとりあえず自分のこととして捉えて「さぁ」と首を傾ける。

「俺は俺のことしか知らないからなんともいえないけど、気にしたこともなかったな」

そう言って足元の黄色い葉を持ち上げる。それは一片も欠けておらず、綺麗な葉の形を保持している。コガネは、ふっ、と息を吹きかけて細かな汚れを払った。

「気にした方がいいですよ。誰かの犠牲の下に助けられた方は……たまったものじゃない」

いつも穏やかなスオウらしくない言葉や声に、コガネはピンと思い出すものがあった。クロだ。

クロも幼い頃、たとえば村の子どもに嫌なことを言われた時、目が見えないせいで何かに躓《つまず》いて転んだ時。どうしようもないもどかしい目に遭った時、こんな声を出していた。

「何かあったのか？」

気が付けば自然と言葉が口をついて出てきていた。スオウはわざとらしくそっぽを向きながら「別に」と吐き捨てた。彼にしてはやたら素っ気ない言い方だったが、コガネはあえてそれには触れず「そうか」と返す。

「先生は、なんのために薬を開発してるんだ？」

話題を切り替えるように尋ねてみる。これまで問うたことのない、しかし気になっていたことだった。今の、どことなく無防備なスオウなら答えてくれるかもしれないと、軽い口調で問うてみた。答えは返ってきてもこなくてもどちらでもいいとも思っていた。

しばし不自然なほどの沈黙が続いて、まぁそんなものか、と思っている……と、スオウが脚をゆったりと組み替えて、小さな声でぽつんと漏らした。

「母のため、ですね」

そよ風にかき消されそうなその小さな声を聞いて、コガネは「そうか」とこれまた小さな声で返した。

「母のせい、とも言えますが」

どこか憎しみのこもったその声に、コガネは顔を上げる。ざぁ、と風が吹いて、落ち葉が舞い上がった。目に砂が入らないようにと顔の前に腕を持ってくる。

……と、風が吹き終わってから改めて見やったスオウの顔は、いつも通りであった。

「先生のお母さん、献身的な人だって、前に言っていなかったか？」

以前。そう、たしかコガネの借金を清算してくれたあの日。スオウは自身の母についてちらりと語ってくれた。すごく献身的な女性でした、と。コガネはそんな母に似ているから、だから援助を申し出たんですよ、と。

「ええ。献身的な人でしたよ。献身的すぎて、自分の命を削って、亡くなってしまいましたけど」

（あれ……？）

しかし、スオウはコガネを助けようとはしていない。むしろ、利用している。母に似ているというコガネが血を吐こうが、痩せ細ろうが、気にせず薬を与えてくる。

実は母にまったく似ていない……いや、そもそも母の話自体クロを言《い》い包《くる》めるための嘘かもしれない。

だがもし、あの話が本当だとしたら。コガネが彼の母に似ているのであれば。感謝しているというより、むしろ憎んで……。

「私が何を成し遂げるところも見ることなく、死んでしまいました」

ちち、ちち、と軽やかで甲高い鳥の声と相反するような、重く苦々しい声だった。は、と見やったスオウの膝の上に置かれた手。ぶるぶると小刻みに震えて、今にも何かに怒りをぶつけそうだった。

「しょうもない自己犠牲ですよ。誰がそんなことを望んだと言うのか。くだらない」

「先生」

吐き捨てるような激しい言葉に、思わず声をかけてしまう。と、二、三度ゆっくりと瞬きしたスオウは「すみません」と冷静さを取り戻した声で謝ってきた。その謝罪にどのような意味があるのかわからないが、彼なりに、今の激昂は不本意なものだったのだろう。

ふ、と細い息を吐いて、スオウは広げた手のひらに視線を落とした。

「あなたも、母も。献身を与えられた苦しみを知るべきだ」

「苦しみ？」

コガネの疑問を無視するように、スオウが先ほどとは打って変わって静かな声をあげた。

「少なくとも私はいまだに、苦しみの只中にいます。たった一人、取り残されて」

その言葉に、コガネは目を瞬かせる。

献身を与えられた苦しみ、その意味をすぐには理解できなかったからだ。戸惑い、瞳を揺らすコガネに、スオウは何も言わない。ただ影の中からジッとコガネを見ている。

「ま、私が言えた義理ではないですがね」

そう言ったスオウの顔は嬉しいとも悲しいともつかない、本当に曖昧な感情が浮かんでいる。どこか憐れみにも近いその表情の意味は何なのかと、覗き込むように視線を持ち上げる……が、はっきりと確認する前に、その目は前髪に隠されてしまった。

「最近、調子の悪いところは？」

唐突な問いに、コガネは面食らって、そして「どうかな」と自身の体を見下ろす。以前より確実に細く、薄くなってしまった体はたしかに欠陥だらけだが、それが薬のせいなのかどうかわからない。

「あぁ、最近寝起きに少し視界が霞むな」

「そうですか……」

最近やたらと視界がぼやけることがある。特に起き抜けがひどく、すぐには立ち上がることもできないくらいだ。

素直にそのことを伝えると、スオウは何か考えるように顎に手を当てた。

また沈黙が落ちた。コガネは地面に落ちた葉を一枚拾う。その葉は上下が歪《いびつ》に欠けており、見た目はよくない。地面に戻そうかと思ったが、コガネはその手を止める。そして、先ほどのスオウの言葉を思い出す。

「……なぁ。先生は、献身とか、自己犠牲の何が悪いと思う？」

コガネの言葉にスオウは驚いたように顔を上げ、そして口元を歪ませた。

「そんなの、身勝手すぎるでしょう」

嘲《あざけ》りにも似たその表情を見ながら、コガネは手のひらの葉に目を落とす。歪なそれは捨てるつもりだったが、それがなんだか妙に辛く感じる。

「自己犠牲でなくとも、身勝手なんて世の中にたくさん溢れてる」

歪なそれが、自分のように思えたからだ。形が良くなければ、愛しさが湧かなければ、それは簡単に選別されて落とされる。

「俺は、父親に捨てられた。父は村人の金を盗んで、その後残された俺がどんな目に遭うかわかっていて、それでも捨てていった」

特に感情を込めるでもなく事実を述べる。と、何も言わないスオウと目と目が合う。

「これは、身勝手じゃないのか？」

父への恨み言らしきものを言葉にしたのは初めてだった。初めてだったから、コガネは驚いた。

「捨てられた」と口に出して認めてみれば、やけにしっくりきたからだ。そう、コガネは父に捨てられたのだ。身勝手に。

スオウは何か言いたげに赤い瞳を揺らして、そしてそれを隠すように瞼《まぶた》を下ろした。

「たったひとつふたつの事象で身勝手の良し悪しを判断するのは早計です」

次に目を開けた時、スオウの瞳は揺れていなかった。いつものように飄々とした表情を浮かべるスオウを見て、コガネは口端を持ち上げる。

「先生は賢いな」

手に持っていた葉をはらりと地面に落として、コガネは曲げていた膝を伸ばすように立ち上がる。

「俺は馬鹿だから、そんなにたくさんのやり方を知らないんだ」

くらりと視界が歪んだが、どうにか踏ん張って手近に生えていた木の幹に手をかける。

「でも、俺にできる精一杯で、クロを幸せにしてやろうと思ったんだ。それに、嘘はないんだ」

木に当てた手が痛い。ざり、と手のひらが削れる。それでもコガネは落ち葉を探し、木の実も探す。自分はここでこうやって落ち葉を拾い、木の実を拾い、季節を感じながら生きているよと、クロに伝えるために。彼が憂いなく日々を過ごせるように。

「愛してるんだ」

これもまた自己犠牲なのだろうか。難しいことはわからない。わからないが、その愛だけは本物なのだ。誰に間違っていると責められようと、愛だけは。クロへ向けた気持ちだけは。

「きっと、先生のお母さんも先生のことを愛していたんだろうな。自分の身も顧みれないくらい、がむしゃらに」

スオウにとっては間違いかもしれない。けれど愛はあったとそう思う。だから、コガネは素直に自分の思ったことを伝えた。

「さぁ、どうですかね」

スオウは短くそう答えて、そして軽く空を見上げる。

「雲が出てきましたね。冷えそうだから、中に入りますよ」

空を見上げると、たしかに日が翳《かげ》っている。顔を上げたまま「あぁ」と頷くと、いつの間にかスオウが横に立っていた。手を差し伸べられて、コガネは素直にそこに自身の手を重ねる。

出会った頃はスオウの方が細く見えたが、今はコガネの腕の方が頼りない。少しだけ体重をかけさせてもらって、ゆっくりと家に向かって歩き出す。スオウはコガネに歩調をあわせて、一歩一歩踏みしめるように歩いてくれた。

二人並んで、庭を後にする。ちょうど家に足を踏み入れた途端、風が吹いて、背後の落ち葉が舞い上がった。形の良いものも、悪いものも、すべて混ぜこぜになって。振り返ろうとしたところで、スオウによって玄関の扉が閉じられる。

木の扉に遮られて何も見えなくなって。コガネは下唇を噛み締めて、顔を俯けた。

十五

奇妙なほどに静かで、それでいて妙に不穏な生活が一変したのは、それからすっかりと冬が深まってきた朝のことだった。

その日はやたらと目の調子が良くなくて、コガネは朝起きてすぐからずっと目に手を当てていた。目を開いているのに、手のひらが、指が見えない。ぼんやりと霞んで、まるで目に薄い布を当てられているようだ。

（薬の副作用ってやつなのか。先生に話した方がいいのか……）

ようやく物の輪郭が捉えられるようになってきた、その時。バンッと激しく音を立てて開いた扉の向こうから誰かが飛び込んできた。

「……先生？」

その姿形、髪色でスオウだと判断して、コガネは首を傾げる。彼の足音がやたら荒いのを、コガネは不思議な気持ちで聞いていた。この三年近く、彼が足音を立てるところなど見たこともなかったからだ。スオウはいつも優雅だった。

「突然で申し訳ないのですが、契約終了です」

スオウはコガネを見ることなく、手に持った鞄《かばん》に荷物を詰め込んでいく。その言葉の意味がにわかに理解できず、コガネは「え？」と短く返す。

「自由にしていいですよ、ということです」

「自由……？」

ますます意味がわからなくて、混乱した頭でただスオウの言葉を繰り返す。そしてこの契約が終了する理由を、自分なりに考えてみた。

「薬は、できたのか？」

「いいえ、まだ完璧《かんぺき》ではありません」

しかしその考えは、あっさりと否定される。スオウの目的は薬の製造だったはず。では何故それが達成してもいないのに、中途半端な段階で放り出そうとするのか。

「なら、なんで……」

会話の途中も手を止めないスオウを眺めながら問う。スオウは棚の前から部屋の隅に置かれていた机へと向かい、上から順に引き出しの中を覗き込んでいた。そしてその途中ひょいと顔を上げて、にっこりと微笑んだ。

「国に目をつけられました」

「国に、目をつけられた？」

思いがけない言葉に、コガネはまたもただスオウの言ったことを繰り返す。

「違法な行為なんですよ、これは。許可のない治験など人体実験だ。薬の購入の数がおかしいと病院に気付かれてしまいました。そこからぽろぽろとね……。やぁ、困った困った」

「人体、実験……」

改めてそう言われると、自分が物のようになった気分になる。自身の手を見下ろし、それがまだ微妙にぼやけていることに気付き、コガネは無駄に瞬きをする。

「病院や家はもうとっくに押さえられてましてね」

スオウの話はあまりにも突飛すぎて、まるで知らない誰かの話のようだ。

コガネはスオウの話を聞きながら、何も言えないでいた。そもそもが、いまいち話の内容を理解できない。

「捕まるのも時間の問題なので、私は海外に逃げます」

スオウは、いずれそうなることをある程度悟っていたのだろうか。焦る様子はなく、ただ淡々と作業を進めている。そういえば、最近家の中の物が減っていた気がする。今こういう状況になってようやくそのことに思い至る自分の鈍さと察しの悪さに下唇を噛みつつ、コガネは視線を揺らす。

「あの、クロは……」

契約を終了すると言われて一番に思い浮かぶのは、クロのことだ。クロは、クロの後見人としての諸々はどうなってしまうのだろうか。

と、スオウが荷物を詰める手を止めないまま「あぁ」と乾いた笑いのような声を漏らした。

「クロくん。クロくんねぇ」

その笑みはどんな感情なのだろうか。自嘲《じちょう》のようにも見えるし、馬鹿にしたような、強がっているような、なんともいえない表情だ。コガネは眉間に少しだけ力を込めて、スオウを見る。

「先生?」

「まぁ、もう最後だしいいか。……コガネさん、いいことを教えてあげましょう」

スオウが、開いていた引き出しを押しやる。バン、と強い音がして、コガネは耳を跳ねさせる。そして「いいこと?」と不審を隠さない声で問うた。

「クロくん、彼、とんでもなく優秀な血筋の子でした」

「は?」

血筋、と口の中で転がして、コガネは首を傾ける。血、とは通常血縁者……肉親の間で使われる言葉ではないのだろうか。

ゆっくりとそう考えて、血、血筋、と何度も頭の中で呟いて、そしてようやくその意味に気が付いて、ゆっくりと睫毛を持ち上げるように目を見開く。クロの「血筋」がわかったということは、つまり。つまりそれは……。

「まさか……」

「クロくんは、コクの先々代領主の子だそうですよ」

コガネの動揺など知らぬような顔をして、スオウがさらりと告げる。

は、の形に開いたままの口から言葉が出てこない。コガネは「は、……え？」と掠れた声を漏らして、息の吸い方を忘れたように何度か咳き込んで、そしてもう一度「え？」と漏らした。

「クロくんからの手紙に書かれていたんですけどね。やぁ驚きました」

「待って……」

「優秀に育った賢く逞しい先々代領主の子とその叔父の再会。実に感動的だ」

「待って……待ってくれっ」

つらつらと語るスオウを遮る。と、スオウはぴたりと口を閉ざした。引き結ばれた薄い唇をぼんやりと眺めて、コガネは「それは」と静かに続けた。

「それは、本当に、クロの話なのか？」

「そうですよ」

ガツンッ、と、木片で頭を殴られたような衝撃だった。

わけがわからない。が、スオウが嘘を言っているようにも見えない。

クロが、領主の血筋。クロが、領主の血筋。

心の中で五回ほど繰り返してから、コガネはようやく息の吸い方を思い出した心地で「す」と肺に空気を満たした。

「クロが、クロ……俺の、黒猫が」

俺の黒猫。それは、クロと一緒に暮らしている頃、何度となく繰り返した言い回しだ。愛らしい頭に手を置いて、優しく髪を撫でながら、艶やかな耳を指でくすぐりながら。クロ、クロ、俺の黒猫と。愛を込めて何度も、何度も繰り返した。

「コガネさんの黒猫？」

と、小さな呟きを聞き漏らさなかったらしいスオウが、鼻で笑う。

「あぁ。クロくん、本当は猫獣人じゃなくて黒豹獣人らしいですよ」

スオウの言葉に、コガネは顔を上げる。

いまだ滲むように霞んだ視界の端を、小さな黒猫が駆けていく。黒猫の背は駆けるほどに大きくなり、立派になり、やがてコガネの手の届かない場所へと遠ざかっていく。

（あぁ、そうか……）

一瞬の白昼夢の後、コガネの胸にすとんと理解が降ってきた。

コガネの黒猫など、元々どこにもいなかったのだ。

それは底の見えない悲しみであり、同時にとてつもない安堵でもあった。

「じゃあ、クロは幸せに、暮らせるんだな。学校にも、金のことを気にせず通えて、ご飯も食べられて、帰る場所があって……」

悲しみとは、文字通り黒猫が去ってしまった寂しさのすべて。そして安堵は、自分の存在如何と関係なく、クロの幸せが保証されているということだ。

コガネが嘘をつかなくても、金なんて用意しなくても、スオウとの契約がなくなっても。クロは自分の人生を、自分の足で歩いていける。そのことが、全身の毛が逆立つほどに嬉しくて、嬉しくてたまらない。

「よかった」

万感の思いを込めて、安堵の吐息を溢す。この三年近く、どんなに体が痛かろうと、熱が出ようと、胃の中が空っぽになるまで吐こうと、決して溢れることのなかった涙が、ほろ、と頬を伝う。

「本当に馬鹿ですね」

後から後から溢れて止まらない涙を拭っていると、冷ややかな声に詰《なじ》られた。声の主はもちろんスオウだ。

「まさか、もう彼に会わないつもりですか?」

「あぁ」

たしかにその通りだったので素直に頷けば、スオウが眉を吊《つ》り上げた。

「何を愚かなことを。……会いに行って、『恩人だ』と言えばいいじゃないですか。褒賞金くらい貰えるんじゃあないですか？」

「褒賞金？」

そんなこと考えもしなかった。むしろ、ずっと存在を隠していたと裁かれるのではないだろうか。もしくは、領主一族の者に粗末な暮らしをさせて、と責められるか。いや、その両方の可能性もある。

そう言おうと思ったが、その前にスオウが「いや、何も言わなくていいです」と口を開きかけたコガネを遮った。彼は頭がいいので、コガネの言おうとしたことを悟ったのかもしれない。

「まぁ、犯罪者の関係者ですしね。あなたも、犯罪に荷担したも同然」

「……あぁ」

そうなんだな、とコガネは苦く笑う。どういう罪に問われるのかは見当もつかないが、コガネもまったく悪くないということはないのかもしれない。ならば、なおさらクロの前に顔など出せない。

「……嘘ですよ。あなたに罪なんてない」

「え？」

と、今度はあっさりとスオウに罪を否定された。どちらが本当なのかわからず、コガネは困ってしまう。本当に、わからないのだ。

戸惑うコガネを見やりながら、スオウは「あなたに罪はない」と繰り返した。そして「はぁ」と状況にそぐわない、軽い溜め息を落とした。

「ま、どうでもいいや」

穏やかな口調で、しかし辛辣《しんらつ》な言葉をスオウが吐く。コガネは「そうか」とだけ短く返した。彼に好かれていると思ったことはないし、理解されているとも思えない。馬鹿だな、と何回も呆れられたことだろう。きっと、今も。

「薬と、当座の金を渡しますので、それで……」

「金はいらない」

スオウの言葉の途中で、コガネは声を張り上げる。そして音量を調節するように「いらないからな」と小さく繰り返す。

「金もなく、どうやって生きていくつもりですか」

嘲るようなスオウの言葉にも、緩く首を振る。

「先生も、これから逃げたり……するのに、金が必要だろう？　俺は刺繍で仕事もできるし、大丈夫」

ひと言ひと言、噛み砕いてきちんと伝わるようにゆっくりと告げる。

「いらないんだ」

心からのその言葉が通じたのか、それともすっかり呆れ果てたのか。スオウは「ふぅん」と鼻を鳴らしてから、わかりましたよ、と吐き捨てるように了承した。

「どうせ村には戻らないつもりでしょうから、この家は好きに使ってください」

「ここを？」

「えぇ。薬の製造は別の場所で行ってましたから。さすがにここに誰かが来ることはないはずです」

たしかに、コガネは今スオウの話を聞いても「村に戻ろう」とは思えなかった。最悪路上で生活していくことになるか、と覚悟していたほどだ。思わぬ話の展開に、目を白黒させるしかない。

「何にしても、あなたのおかげでいい実験の結果が得られましたから」

そこで言葉を切って、一拍。ゆっくりと息を吸ったスオウが、その血のように赤い目でコガネを捉えた。

「ありがとうございました」

これまでも何度か彼に礼を言われたことがあるが、コガネの聞いた限りでは、一番混じり気がない「ありがとう」に聞こえた。

コガネは少しだけ迷ってから「いいんだ」と口端を持ち上げる。と、同じく緩く微笑んだスオウが、ちらりと壁に掛かった時計に視線をやった。

「じゃ、私は行きますので」

「あぁ」

たしかにそうすべきだろう。ここでゆっくりしていても、おそらく良いことはない。

「体調は？」

「大丈夫だ」

間髪容れずに返したので逆に怪しかったかもしれない。スオウも訝《いぶか》しむような目でこちらを見ていた。何か言いかけたスオウを遮るように、コガネは「時間がないんだろう」と急《せ》かす。

「それに、俺の体調不良を先生が心配する義理はないだろう」

言外に、体調不良のすべてはスオウが引き起こしたものだ、と含める。が、スオウは特段気にした様子もなく「ま、それもそうですね」と笑った。彼にとってはどこまでも、コガネは実験体でしかなかったのだろう。

しん、と居心地の悪い沈黙が落ちる。その後、スオウは何事もなかったようにまた鞄に荷物を詰め出した。

「では、後はお好きにどうぞ」

スオウはいつもの穏やかな笑みを浮かべてから、鞄の蓋《ふた》を閉じた。そしてそれを片手に持ってから「さて」と部屋を見渡す。旅立ちの準備が整ったのだろう。スオウは片手に荷物を提げ、もう片方の手でぱたぱたと自身の体を叩く。何か忘れ物がないか確認しているのだろう。

スオウは自身の胸元を叩くと、ぱた、と手を止めた。そして胸ポケットから綺麗に折りたたまれたハンカチを取り出す。

「あ……」

「これだけ、貰っていってもいいですか？」

思わず声をあげてしまったのは、そのハンカチに見覚えのある刺繍が入っていたからだ。一本だけ、艶々と輝く金色が入ったその刺繍は、コガネが施したものだ。もう随分前に、コガネが彼に渡したハンカチだ。

スオウの問いになんと答えようかとすぐに口を開いて、閉じて、それからもう一度、コガネはゆっくりと口を開いた。

「それはもう、スオウ先生のものだ」

俺のではなく、と続けたコガネに、スオウが「そうですか」と軽い調子で頷く。そして、先ほど取り出した胸ポケットにハンカチを戻してその上からポンと叩いた。

「じゃ、遠慮なく幸せにならせていただきます」

図々《ずうずう》しい物言いに、コガネは肩をすくめる。

多分きっと、スオウと会うのはこれが最後だろうと思ったが、それ以上何かを伝えるつもりはなかった。

スオウとコガネは契約で繋がっている関係だ。契約が切れてしまえば、もう交わることのない、ただの他人だ。三年近くを共に過ごそうと、人生の目標や過去を話そうと。ハンカチ一枚だけで繋がった、他人なのだ。

コガネは振り向かず部屋を出て行くスオウを見送った。

そしてコガネは、たった一人になった。

十六

ぷつ、しゅー……、ぷつ、しゅー……、きゅ、ぱちん。

糸切り鋏で糸を切ってから、コガネは指先で刺繍の出来を確かめる。最近は目に頼るより指先の方が信用できるようになってきた。

春用にと明るい色の花をいくつかちりばめるように刺繍したつもりだが、上手くいっているだろうか。最近色の判別もつかなくなってきたので、糸の置き場でしかそれがわからない。もし置き場所を間違えていたりしたら、きっと布の上にはとんでもない色の花が咲いているはずだ。

（上手くいっているといいけど）

そう思いながら、コガネは木枠を外して布を折りたたむ。さて、と椅子から立ち上がるために、手探りで机に触れる。机の縁に手をかけ、よいしょ、と気合いを入れて体を起こす。目が見えづらくなったこともあり、最近は運動不足だ。膝がぱきぽきと情けない音を立てる。

「つー……」

膝だけでなく、腰も痛む。手の甲でとんとんと腰を叩きながら、コガネはグッと背筋を反らした。

午後からは、出来上がったハンカチを卸しに街に出なければならない。果たして体は保《も》つだろうか、と弱気なことを考えて、コガネは小さく溜め息を吐いた。

スオウが言うところの「自由」になってから二年近くが経った。コガネは細々と、スオウに与えられた小さな家で暮らしていた。彼がいる頃は食事も作ることなくただ投薬を受けているだけだったが、今はそうもいかない。自分で金を稼ぎ、自分で飯を作り、自分で自分の面倒を見ていた。

よくよく考えてみれば、昔はクロが、そしてその後はスオウが頻繁に家の中にいたので、こうやってずっと一人で過ごすのは十年以上ぶりだった。最初は誰とも話さない日々に慣れなかったが、今はすっかりその違和感も消え去り、むしろ二日三日人と話さないこともざらだ。たまに声を発するとかすかすに掠れていて「なんだって？」と聞き返されることもしばしばである。

収入は刺繍を売って得た金のみ。最初は卸しの業者を見つけるのも不便した。なにしろスオウの家は、コガネの出身領であるコクとはまったく関係のない領地だ。知り合いもおらず、伝手《つて》もない。どうにか頼み込んで雑貨屋に商品を卸している問屋に売り込み、今はどうにかこうにかそれで食い繋いでいる。

家を出るのは、問屋に商品を卸しに行く時、刺繍のための材料を仕入れに行く時、食材や日用品を購入する時、そのくらいだ。元々積極的に外に出る方ではなかったが、最近はとみにそれが顕著だ。ほとんど引きこもって作業ばかりしているといっても過言ではない。

それはひとえに、最近めっきり視力が落ちてしまったせいだ。

＊

目の前で影が動いている、ぼやぼやとしたその黒い塊は「はい、コガネさん。今回のぶん」と麻でできた片手ほどの大きさの袋を渡してきた。コガネは手のひらを上向けてそれを受け取り、胸元に仕舞う。

「ありがとう」

手探りで緩慢に動くコガネを見たからだろう。卸し問屋のサンゴが「大丈夫？　手伝おうか？」と問うてきた。コガネは緩く首を振って「大丈夫」と答える。

「もう慣れたから」

「コガネさんのそれって病気？　病院は行ってるの？」

サンゴの声は優しく、純粋にコガネを気遣っているのが伝わってきた。コガネはその気遣いがありがたいと思いながらも「いいや」と素直に否定の言葉を返した。

「病院は好きじゃなくて」

「もう、そんなこと言って。見えなくなったら困るでしょ」

サンゴはさすがに「もうほとんど見えていない」とは思っていないらしい。優しい彼に「ありがとう」と伝えてから、コガネはもう一度「大丈夫だ」と頷いてみせた。

「コガネさんの作品のファン、多いんですから。体を大切にして、これからもたくさん作品を生み出してくださいよ」

怒ったような口調だが、内容はとても柔らかい。コガネは思わず微笑んでしまって、「もう、笑ってる場合じゃないですからね」と怒られてしまった。サンゴはいつでもこんな調子で、コガネを明るい気持ちにさせてくれる。

「特に黄金色の糸を使った作品。持っていると幸せになるって言われてますよ。こういう噂って侮れないですからね。積極的にじゃんじゃん広めていきましょ」

「……あぁ、そうだな」

思わず吹き出しそうになって、コガネはそれを耐える。本当に不思議な話だが、尻尾の毛の噂はどこまでもついてくるらしい。今もまだ尻尾はけそけそと細くみすぼらしいままだが、それでもコガネは時折その毛を使って刺繍をしている。

「とにかく一度は病院にかかってくださいね、約束ですよ」

サンゴの言葉に軽く首を傾けてみせつつ、コガネは「うん」とは言わなかった。病院にかかるだけの金もなければ、行く気もなかったからだ。

「ところで、あの、コクの領主の話だが……」

「あぁ。いつものあれですね」

サンゴは少し笑いを含んだような声を出して、そしてがさがさと周囲を探る。

「はい、これ。新聞記事」

手渡されたそれは紙の束、新聞だ。そこにはコクの若い領主のことが書かれている。

「別の領地の話だってのに、顔がいいと何かと話題になりますね〜……っと、すみません。コガネさん、コクの領主のことお好きなんですよね」

「まぁ、そうだな」

サンゴには「コクの若い領主のことが好きで、応援しているんだ」と伝えている。何かの際にぽろりとそう漏らして以降、サンゴは必ず彼の話題が載った新聞記事を取っておいてくれるようになった。もちろん礼の品は渡しているが、本当にありがたい限りだ。

「目の調子が良くないなら、読みましょうか？　文字見えます？」

文字が読めないことは、サンゴに伝えていない。それで仕事を受けてもらえないと困ると思ったからだ。文字も読めないような獣人とは仕事ができない、と。彼の人となりを知った今では、コガネが文字が読めても読めなくても気にするような人物ではないとわかるが……今さら切り出すきっかけがない。

「いや……、あぁ、じゃあ、頼んでもいいか？」

コガネは素直に新聞紙の束をサンゴに差し出す。

「仕事の邪魔をしてすまない。忙しければ……」

「いいんですよぅ、俺から言い出したんですし」

サンゴはそう言って、コガネから新聞を受け取る。かさかさとそれを開く音の後、サンゴの小さな咳払いが聞こえた。

「んん、じゃあ読みますよ。えっと、一年半前、若きコクの領主クロ氏は、一族の反対を押し切り、領主の座についた。噂では、彼は何か目的（探し人がいるとも、保守的な領地の改革とも）があって領主になったと言われているが、その真意は杳《よう》として知れない。ただ、彼の政策により今まで教育を受ける機会のなかった者たちへの通学や学習の援助が、異例の早さでなされたことはたしかだ。今後は、これまで不透明であった貸金業や負の遺産の問題へも取り組んでいきたいと語っている。また、クロ氏は大層見目よく、御姿《おすがた》もとても立派だと、民衆からの人気はとどまることなく……」

コガネはじっと目を閉じてサンゴの声を聞く。一言一句、聞き逃すことのないように。

記事はいつも、クロを褒めていた。若いのに素晴らしい、一度は捨てられたというのに立派だ、賢く逞しいコクの誉だ、保守的なコクの殻を破る英雄だ、と。コガネはそれを聞くのがとても、とても大好きだった。今の、生活の支えになっているといっても過言ではない。

サンゴの柔い声で語られるクロは、どこか別の世界の英雄のようだ。コガネは誇らしく、そしてほんの少しだけ寂しい気持ちでクロの話を聞いた。

（立派にやっているんだな）

クロは今、領主として立派に頑張っている。

スオウから解放されてすぐ、本当は少しだけ「クロに会いに行こうか」という気持ちも湧いた。クロに会って、立派になったその姿をひと目見たいと。

だが、そんな気持ちはすぐに消え果てた。今さらクロの前に、こんなみすぼらしい自分がしゃしゃり出て行っても何にもならない、と気が付いたからだ。こんなのが育ての親だと知れたら、クロの迷惑になる。

クロは一人でも生きていけている。今さらコガネの助けなんていらないのだ。

コガネはただこうやって時々、クロが頑張っている様子を新聞の記事からでも知れたらいい。ただそれだけでいいと思っていた。


サンゴの店を出て、コガネはとぼとぼと道の端の方を歩く。今日はこれから日用品の買い物を済ませ、そして食材を買って帰らなければならない。

目の前では、ぼやぼやとした影がいくつも行き交っている。それが人だということはわかるが、たとえば立ち止まっていると、物なのか人なのか判別できない。横から急に出てこられると対処できないし、覚えた道以外は通れない。

（不便なんだな）

コガネの目の症状は、この二年間で緩やかに悪化の一途を辿っていた。最初は起き抜けに視界が霞むくらいで、昼間は特に問題なかった。しかしその霞が一日中になり、さらにもやがかかったように薄暗くなり。今では物の形を薄《うっす》らと認識できるだけになってしまった。顔の造形はわからないし、色もほとんど判別できない。それでも今はどうにか外に出て歩けるし、生活もできている。

（しかしこのままもっと症状がひどくなったら……）

いつか視界が真っ黒になってしまったら、自分はどうなってしまうのだろうか。コガネはそんなことを考えて、少しだけ暗い気持ちになる。できれば誰にも迷惑をかけず、ひっそりと暮らしていきたい。

そのためにも、これ以上視力は落ちないで欲しい……が、それればかりはコガネの努力でどうにかなるものでもない。

ふ、と溜め息を漏らしたその時。

――ちりん。

懐かしい音を聞いた気がして、コガネは顔を上げる。右を向いて、左を向いて、そして振り返る。

「……クロ？」

しかし、その言葉がきちんと形を成す前に、どんっ、と何かが肩にぶつかった。変な体勢を取っていたコガネはその衝撃に耐えることができず、あっという間に地面に転がる。

「あっ」

「危ねぇな！　どこ見て歩いてんだ！」

怒鳴り声に思わず耳を伏せる。が、すみません、と謝る前に相手はどこかへ行ってしまったらしい。

ざわざわというざわめきに遮られて、どちらに顔を向けて頭を下げればいいかもわからなくなる。

どうにか立ち上がろうとして、妙に胸元が軽いことに気が付く。どうやら転げた瞬間に、そこに入れていた荷物が飛び出してしまったらしい。胸元に入れていたのは、今日の売り上げの入った袋と、クロのことが書かれた新聞記事だ。さぁ、と血の気が引いて、コガネは慌ててその場に這いつくばった。

手で石畳みの地面を探る。が、手には冷たい石しか触れない。

「きゃっ」

「何してんだっ、ったく、邪魔だな」

上から迷惑そうな声が降ってくるし、どさくさに紛れるように、足がぶつかってくる。手を踏まれる恐怖もあったが、荷物を放っておくわけにもいかない。

袋に入った金は、これから数日の生活費だ。なければ食うに困ってしまう。それに、記事は……クロの記事は、もう二度と彼に会うことのないコガネにとっては、唯一の「繋がり」だ。

どんっ、と横から突き飛ばされるように倒れて、蹴られたことを知る。わざとなのかそうじゃないのかわからない。が、コガネは痛みに声をなくした。

「……ど、どなたか」

それでもどうにか顔を上げて、コガネは波になって動く影に声をかける。

「どなたか、すみません、近くに新聞紙の束が落ちていませんか？」

口をついて出たのは、生きるために必要な金ではなく、クロのことが書いてある新聞紙だった。コガネは首を巡らせて「すみません」と繰り返す。

「大事なものなんです、……誰か、誰か助けてくれませんか」

お願いします、と呼びかけるが、人波は無情に通り過ぎていく。コガネがそれでも「お願いします」と何度も声をあげていると、若い女性の声が「これですか？」と聞こえてきた。同時に、コガネの手のひらに紙の束が落ちてくる。複数人に踏まれたのか、すっかり厚みをなくし、端の方はびりびりに破れている。

それでもコガネは、それを胸に抱きしめた。

「ありがとう……ありがとう、ございます。あの、あ、近くに麻の袋は落ちていますか？」

「袋？　んー……見当たらないわねぇ」

「そうですか……。すみません、ありがとうございました」

女性は「いいえ、お気をつけて」と言葉を残して、行ってしまった。コガネは女性が向かったであろう方向に何度も頭を下げてから、腕の中の紙をもう一度抱きしめる。

もしかすると、麻の袋は誰かが拾って持っていったのかもしれない。少し中を覗けば、金が入っているのがわかるはずだ。そんなに遠くには飛んでいっていないはずなのに女性が「見当たらない」と言うということは、おそらく。

数日分の生活費を失い、それでもコガネは泣きたいほどの嬉しい気持ちで新聞を抱き抱え、そして、それを腕に持ったまま歩き出す。先ほどよりさらに道の端に寄り、誰にもぶつからないようにゆっくりと。

十七

いよいよまずいのかもしれない、と思い始めたのは、冬も深まってきたある日のことだった。

一ヶ月ほど前、街中で「ちりん」と鈴の音がなるのを聞いて以来、コガネは幻聴に悩まされることが多くなった。それは軽やかな鈴の音であったり、または「みゃおう」というか細い猫の鳴き声であったりした。

どうせ幻聴だ、とわかってはいるのだが、ふとした瞬間に聞くと「本物かもしれない」と思ってしまうのだ。特に寝ている時、夢に黒猫が出てきた時などはひどい。幼い、まだ人型にもなれない黒猫が「みゃおう、みゃおう」と泣くように声をあげるから、コガネは飛び起きて「クロ！」と叫ぶ羽目になる。

クロ、クロ、と彷徨い名前を呼んで、家の中でどこそこにぶつかって怪我をしたのも、一度や二度ではない。先日はついに鳴き声を追って外に出て、家の裏手にある川に飛び込んでしまった。水の流れる音が、あの日……クロを川から救いあげた時と重なってしまったのだ。何もない川の中を懸命に手探りで「クロ、どこだ、クロ」なんて探し回って、そして正気に戻って呆然とする。

川に入ったせいか、幻聴のせいか、それともそもそももう体が限界だったのか。コガネはその頃からがくっと体調を崩し、家から出ることすらままならなくなった。高熱にうかされ、寒気に震え、そして寒くなるにつれ、寝床から起き上がることも難しくなってきた。

どさ、という音で意識が浮上する。

どうやら屋根の上の雪が落ちたらしい。今年は例年より寒さが厳しいらしく、雪もよく降った。もう一ヶ月近く家にこもっているコガネには、いまいち外の様子はわからないが。

のろのろと立ち上がって、手探りで水差しを探す。茶碗《ちゃわん》に注《つ》いだそれを、く、と飲み干してから、コガネは暗い世界で首を巡らせる。

視界はどんどん暗くなっていって、今が昼か夜かもわからなくなってきた。窓を開けると、なんとなくその匂いや音で判断できるが、今は閉め切っているのでそれも難しい。

今日は少しだけ熱が下がったような気がする。コガネはベッドから下りて、濡らした手拭《てぬぐ》いで体を清め、そして砂糖を溶かした湯をちろりちろりと舐めるように飲んだ。ここ数日、固形物を口に入れようとしても喉が飲み込むことを拒否するので、こうやってどうにか栄養を摂っている……つもりだ。

妙に目が冴《さ》えてしまって、コガネは壁伝いに収納棚へと移動する。そこにはまだ途中の刺繍や、クロに関することが書かれた新聞が入っている。

刺繍は、体調が良い時にどうにか続けているが、それも休み休みだ。今まで貯めてきたわずかな金で食い繋いでいるが、それもどうなるかわからない。針を手に取ろうとしたところで、けほっ、けほっ、と咳が出て止まらなくなって、コガネは諦めて新聞紙をいくつか掴むと、それを持ってベッドへ戻った。

「はぁ……、はぁ」

短い移動でも息切れしてしまうのは、ちゃんと食べ物を摂取できていないからだろうか。

(わからないな、俺は、馬鹿だから)

はぁ……と最後に深く息を吐いて、コガネは目を閉じる。開けていても閉じていても、目に見える世界はほとんど同じなのに、それでも瞬きを繰り返す。瞼はまるで世界と自身を繋ぐ扉のようだ。閉じてしまえば、コガネは世界に一人きりになってしまったような気分になる。

どことなく侘《わび》しい気持ちでいるコガネの胸元で、かさ、と乾いた音がした。新聞紙だ。コガネはそれを持ち上げて、鼻先に持ってくる。

すん、と空気を吸うと、紙と、インクの匂いがした。そこにはきっと、クロの姿が写っているのだろう。

（クロ……、いや、領主様か）

どちらだろう、と思い浮かべて、すぐに後者であると気付く。今となっては、クロは遠い世界の人物だ。

ただ、どちらにしてもクロが、コガネにとって大切な存在であることに変わりはない。

（立派な御姿って書かれてるって、言ってたな）

サンゴの言葉を思い出し、コガネは、ふ、ふ、と鼻を鳴らす。クロは、どんな風に育っているだろう。コガネがもう二十八になるので、クロももう十八歳、立派な大人だ。想像するだけで楽しくて、嬉しくて、コガネは「はぁ」と満足気な吐息を溢す。

あの小さかったクロが、可愛いクロが、今や人の上に立つ立派な領主様として民を導いているのだ。きっとクロは、素晴らしい領主なのだろう。新聞記事でもクロのことをやたらと褒めていた。若くして、立派で、賢く逞しい領主様。

「クロ、クロ……」

仰向《あおむ》けにしていた体をもぞもぞと横向けにして、コガネは体を丸める。

最後に見たクロは、病院のベッドに横になっていた。目には包帯を巻いて、寂しそうにコガネを見上げていた。きっと会えるのは最後だとわかっていたのに、コガネはそのことをクロに言わなかった。

(そういえば、俺は、クロの気持ちを……)

自分の気持ちを押し付けるばかりで、クロの気持ちを考えたことがなかった。

クロは理由もなく人を怒ったり貶《けな》したりしない。幼い頃、貧しい暮らしをさせてしまったことを、今さらどうこう言いはしないだろう。

ただ、コガネの行動はどうだろうか。何があっても必ず見つけると嘘をついたコガネの行動に対しては。

(クロ、クロ、……クロ、ごめんな)

クロはいつでもコガネに愛情を見せてくれた。まるで胸の内を見せるように正直に、真っ直ぐに、コガネだけを見て。手紙にも、いつだってコガネを思う気持ちが溢れていた。

「クロ……、っげほっ」

ひゅっ、と喉が鳴って、急に激しい咳が出る。げほっ、ごほっ、と何度咳き込んでも喉奥から込み上げてきて止まらない。息を吸いたいのに満足に吸えず、涎《よだれ》と涙が出てきた。

「うぇっ、げほっ、げっ、……ぅぐっ」

(苦しいっ、苦しい、くるし……っ、死、ぬっ)

べっ、と喉奥に絡んだ塊を吐き出す。びしゃ、と音を立てて布団に落ちたそれは、鉄の匂いがした。おそらく、血だ。そこでようやく咳が止まって、コガネは、ひゅ、ひゅ、とか細い息を吐きながら体を丸める。

暗い世界が、より一段と暗くなった。

(クロ、……あぁ、クロ)

そうして、コガネはようやく気が付いた。暗闇は、クロと同じ色ではないか、と。暗闇は、混じり気のない黒だ。

今の今まで恐怖に支配されていたというのに、それはふわりと気化して、宙に溶けていく。目を開けても、閉じても、コガネはクロの色に包まれているのだ。

(なんだ……)

なんだそれは、という気持ちと、それでいいかもしれない、という気持ちが混ざり合う。クロの色が側にいてくれるなら、死ぬことだってきっと怖くはない。

「く、ろ」

指先に、かさりと紙が触れる。それを握りしめるように自身に寄せて、それだけでまた疲れて呼吸が荒くなって、コガネは「ひゅ」と息を漏らす。

きっと、死を間際にしてこんなにも穏やかな気持ちでいられることは、幸せなことなのだろう。

(思えば)

思えば、碌な人生ではなかったのかもしれない。母を犠牲にして、父に恨まれ捨てられて、借金を背負って。誰ひとり優しくない村の中で育ち、そして……。

そして、クロに出会った。

そこでコガネは「あぁ」と笑った。

どんなに悪かろうと、ひどかろうと、苦しかろうと。クロと出会えた、それだけですべてが帳消しになるほど幸せだった。
(クロ)
頭の中で、首に鈴をつけたクロが笑っている。踊るようにくるりと回って「似合いますか」と首を傾げる。コガネは「あぁ、とっても似合ってる」と笑うのだ。そしてクロの頭を両側から挟み込み、その額に口付けを落とす。

(クロ、クロ)

ちりちりと、美しい鳥の鳴き声にも似た鈴の音が、まるで福音のように響く。

最後まで一緒にはいられなかった。それでいいと、それは仕方ないと、そう思っていた。けれども……。

コガネはゆっくりと瞼を落として、世界との扉を閉じていく。

(けど、本当は)

一人きりになった世界の中、コガネは自身の胸のうちにある大きな湖に飛び込んだ。水さえ跳ねず、とぷん、と潜り込んだコガネは、水底に沈む箱に手をかける。ぐるぐると縄で縛られたそれを丁寧に解いて、ずっと隠していた鍵で錠を外す。

今なら、本当のことを言っても許されるような気がしたからだ。

（本当は、クロとずっと一緒にいたい）

ぎ、と開いた箱の中に、コガネの本音が隠れていた。

クロといたい。クロといたい。離れたくない。できることなら、ずっと一緒に生きていたい。

目尻から溢れた涙が、つ、とこめかみを辿ってベッドに落ちる。ぽつ、という音を聞きながら、コガネは「クロ」と口の中で撫でるように優しく名を呼んだ。

――ちりん。

耳の奥に、美しい鈴の音が聞こえる。

死にかけの今もまだ幻聴が聞こえるなんて、変な感じだ。いや、死にかけだからこそ聞こえるのか。

ちりん、ちり、ちり、ちりん。

軽やかなその音は、まるでクロが飛んだり跳ねたりしているようだ。早く見つけてくれ、と。ここにいるんだ、と。

知らず、コガネは柔らかな笑みを浮かべながら「うん」と頷く。

見つけるよ、絶対に。どこにいたって何をしていたって、絶対に見つけ出してみせるから。

ちりん、ちり、ちりん。

クロ、クロ、俺の黒猫。

もうどこにもいない黒猫を探して、探して、探して。そしてコガネは、暗い世界の中へと旅立っていった。

クロの色に包まれて、もう何も、怖いことなどなかった。

十八

薬の匂いがする。

一昨年《おととし》までよく嗅いでいた匂いだ。死の国は病院のような香りがするのだと思ったそのすぐ後に「まさかそんな」と否定が浮かぶ。

そしてそんなことを考えている自分の不思議さに気が付いて、コガネはようやくハッとする。ふらふらと揺れていた意識が、引っ張り上げられるように浮上した。

目を開くと何かが睫毛に触れて、さり、と自分にしか聞こえない微かな音を立てる。コガネはゆっくりと腕を持ち上げて、自身の目のあたりに触れた。

(包帯?)

ざらざらとした手触りのそれは、包帯だ。目に包帯、という状況でクロのことを思い出して、胸がぎゅっと引き絞られる。

(死んで、……ない?)

ぺたぺたと自分に触れて、コガネは自身が生きていることを実感する。死んでもいいと思っていたのに、ほ、と安堵してしまうのはどうしてだろうか。

（それにしても、ここは）

明らかに、自分が今まで住んでいた家とは違う雰囲気が漂っている。匂いもそうだが、体を包み込んでいるベッドも、着ている服も、手触りがあまりにも良すぎる。

死にかけていたはずの自分が、目覚めたらやたらと良い生地の服を着せられて、ベッドに寝かされている。たしか血を吐いた記憶があったが、手にも口元にもその痕跡《こんせき》は残っていない。

（なにが、……なんだ？）

コガネはそろそろと体を起こし、ぺたぺたと手探りでベッドに触れて確かめる。やたらと重厚な造りのそれは、やはり記憶の中のどこにもない。

「……あっ」

前のめりになりすぎたらしい。体を支えていた腕から一瞬だけ力が抜けた瞬間、がくっ、と重力に引っ張られる。ベッドから落ちそうになったその時、ぐっ、と腕を掴まれた。

「え」

自分以外の人間がいたことに驚き、コガネはそちらの方を見る。腕を掴んだその手は、大きさからして男だろうか。一瞬、懐かしい匂いが漂ってきた気がするが、それがどんな時に嗅いだ匂いかわからない。部屋に漂う薬品の香りにすぐ紛れてしまう。

——ちりん。

鈴の音が聞こえた気がしたが、それはすぐに消えてしまった。おそらくそれは、いつもの幻聴なのだろう。

「あの……」

声をあげると、手はパッと離れてしまった。まるで、本当は掴むつもりはなかった、という態度から、彼が自身の存在をコガネに知られたくなかったことがわかった。

「……スオウ先生？」

薬品の匂いがすること、そして自身の前から消えてしまった人という繋がりから推測を立て、問うてみる。と、軽く息を呑む音がして、次いで、荒々しい足音が聞こえる。

——バンッ！

そして、激しい扉の開閉音を残して、人の気配が消えてしまう。どうやらコガネの腕を掴んだ彼は、部屋を出て行ってしまったらしい。

スオウだったら、そんな態度は取らないだろう。おそらくコガネの推測は間違っていた。

（なら、誰が……）

そろそろと、自身が寝かされていた位置まで戻る。と、意図せずあくびが出て、コガネは自分の体が泥のように重いことに気付く。気付いた時にはもう上半身がぐらぐらと揺れていた。そのままゆっくりと布団に吸い込まれるように体が倒れる。

色々、本当に色々と考えなければならないことがあるはずなのに、思考は千々に乱れて形にすらならない。

（おぉい、おぉい）

誰かが呼んでいる気がする。おぉい、と遠くの方で腕を振って。それが誰だかわからないまま、コガネは深い眠りについた。

＊

——ごめんなさい。

誰かが泣いている。悲しそうに、悔いるように、謝りながら。

コガネはただ横たわってその謝罪を聞いていた。夢の中のことなのに耳に触れる泣き声がやたらと鮮明で、コガネは切ない気持ちになる。

(謝らなくていい)

その泣き声は、スオウの声にも聞こえるし、父の声にも聞こえるし、クロの、もしくは自分の声のようにも聞こえた。誰かが誰かに謝って、許しを求めている。

(謝らなくていいんだ)

コガネは指先に力を入れて少しだけ持ち上げる。と、その指は絡められるように誰かの指に包まれる。

ちり、と金属が擦れるような音がして、コガネは内心首を傾げる。この音は、何の音だろうか。何かに似ている気もするし、違う気もする。

ちり、ちり、ちりん。

細かに揺れるその音が、その持ち主がまだ震えながら泣いていることを教えてくれた。

（いいんだ）

コガネは、指先で相手の指先を慰める。する、と撫でると驚いたように指が跳ね、そしてさらに強く絡みついてきた。

「ごめんなさい」

いいんだ、と何度も繰り返す。しかしそれは言葉にならないので、相手に伝わっている気がしない。どうにかして伝えて、その罪悪感を消してやりたいのに、上手くいかない。

（いいんだ）

何もかも、いいんだ。許すから、だから自分に謝らなくていい。悲しまなくていい。いいんだ。

目に当てられた包帯のせいで、今が昼か夜かもわからない。何もかもが遮られた世界で、また懐かしい匂いを嗅いだ気がして、コガネはすんと鼻を鳴らした。

十九

ここ最近のコガネは、現実と眠りの間をゆらゆらと彷徨っている。どちらかというとほぼ眠り寄りで、一日の大半を布団の中で眠って過ごしていた。どうも与えられる薬の中にそういった、眠くなる成分が入っている気がする。でなければおかしいくらいの睡眠時間だ。

おかげで、不調でないところが少ないくらいに弱りきっていた体が、少しずつ元気を取り戻し始めた。痛みや咳、熱にうかされずに眠るなんて久しぶりで、コガネはそのありがたさをひしひしと噛み締めていた。

眠っている時間が多いとはいっても、起きている時間が皆無なわけではない。むしろ最近はその時間が段々と増えていっている。そして、その起きている時間には……。

コン、コン、とノックの音がして、コガネは「はい」と声をあげた。すぐさま扉が開いて誰かが入ってくる。

「失礼するよ。気分はどうだい？」

「あ……ロウさん。はい、良いです」

渋く低い声に問われて、コガネは素直に返す。と、声の主は「それは重畳」と言って、コガネの側にやって来た。彼の気配と、その隣にもうひとつ誰かがいる気配がする。

「今日も側にツルバミが控えているから。何か困ったことがあったら彼に言いなさい」

ロウの隣にいる彼は、ツルバミという青年だ。どうやらロウの甥《おい》らしいが、気配から察するに二人はよく似た背格好らしい。

「わかりました。ありがとうございます」

礼を言うと、小さな声で「よろしくお願いします」と聞こえてきた。若々しいその声は、ツルバミのものだ。

歳の差は感じるものの、背格好だけでなく声まで似ている気がする。見えはしないが、きっと顔もよく似ているのだろう。そんなことを思って、コガネは首を傾けた。

コガネは声の主こと「ロウ」に命を助けられた……らしい。らしいというのはもちろん、コガネはその時意識を失っていたからだ。

あの日、コガネは血を吐いて倒れていた。目も見えず、気を失って、たった一人部屋の中で。ロウはそんなコガネを発見したらしい。そしてそのまま放っておけないと、自分の屋敷に連れて帰って、医者を呼び、手当てをさせたと……。

何故運良くあの場にロウがいたかというと、コガネの刺繍作品に繋がる。

ロウは十数年前にコガネの刺繍の入ったハンカチを手に入れたらしい。黄金の糸がきらりと眩しい刺繍の入ったそのハンカチを持っていると不思議なほどすべてが上手くいった。仕事も人付き合いも、何もかも。そしてその後その刺繍が「持っていると幸せになる」とまことしやかに囁かれている作品であると知り、いつかその作者であるコガネに礼を伝えたいと思っていた……というのだ。きっと、自分の幸運は、幸せは、コガネのおかげなのだと思ってきたのだと。

数年ぶりに市場に「幸せになる黄金色の刺繍の入ったハンカチ」が出たことを知り、そしてその卸し問屋であるサンゴのもとに辿り着いたのだという。そこからコガネの住まいを知り、最近品物を卸しに来ていないことを聞き、そして家を訪ねて……倒れたコガネを見つけたのだ。

そんな偶然あるだろうか、いや、そもそもたったひとつの刺繍からそんな熱心に家まで訪ねてきてくれることがあるだろうか。と、様々気になる点はあったが、ロウの行為は、本当に全部厚意なのだという。

立派な屋敷に寝泊まりさせてもらっていることも、医者に診せてくれたことも、絶対に金を請求することはない。と断言されてしまった。

「私がここまで成功したのは、あなたのおかげですから」

なんて、情感たっぷりに礼を言われて、感謝されて。そんなわけないとわかっているのに、あまりにも熱心に言われて、毎度押し切られている。

しかも検査によって目が見えていないことも早々に気付かれて、目の手術もさせて欲しいと申し出られてしまった。あまりにもあっさり言うので、驚いて、さすがに言葉を失ってしまった。

この世に一方的な施しは、ない。コガネはそれを身をもって実感していた。父親、村人、スオウ、何人もの獣人にコガネは利用され、対価を払ってきたからだ。

しかしロウは何度も、何度も根気強く「見返りはいらない」と言ってくれた。

「見返りはいらない。これは、今まであなたに幸せにしてもらったお礼なのです」

「私は恩返ししたいだけなのです」

「今はただ、養生することに専念してもらいたい」

そう言われて、本当にただただ真綿のような柔らかいものに包まれるような生活をしている。

(持っていると幸せになる……が、いっぺんに降ってきたのか?)

自身の尻尾に触れながら、コガネは首を傾げる。

これまで、この毛を使った刺繍作品を持っていると幸せになる、と散々言われてきたが、自分でそれを実感することはなかった。そう、今この状況に置かれるまでは。

自分の尻尾の毛にそんな力が宿っていると本気で信じているわけではないが、こんなにも幸福が降り注ぐとそんな現実的でないことも考えてしまう。

「はぁ」

考えても考えても答えは出ない。とにかく今はロウを信じて受け入れるしかない。どうせ彼に出会わなければ死ぬしかなかったのだから。

「疲れましたか？」

「え？　あ、いや」

低い声で問われて、何をしていたかを思い出す。コガネはハッと顔を上げて首を振った。膝の上に置いて撫でていた尻尾から手を離し、軽く後ろに顔を向ける。

「大変じゃないか？」

「……いいえ、何も」

コガネは今、車椅子に座ってロウの屋敷の庭に出ている。ロウの屋敷は、とても広大だ。コガネが寝泊まりしているのは、いわゆる別館にあたるらしく、本館はまた他の場所にあるのだという。話に聞いた限りだが、別館とはいえかなりの部屋数があり、大広間や皆が集まれる食堂、ロウやツルバミが仕事を行う執務室もあるらしい。

現在私室として貸してもらっている客間のベッド（なんと、天蓋《てんがい》付きだ）や棚といった調度品はもちろん、壁や扉、廊下のへりなど、ちょっとしたところにも重厚な木材が使われているのがわかる。

おそらくロウは、とんでもない金持ちなのだろう。

庭ももちろん広大で、客を案内する表庭の他、中庭、裏庭まで存在する。裏庭には湖もあるらしいが「コガネさんが誤って湖に落ちたら大変なので」と、そちらに足を延ばしたことはない。大体、中庭をぐるぐると回っている。

回っているというのは、自分の足ではなく、車椅子でだ。なにしろコガネは、まだ満足に立って歩くこともできない。すっかり体力が落ちてしまった上に、目も見えないからだ。知らない場所……特に外での移動は辛く、専《もっぱ》ら車椅子を利用している。それを押してくれているのはツルバミだ。

彼はどうやらロウと一緒に、彼の事業に携わって仕事をしているらしい。その一環で、こうやってコガネの面倒も見てくれている。

声の感じからして、そう歳は変わらない……もしかしたらコガネより歳若いような気がするが、ツルバミはとてもしっかりしている。ロウの仕事のことはわからないが、いつかは彼が継いだりするのだろうか。

「悪いな、こんなことに付き合わせて」

なににしても多分、彼はこんな、病人の面倒を見るためにロウのもとで働いているわけではないだろう。手を煩わせていることが申し訳なく、コガネは彼のいるであろう方向に向けて謝罪する。

と、からからと音を立てて進んでいた車椅子が止まった。どうしたのか、と思っていると、少しだけ冷たい風が吹いた。

「ん」

寒さにわずかに肩をすくめると、そこに、温かな手がかかった。

「大丈夫ですか?」

「あぁ」

「よかったら、これを。……膝に掛けますね」

一瞬の間の後、膝の上に何か暖かなものが掛かる。感触からして、膝掛けか何かだろう。柔らかな手触りのそれを何度か手で撫でてから、コガネは「ありがとう」と素直に礼を伝えた。

「ツルバミくんは、準備がいいんだな」

思ったことをそのまま口に出すと、ツルバミは「いえ」と言葉少なに返して、そしてまた車椅子を進めてくれた。

「もう戻りますか?」

問われて、コガネは「いや」と首を振る。

「もう少しだけ、外の空気を吸いたい……と思うんだが、その……」

言いながら、そう望むのは我儘だっただろうか、と気付く。自信のなさに比例して、尻すぼみに声が小さくなっていった。

目が見えないコガネは、知らない屋敷の中では誰かの手伝いなしに動けない。だが、この屋敷の中ではロウやツルバミ、それに往診に来てくれる医者以外と言葉を交わしたことがない。食事を作ったり掃除をしたり、おそらく何人もの人がいるはずなのだが、特に紹介もされないからだ。移動に付き合ってくれるのも、ロウかツルバミ……、だが、最近はほぼツルバミと行動を共にしている。どうやらロウは仕事が忙しいらしい。

「迷惑じゃなければ」

そう言うと、ツルバミが間髪を容れずに「迷惑なんて」と言った。そして、きゅ、と車椅子が止まる。

「迷惑なんて、思ったこともないです」

後ろにいたはずのツルバミが、前に回ってきた。コガネは何がどうなっているのか、目が見えないのでわからない。

「ツルバミくん？」

彼がどこにいるのかわからず、思わず手を前に出す。と、指先が柔らかな何かに触れた。耳だ。艶やかな毛並みが指の腹を撫でていく。

(あ……、え？)

するりとしたその感触に、脳のどこか、大事なところを刺激される。無意識のうちに、コガネは二、三度その耳を撫でていた。

(この、感触)

と、耳に触れていた手を、ぐっ、と掴まれる。そこでようやくコガネは「あっ」と声をあげた。おそらくその耳は、ツルバミのものなのだろう。

人の耳を無遠慮に触るなんて失礼以外のなにものでもない。謝ろうと口を開く前に、拒否のために取られたと思っていた手が、ツルバミのそれに包まれた。手の感触を確かめるように、何度か揉まれ、きゅ、と軽く力を込められて。

「あの……」

掴まれた手が、妙に熱い。どうやらツルバミは、耳に触れたことに怒っているわけではないようだ。先ほど肩に手を置かれたのもそうだが、ツルバミは身体的な接触にあまり躊躇いがない。出会ってからしばらく経つが、彼はよくこうやってコガネに触れてくる。

他人の体温に触れるのが久しぶりなので戸惑ったりもするが、ツルバミに悪意も他意もないのがわかるので「やめて欲しい」とは思わない。むしろ、最近はその温もりを心地よくさえ感じている。

(なんでだろう)

人と触れ合うなんて苦手なはずだったのだが、ツルバミのそれは不思議なほどしっくりくる。まるで慣れた体温というか、触れ合うことに違和感がないというか……。

不思議だ、と思っていると、ツルバミが「ふ」と笑うのが空気を通して伝わってきた。そして、手から離れた体温が、頬に移動する。

「寒いんじゃないですか？　頬が赤い」

「え、あ、……頬？」

自身の手の甲で頬を触る。そこはひんやりと冷たくて、体が冷えているのがわかった。

「庭に出るのはあと少しにしておきましょうか。凍えるといけない」

「わかった」

ツルバミは膝掛けをしっかりと掛け直してから、立ち上がった。そういうところにも、彼の優しさが見える。

（本当に、優しいんだな）

優しい人なら、何人か出会ってきた。昔、クロのために図書館で本の借り方を教えてくれた女性の職員、サンゴも優しかったし、それこそロウだっていつもコガネに親切にしてくれる。

（なのに、何故）

ゆっくりと動き出した車椅子に体を揺られながら、コガネはなんともいえない心地になる。

何故、ツルバミの優しさは痛いほど胸に沁《し》みるのだろう。彼の優しさを感じるたびに、心の琴線に触れる。

どうしてツルバミだけ特別なのだろう。

そんなことを考えていると、また風が吹いて、前髪が煽られた。風はたしかに冷たいが、体を丸めて蹲《うずくま》るほどではない。……そこでふと、コガネはあることに気が付いた。

（そういえば、地面に雪がない）

コガネが倒れた時、家の外には雪が積もっていた。しばらく寝込んでいたとはいえ、それが跡形もなく消えることなどあるだろうか。まだまだ冬は続くというのに。

これまで特に疑問に思っていなかったが、ここはコガネが住んでいた家がある領地ではないのかもしれない。

「……ツルバミくん」

「はい？」

尋ねてみようかと声をあげて、しかし何も問わないままコガネは口籠《くちごも》る。

（ここは俺がいた領地じゃないよな、なんて聞いて、それでどうなる？）

もしかしたら、今さら気付いたのか、と呆れられるかもしれない。そう思うと、言葉が出てこなくなる。

「コガネさん？」

「あ、いや……なんでもない」

コガネは緩く首を振ってから、結局口を噤《つぐ》んだ。

「戻ったら温かいお茶でも淹れます」

「え？」

「寒いでしょう？」

コガネは何も見えないが、ツルバミからはすべてが見えているのだ。戸惑って、何か悩んで、結局何も言えなかったコガネの様子を見ていただろう。見ていて、そしてそれについては何も言わないまま、ただお茶を淹れると言う。

それもまたツルバミの優しさだろうと気が付いて、コガネは軽く下唇を噛む。本当は何かを言いかけたと気付いていながら、あえて触れない。

「うん、ありがとう」

素直に礼を言って、コガネは車椅子に身を任せる。冷たい風は相変わらず吹いていたが、膝掛けがそれを凌《しの》いでくれる。なんだか、不思議な心地だった。

二十

屋敷での生活に馴染んだ頃、目の手術を受けることになった。コガネの体調も落ち着いてきたし、気候も暖かくなってきたし、と。どこまでもコガネのことを気遣ってくれるロウには感謝しかない。

コガネの体は、医者曰く「ぼろぼろだなぁ」ということだった。コガネは意識していなかったが、いくつかの病気を患っていたらしい。体は痩せ細り、内臓も無理していたようだ。以前スオウにより投与された薬の影響なのか、その後の生活のせいか、元々そうなのか、その原因はわからないが。スオウの薬のことが知られてしまうのでは、と思ったが、そんなことはなかった。それについては一度も触れられぬままだった。

「痛みもひどかっただろうに」

と医者には言われて、たしかにそうだったような……とも思ったが、正直なところどの時点からそうだったかよくわからなかった。痛みや不便は、当たり前になっていたからだ。

それを聞いて、何故か周囲の方が痛まし気な反応を見せた。特に、ツルバミだ。彼は「いつから苦しかったか覚えていない」というコガネの言葉を聞いて、何故かその場からいなくなってしまった。ロウ曰く「泣き顔を見られたくないんだろう」とのことだったが、自身の痛みでもないのにそんな風に受け取ってくれるツルバミはやはり優しいのだな、とコガネは思った。

コガネ自身は、過去の痛みより今の幸福の方が大きいので気にしていない。だが、ツルバミはそんなコガネを思って泣いてくれるという。なんだか自分が特別な存在になれたような気がして、面映《おもはゆ》かった。誰かに思われているというのは、とても大きな力になるということを、コガネは久しぶりに思い出した。

「手術か」

ぽつ、と溜め息とともに溢すとツルバミが「手術が、どうかしましたか？」と問うてきた。出会った当初はその低い声に慣れず、聞くたびに耳を揺らしていたが、最近はだいぶ耳に馴染んできた。

いよいよ明日、コガネは目の手術を受ける。明日の朝には病院へ移動する予定だ。

その前にお茶でも……とツルバミに誘われて、彼の部屋を訪れた次第である。

ツルバミが「お茶を置きますね」と、コガネの前にカップを置いてくれる。ツルバミは何かの動作の前によくコガネに声をかけてくれる。

周りが見えないコガネは、その小さな助けが大変ありがたい。ロウや医者でもそこまではしてくれないので、これはツルバミ特有のものだ。まるで見えない者の気持ちがわかるように、ツルバミは細かにコガネを気遣ってくれる。

「取っ手は左側についてますよ」

「ありがとう」

礼を伝えて、カップを持ち上げて茶をひと口飲む。温かく、香りのいいお茶が口内を満たし喉を流れていく。ほ、と息を吐くと、ツルバミが向かい側に座った音がした。

「手術、迷惑でしたか？」

「迷惑？　まさか」

ツルバミの言葉に驚いて、首を振る。

「感謝しかない。手術は、お金もかかるだろうし」

手術にはとても金がかかるということを、コガネはすでに知っている。物知らずの頃のコガネであれば「働いて返す」と言っただろうが、一生かかってもそれが無理なことも、もうわかっていた。

「いいんです。それだけのことをコガネさんにしていただいたんですから。……叔父が」

肩を落としてしまったからか、ツルバミなりに気を遣ってくれたのだろう。その優しさに感謝しながら、コガネは「そうかな」と情けない苦笑を溢す。

「俺自身が、何かしたわけじゃないからな」

そう、ロウはコガネに感謝の意を伝えてくれるが、それ自体はコガネの功績でもなんでもないのだ。コガネのおかげと言うが、コガネのハンカチの力であってコガネ自身のものではない。

正直にそう伝えると、ツルバミが黙ってしまった。

素直に受け取っておけばいいのに面倒な、とでも思われたかと気まずい気持ちになる。が、ツルバミは「しましたよ」と存外に柔らかな口調で言葉を紡いだ。

「え？」

何を、と問う前に、ツルバミが続けた。

「心の支えって、あると思いませんか？　それがあるだけで頑張れるというか、倒れそうな時や蹲りそうな時に、助けてくれる何か」

ツルバミの言葉に、その問いに、自然と心の中に浮かぶものがあった。それは、可愛い黒猫……クロの顔だ。

彼のその笑顔があれば、いや、彼さえいてくれれば、コガネは何だってできたし、実際に何だってやってきた。

「あぁ……、あるな」

クロの笑顔を思い浮かべたまま、頷く。「あるなぁ」ともう一度繰り返すと、ツルバミが「でしょう」と同意を返してくれた。

「それが、コガネさん、のハンカチだったんですよ。……叔父にとっては」

「そうか」

そんな上等なものではないが、支え、というのがわかってしまっては「違う」とも言い切れない。きっとその支えは、他人に理解してもらうものではない。

「コガネさんの……」

「ん？」

躊躇うように言葉を途切らせてから、ツルバミがどこか意を決したように言葉を続けた。

「コガネさんの心の支えは、なんでしたか？」

「俺の？」

ハンカチの話の続き、ということだろう。質問の意図を理解したコガネは、悩むことなくすぐさま断言した。

「子どもだな」

「子ども……、が、いらっしゃるんですか？」

ツルバミの明らかに戸惑った声に、コガネは「あ、いや」と慌てて首を振る。

「本当の子じゃなくて、養い子なんだ」

この見るからに頼りない男に子どもがいるとは到底思えないだろう。しかし、事実は事実だ。コガネには子どもがいる。この世で一番可愛い養い子が。

「今は会えないけど……ちゃんと、立派にやっていると思う」

まさかコクの領主が俺の養い子なんだ、自慢の子なんだ、と言うわけにもいかず。コガネは言葉を誤魔化しながら、それでもクロの素晴らしさを語る。

「俺と違って賢い子で、優しくて、いい子で。長いこと会えていないんだけど、きっと、背も高くなって、格好良くなっていると思うんだ」

「……へぇ」

「会えなくても、そうやって未来の姿を思い描くだけで、胸が温かくなる。……何よりの、心の支えだ」

胸のあたりに手をやって、ツルバミのいる方に笑みを向ける。と、ツルバミが妙に詰まった声を出した。

「ツルバミくん？」

胸に当てた手に、何かひやりと冷たいものが重なる。驚いて手を引きかけて、それが誰かの手であることに気が付いた。いや、誰か、ではない……ツルバミの手だ。

「ツルバミくん？」

「こんな、コガネさんが大変な時に駆けつけてこないなんて、その子が、憎らしくないいんですか？」

思いがけない言葉に驚いて、手を離すことも失念してしまう。

「憎らしい？」

コガネはツルバミに手を握りしめられたまま、口を大きく開いて、そして「ふっ」と笑った。

ふっ、ふっ、はっ、と段々笑い声は大きくなって、止めようにも止められなくなる。

「コガネさん？」

体を折り曲げるようにして笑っていると、不審気な声が降ってくる。コガネは「や、ごめんな」と謝りながら、包帯の上から目を押さえた。

「ごめん、ふっ、憎らしいなんて、思ったこともなくて」

憎らしいなんて、考えたこともなかった。どの時、どの瞬間のクロを思い出しても、コガネの中に彼に対する憎しみなんて一片もない。

「いつだって、離れていたって……可愛くて、愛しくて仕方ないよ」

コガネさん、と呼んで手を振るクロを眼裏に描きながら、コガネはツルバミの手を握りしめる。

「じゃあ、……どうして今、一緒にいないんですか？」

と、ツルバミの冷たい指先が、コガネのそれに絡んできた。指と指の間を縫うように絡みついたそれに、ぐ、と力が入る。少しだけ痛みを感じて、コガネは「ん」と小さく声をあげてしまった。

「ツルバミくん？」

ツルバミのいる方へ顔を向けるが、彼は手を離さない。

「その子は、あなたと離れることを望んでいたんですか？　もう会いたくないと？」

どうしたのか、と問うよりも早く、ツルバミの言葉がコガネの胸を貫いてくる。

ツルバミは、コガネの事情など何も知らないはずだ。知らないはずなのに、まるで彼自身がクロであるかのように、的確な言葉を投げかけてくる。

「一方的に愛して、幸せを与えて、それで彼は満足だと？　苦しんではいないと、そう……思っているんですか？」

その言葉は、まるで幾千もの矢のように、コガネの身に突き刺さった。コガネは誤魔化すように「えぇ？」と笑おうとして、失敗する。

（あ、これ、いつか……）

『あなたも、母も。献身を与えられた苦しみを知るべきだ』

不意に蘇《よみがえ》ってきたのは、いつかどこかで聞いた言葉だった。献身を、それによって与えられた幸せを、まるで憎むように疎んでいた。

『少なくとも私はいまだに、苦しみの只中にいます。たった一人、取り残されて』

（……先生だ）

その言葉を吐いていたのは、スオウだ。彼は母親の献身に対して、そう言っていた。あの頃はスオウの事情もよくわからず、彼女のそれも愛に違いないのだからと伝えた気がする。

が、果たして同じことをクロが言ったのであれば。クロに「コガネさんのせいで、苦しんでいる」と言われたのであれば、コガネはそれに「愛してるからだ」なんて返せたであろうか。

「事情も知らないのに、偉そうに、……すみません」

しばしの無言の後、ツルバミはパッとコガネの手を放した。そして、珍しくガタガタッと椅子から立ち上がる荒い音がする。

「仕事を思い出したので、ちょっと外します。またすぐ戻ってくるので、ゆっくり……お茶を飲まれていてください」

穏やかな声でそう促されて、コガネは「あぁ、うん」と頷く。

足音が扉の向こうに消えて、コガネは先ほどまで掴まれていた手をぼんやりと目の高さまで持ち上げる。

(献身を与えられた側の、苦しみ)

その苦しみは、コガネにはわからない。しかし、わからないで止まっていてはいけない言葉のような気がした。

今までコガネは、自分を「馬鹿だから」と蔑《さげす》んで、そこで思考を停止してきた。馬鹿だからこんなやり方しか知らない、馬鹿だからわからない、馬鹿だから、馬鹿だから……そうやって自分を卑下することで、自分の行為を正当化していた。

『コガネさんの、せいじゃないのに』

いつかの、クロの幼い声が蘇る。コガネを気遣うその声に、コガネは「本当に?」と心の中で返した。

何が悪くて、何が悪くなくて、何が愛で、何が愛ではないのだろう。

その問題はあまりにも難しくて、コガネは「俺には難しい」と心の中で投げ出しかける。しかし放り出すその直前で、ぐ、とそれを耐えた。きっとここで考えることをやめてしまえば、コガネはまた同じことを繰り返す。なんとなく、そんな気がした。

冷めた紅茶をひと口だけ口に運ぶ。冷えて渋みの増したそれを飲み下し、コガネは顔を俯けて「クロ」と小さく呟いた。

二十一

ツルバミと、妙な言い合いともいえない言葉を交わしたその日の夜。さて寝ようかとベッドに入ったコガネの耳に、コン、と控えめなノックの音が聞こえた。

最初は聞き間違えかと思ったが、もう一度、コン、コン、とノックの音が鳴って、コガネは深く考える前に「はい、どうぞ」と扉の方へ向かって声をあげた。

「夜分にすみません」

「……ツルバミくん?」

ギィ、と重たい扉が開く音の後に聞こえてきたのは、まさしくツルバミの声だった。どこか気まずそうな、神妙な雰囲気を漂わせながら「今、少しだけいいですか？」と問うてくる。

「あぁ、もちろん」

コガネはベッドから下りようと体を起こして、そして「いえ、そのままで」と止められる。

「このまま？」

足音が近付いて、ベッドの脇で止まる。ツルバミが側に来て、そしてそこで膝をついたのがわかった。

「ツルバミくん？」

手探りで彼を見つけようと手を彷徨わせる……と、それは宙でツルバミに受け止められた。

「すみません。明日は手術なのに」

昼間の時と違い、そっ、と両手で包み込むように握り込まれて、コガネは「どうした？」と優しく問う。

「あの、昼間は……すみませんでした」

心からの、後悔を滲ませる声だった。暗く、重く、そして悲しみに溢れている。コガネはそれを聞いて、眉根を寄せた。

「ツルバミく……」

「コガネさんの事情も、気持ちも、わからないで……一方的に責め立てて、すみません」

コガネは「いい、気にしなくていい」と言おうと思ったが、口を噤んだ。ツルバミが、まだ何かを話そうとしていることが伝わってきたからだ。

ツルバミは何度か息を吸って、吐いて、そして「あの時」と話を切り出した。

「少し、俺の……自分の境遇と、コガネさんの大事な、その子の状況を重ねてしまって」

だから苦しくなって責めました、とまるで懺悔《ざんげ》をするように、ツルバミが溢す。包まれた両手からはみ出した自分の指、そこに、何かさらりとしたものが触れた。おそらく、ツルバミの髪だ。ツルバミが、コガネの両手に額を寄せている。

「俺の大事な人は……、自分のことをあまり顧みない人で」

ロウのことだろうか、と頭の中に彼の叔父の像を結んでみる。が、ツルバミが「叔父のことじゃないですよ」と、まるでコガネの頭の中を覗いたかのように釘を刺す。

「心を読まれているみたいだ」

くすくすと笑うと、ツルバミもまた、どこかほっとした様子で、ふ、と軽く息を吐いた。

「読めるものなら、どんなにいいか」

「え……？」

コガネの短い問いに答えぬまま、ツルバミはもう一度呼吸を整えるように「はぁ」と息を吐いて、ひとつひとつ言葉を探るように続ける。

「その人は、ある日突然いなくなったんです。多分、俺の幸せを願って」

「幸せを願って、いなくなる？」

ツルバミは先ほど「自分を重ねた」と言っていたが、たしかに重なる部分があるかもしれない。コガネの胸が、ど、と嫌な音を立てた。

「俺は彼を探すために、望んでなかった……とは言いませんけど、思いもしなかった道を選ぶことになりました」

「思いも……しなかった道？」

「彼を見つけるために、必要なことでした」

それがどんな道かはわからないが、きっと、ツルバミにとっては重要な選択だったのだろう。彼の苦しみも悩みもコガネには計り知れない。

「その人は見つかった、のか？」

気になって問いかけると、ツルバミが小さく息を吸った。そして「いいえ」と首を振る。

「まだ、見つけてもらってないんです」

なんだか妙な言い回しだな、とコガネは首を傾げる。ツルバミが「その人」を探しているはずなのに、その言い方ではまるで、ツルバミの方が見つけてもらう側のようだ。

ただの言い間違いかと思った、その時。ツルバミがさらに強く、コガネの手を包み込んだ。

「俺の幸せは、その人と一緒にいることでした」

ただ、それだけ。切なくそう言い切って、ツルバミは黙り込む。

「でも、その人にとっての幸せは、その人の中にしかなくて。それは、俺の望む幸せとは違うのかもしれないんですけど。それでも……」

泣いているのかもしれない、と思った。しかし、彼の指は震えていない。力強く、コガネの手を、コガネを、包み込んでいる。

「もしもう一度会えるならば、俺の幸せと、その人の幸せを、すり合わせたい」

コガネは、ツルバミの言葉に何も言えなくなる。あぁ、と思ったからだ。

あぁ、なんて誠実な、優しい考え方だろうと。

昼間のこともそうだが、ツルバミの言葉は不思議なほど胸に突き刺さる。鋭くて、痛くて、でも優しい。言葉に心がこもっている。

「俺の幸せを押し付けるんじゃなくて、あの人の幸せを受け入れるんじゃなくて、二人の幸せを見つけたい」

コガネは、何かを言おうと思った。

本当は、コガネもツルバミに伝えようとしていたのだ。昼間のことで、「自分が間違っていたかもしれない」「大事な子の気持ちを傷つけていたかもしれない」と。そうやってクロの代わりにツルバミに謝って、許しを得て、それで楽になろうとしていた。

だがツルバミは、それで終わらせようとはしていなかった。ツルバミが欲しいのは謝罪ではない。その先の未来だ。

「ツルバミくんの、その考え方が、羨ましい」

コガネは、包まれるばかりだった手に、自身の手を重ねる。

「俺もそうなりたい。あの子と会えたら……」

クロにもう一度会えたら。

クロと離れて初めて、コガネは前向きな気持ちで彼との再会に心を馳《は》せた。

「一緒に、二人の、幸せを見つけたい」

クロだけでなく、コガネだけでなく。ただ捧《ささ》げるだけでなく、受け取るだけでなく。ゆっくりと、二人の幸せを見つけていけたらどれだけいいか。

「コガネさん」

ツルバミの声が、耳の側で聞こえた。え、と思って顔を上げたその時。ふ、と頬に何か柔らかなものが触れた。

(……え?)

それは本当に一瞬の出来事で、コガネは「なに?」と聞くタイミングを失ってしまう。

(いや、なにというか、まさか……くち)

その柔らかさに思い至ってコガネの心臓が、ど、と跳ねる。それは嫌な跳ね方ではなく、むしろ高鳴るという表現に近いそれで。

コガネは戸惑ったまま「えっと」と変に言葉に詰まる。よりによって、何故かツルバミも何も言わなくて。部屋の中に妙な沈黙が落ちた。

(これは何か言った方がいいのか、いや、でも……)

いっそ誰かやって来てこの沈黙を破って欲しい、と考えてから、コガネは「あ」とひとつ話題を思いつく。

「……そ、そういえば、この屋敷にはロウさんとツルバミくんしか、住んでいないのか?」

「あ……、え?」

コガネの問いが思いがけないものだったのか、ツルバミが拍子の外れた声をあげる。もしかしたらかけるべき言葉を誤ったかもしれないと思ったが、今さら言葉を引っ込めることもできない。

「というと?」

「いや、ロウさんの家族はいないのか、と。あ、もしかしてご家族は本館の方に住まわれてるのか?」

それは、以前から疑問に思っていたことだった。この別館はかなり広いが、ロウやツルバミ以外が住んでいる様子がない。使用人も最低限らしく、時折掃除係や庭師と行き合う程度だ。

「家族はいません。叔父は独り身です」

あっさりと否定されて、コガネは「あ、そうか」と頷く。

「気になりますか?」

それが何にかかった「気になる」かわからず、コガネは「ん?」と首を傾げた。気になっていた家族の件は聞けたので、もう疑問に思うことはないのだが。しかしツルバミは追求するように「だから」と言葉を続ける。

「叔父に家族や、恋人がいるかどうか。気になるんですか?」

やたら尖った……と言うと語弊があるかもしれないが、ツルバミにしてはどことなくツンとした口調だった。

「ロウさんに?　いや、特に何も……」

別にロウの結婚相手をどうこうと思ったわけではないので、コガネは素直に否定する。屋敷の広さに比べて住まう人が少ないな、と純粋にそう思っただけだ。

「叔父の、恋人になりたいと思ったわけではなく？」

「……は？」

あまりにも突拍子のない問いに、反応が一拍遅れてしまった。と、その間を怪しいと思ったのか、ツルバミが「やっぱり……」と呟いたので、コガネは慌てて「違う、違う」と繰り返す羽目になった。

「滅相もない。そんなこと、一度も考えたことも、思ったこともない」

そう言い切ると、ツルバミが「ふぅん」と鼻を鳴らした。彼はいつでも冷静で紳士的だったので同年代か、少しだけ下の歳かと思っていたが……もしかするともっともっと若いのかもしれない。

そんなことを思っていると、ツルバミが「じゃあ」とどこか緊張を孕んだ声を出した。

「俺は、どうですか？」

「え？」

「俺に、恋人がいるかどうか、気になりますか？」

ツルバミの言葉に、コガネは何故か返事に詰まる。ロウの時はすぐさま否定する言葉が出てきたのに、どうしてだか急には出てこない。あまりにも驚きすぎたからだろうか。

何度か生唾《なまつば》を飲み込んで、コガネは「い、いや」とどうにか否定する。と、またも「ふぅん」と鼻を鳴らしたツルバミが「じゃあ」と続ける。まだ続くのか、と内心冷や汗を流しながら、コガネは「じゃあ？」と同じ言葉を繰り返した。

「コガネさんは？　好きな人はいますか？　恋人は？　これだけ離れていたらもう別れたと思われているんじゃ？」

矢継ぎ早に尋ねられて、コガネは圧倒されたように椅子の上で仰《の》け反《ぞ》る。

「それとも、その、離れた子はどうですか？」

「え？」

何がそんなに気になるのだろうか。コガネは逃げ出す場所を探すように顔を左右に向けるが、ここはベッドだ。どこにも逃げ場なんてない。

「スオウ……、さんという医者のことが、好きなんですか？」

「スオウ先生？」

思いがけない名前が出てきて、コガネは逃げ場を探して巡らせていた首を止めた。そしてゆっくりとツルバミの声がした方に顔を向ける。

「前に、名前を呼ばれていたから」

「名前を……？」

それがいつのことだったかと記憶を探る。が、なかなか出てこない。

「いや、何にしても違う。俺に恋人はいないし、スオウ先生のことは、そういう風に思ったこともない」

それは、間違いなく事実だ。今のコガネに恋人はいない。どころか、生まれてこの方恋人がいたこともない。それを言うべきかどうか迷っていると、ツルバミが「じゃあ」とまた先ほどと同じ言葉を告げた。彼の「じゃあ」に良いことはないのだと学んだばかりだが、何故だか無下にできずコガネは「ん？」と話の先を促した。

「頬に、触れてもいいですか？」

「頬？　あぁ……」

どうして恋人の話からそうなるのだ、と思いながらも何故か否定もできない。

無防備な頬は、あっさりとツルバミの手に包まれた。片手で手を、片手で頬を撫でられて、コガネはなんだか自分のすべてをツルバミに明け渡してしまったかのような気分に陥る。

指の腹を撫でられて、刺繍のせいで人差し指の側面にできた針だこを突かれる。くすぐったさに思わず「いや、ふふ」と笑い声を漏らしてしまう……と、指と指を絡めるように手を取られた。

「ツルバミくん？」

「好きな人が、いないなら……もし、本当にいないなら……」

ツルバミの声が、少し震えている。どうして、と思う前に、彼が言葉の続きを紡いだ。

「俺を、恋人に、してくれませんか？」

「……え？」

俺を、恋人に、してくれませんか。

彼はそう言った、たしかにそう言った。手を絡めているような距離では、聞き間違いかと疑うこともできない。コガネは思わず身を引こうとして、掴まれた手のせいでそれが叶わず、無様に背を反らした姿で「え？」と戸惑いの声を漏らす羽目になってしまった。

「え、ツルバミくん……、あの」

「コガネさん、俺は……」

――コンッ。

「失礼するよ」

と、軽いノックと共に、部屋の扉が開きロウの声が聞こえてきた。

「ツルバミ。話が盛り上がっているところ悪いが、コガネくんは明日手術だ。そろそろ寝かせてあげたらどうだ？」

ツルバミは明日仕事があるということで、病院にはロウと行くことになっていた。彼なりに、コガネの手術のことを気にかけてくれているのだろう。

「……はい」

「コガネさんも。ね？」

「あっ、えっと……はい」

いつの間にか、指は解放されていた。コガネはロウのいる方を見やって頷いてみせる。と、ツルバミが立ち上がる気配がした。

「じゃあ……おやすみなさい、コガネさん」

「あぁ、うん、おやすみ」

穏やかなツルバミの挨拶に、コガネも就寝の挨拶を返す。ロウも部屋の入り口から「おやすみ」と声をかけてくれた。

バタン、と扉が閉まる音がして。コガネはバフッと音を立ててベッドに倒れ込んだ。

（今のは、ツルバミくんなりの、冗談か）

冗談、冗談だろう、そうだろう。と、コガネは頭の中で繰り返す。

若い彼の冗談だ。優しく紳士的で、こんな大きな屋敷に住まうツルバミが、どうしてコガネに「恋人にしてくれ」などと言うのか。

（本当に……？）

ツルバミの言葉は突然だったし、出会ってそう時間も経っていないのに何故、という疑問もある。しかしそれでも、冗談だと言い切れない熱が籠っていた。彼の指先からうつった熱が、コガネの指先にも灯っていた。じんじんと疼いて、仕方ない。

それは目を閉じても何をしても消えずに残っていて。せっかくロウが、手術のために早く眠るように、と促してくれたのに、コガネは眠ることもできず、何度も何度も指先を擦ってはツルバミの言葉を思い出す羽目になってしまった。

二十二

目の手術は、驚くほどあっさりと終わった。手術の間、コガネは薬によって眠っていたので、より一層あっという間に感じてしまった。

経過観察のため、手術の日から三日間は病院で過ごすこととなっているが、果たしてそれが本当に必要なのか、と感じるほど体力的にも何も問題はない。

先ほど看護師が消灯を知らせに来たので、今はもう夜なのだろう。だが、手術の間ぐっすりと眠っていたせいか、妙に目が冴えて眠れない。

コガネは清潔な匂いのするベッドに身を横たえながら、取り留めもないことを考えていた。目が見えるようになったら、刺繍の仕事が再開できる。そうしたら家に戻って仕事をしよう。かなり期間は開いてしまったが、サンゴはまだ商品を扱ってくれるだろうか。

もしきちんと金が稼げるようになったら、少しずつでもいいからロウに返していきたい。手術や、その他医者に診てもらったものだけでも膨大な費用がかかっているはずだ。

ロウの屋敷を出るとなると、彼はもちろん、ツルバミともお別れだ。きっともう、一生会うことはないのだろう。

(恋人、か)

そういえば昨日、ツルバミはそんなことを言っていた。何故こんなみすぼらしい狐獣人にそんなことを言ったのかは理解しかねるが、だが……。

「なんだか、嬉しかったたな」

素直にほろりと気持ちが言葉となって溢れて、コガネは自身の唇に触れる。触れたところで、漏れた答えは変わらない。嬉しかった。コガネはツルバミの気持ちが嬉しかったのだ。

冗談か、何かの目的があって騙そうとしているのか、と疑わない気持ちがないでもなかった。が、一晩経って、やはり「ツルバミくんは、あんな嘘を吐かない」という結論に至った。コガネのことを好きなのだと、彼がそう言うなら、そうなのだろう。

（恋か）

思い返してみても、コガネは恋らしきものをしたことがない。恋が何かを知る時期には、すでに父の借金を返すために精一杯だったし、そもそも周りに、好きになれるような人もいなかった。

クロと暮らし始めてからも同様だ。恋がどういったものかはなんとなくわかっていたが、その気持ちを誰かに抱く自分は想像できなかった。その分の愛情はすべて、クロに向けていたからかもしれない。

……と、コガネはそこでようやく「あぁ」と気付く。

そうだ。恋した相手に向けるべき愛情も何もかも、コガネの陽の感情はすべてクロのものだった。「愛しい」「大好き」「一緒にいたい」、おそらく恋する人に思うようなそのすべてを、コガネはクロに向けていた。

（となると、俺の初恋はクロか？）

そう考えて、コガネは「ふ」と小さく笑う。

それはまたなんとなく違う気もするし、間違っていないような気もする。むしろ、なにものにも代え難いこの特別な感情は、恋よりももっと、もっともっと大きいものではないのだろうか。

（クロ……）

ロウの屋敷に来てからも、クロのことを考えない日はなかった。なかったのだが……、最近その姿が妙に鮮明にちらつく。小さな、不安そうな顔でこちらを見上げるクロが、ちりんと鳴る鈴の音が、なにかと重なるのだ。

（なんだ）

何か、気になることを思い出したいのに思い出せないような気分というか、何を忘れてしまったのかも思い出せない歯痒さというか。胸の奥に、何かがずっと引っ掛かっていた。

なんともいえない気分で、ころりと体の向きを変える。

最初の違和感は、そう、ロウの屋敷で初めて目覚めたその日。あの日、誰かが側にいて、ベッドから落ちそうになったコガネを助けてくれたのだ。屋敷にはロウとツルバミしかいないので、どちらかが助けてくれたのだろうが……。

（腕を掴んで。そう、その時に鈴の音が聞こえた気がして……、でも、彼はすぐにいなくなった）

そうだ。たしか彼が去ったのは、コガネが「スオウ先生」と漏らしたからだ。あの頃は寝て起きてばかりの生活で意識が朦朧《もうろう》としていたので、今の今まですっかり忘れていた。

（そうだ。スオウ先生の名前を出した途端、彼は怒ったようにどこかに……、……先生？）

最近その名前をどこかで出されたことを思い出し、コガネはもう一度体の向きを変える。

『スオウ……、さんという医者のことが、好きなんですか？』

腹に響きそうなほど低いのにどこか柔く、やたらと熱っぽい声。ツルバミの声だ。

「あぁ……」

あの時、あの場にいたのはツルバミだ。だから、彼は「スオウ」という名前を知っていた。しかし、スオウが医者であることを知っていたのは何故だろうか。

胸に湧いた小さな疑問の種はあっという間に芽を出して、コガネの中に根を張り始める。

（そういえば……）

雪がないことで、ロウの屋敷がコガネの住まう家のある領地とは別の領地にあることは察していた。それがどこの領地であるかは知らなかったが、最近の温暖な気候からするに、かなり南の方だろう。コガネの住まう領地より南に位置する領地はひとつだけだ。国の、一番南にある、コクの領地である。

（ここがコクの領地だとして、何故）

たったハンカチ一枚の恩義に報いるために領地を越えて会いに来て、そしてわざわざ連れて帰って面倒など見るだろうか。

コガネは手を開き、握り、そしてもう一度開く。その指先に……ツルバミの耳の感触を思い出しながら。

（ツルバミくんの耳は、あの感触は……）

コクの領地、耳の感触、鈴の音。スオウを医者と知っていたこと。コガネの面倒を見る理由。

『俺の大事な人は……、自分のことをあまり顧みない人で』

『その人はある日突然いなくなったんです。多分、俺の幸せを願って』

ツルバミの言葉が脳裏に蘇る。どうして、どうしてあの時気付かなかったのだろう。ツルバミは……懸命に見つけて欲しいと言っていたのに。コガネは手を震わせ、口元を押さえる。

『まだ、見つけてもらってないんです』

（ああ、まさか）

ぱた、とシーツの上に手を落とす。呆然としたまま「まさか」ともう一度心の中で繰り返し、そして、静かに唇を引き結んだ。

（まさか……）

二十三

手術は無事に終わり、入院期間も何事もなく過ぎていった。

今、目に巻かれている包帯も、いつでも取っていいと医師に言われたが、コガネはそれを外さないまま屋敷に帰ってきた。医師がまた数日後に往診してくれるらしいので、その時に取るつもりだ。

「どんな気持ちだい？」

「……え？」

急に気持ちを問われて、コガネは隣に顔を向ける。そこには、自身の腕を取って歩くロウがいた。今日屋敷の入り口で待ってくれていたのは彼だった。部屋までエスコートしよう、と腕を差し出してくれたのだ。

「いや、久しぶりに目が見えるようになるから、どうかな、と。無神経な質問だったね」

コガネが黙り込んでいたからだろう。ロウは話題を誤ったと思ってしまったらしい。

「あぁいや、すみません……考え事をしていて」

「考え事？」

穏やかなロウの声を聞きながら、コガネは「ツルバミくんの声に、似ているな」なんてどうでもいいことを思った。そして頭に思い描いた彼の名を口にする。

「ツルバミくんは？」

いつもなら、ツルバミが出迎えてもおかしくない。が、今日屋敷に到着してからというもの、側にいるのはずっとロウだ。

「ツルバミは……」

ロウは少し不自然に言葉を途切らせて、そして諦めたように溜め息を吐いた。

「ツルバミは仕事で……、明日には遠い地に赴いてもらう。おそらくしばらくは、帰ってこない」

「え？」

思いがけない言葉に、思わず足を止める。と、隣を歩くロウも足を止めた。ロウは「いやぁ、はは」と変に明るい声を出した。

「ツルバミは、君の目が見えることを知って、怯えているようだ」

「怯えて……？」

「君に、見たくないものを見せるんじゃないかと」

不意に、静かにそう言われて、コガネは言葉をなくす。ロウの言っていることがまったく理解できなかったからではない。逆だ。彼の言うことがわかってしまったから、自身の中に立てた「仮定」と繋がってしまったから、黙るしかなかったのだ。

「ツルバミは君のことが……心から好きだから、臆病《おくびょう》になっているんだ」

あんなにでかい図体してね、と笑うロウの言葉にはしかし、隠しきれない親愛の情が滲んでいた。

コガネは何か言おうと口を開きかけたが、結局何も言えず下唇を噛む。と、コガネの気持ちを察したのか、ロウが「コガネくん」とやはり静かにコガネの名を呼んだ。

「コガネくん。本当にありがとう」

礼を言われて、コガネは顔を上げる。

「薄々何かを感じ取っているようだから、今のうちに言わせて欲しくて」

「ロウさん……」

「私の大切なものを助けてくれて、真っ直ぐに育て、導いてくれてありがとう」

ロウは、もう何も隠す気がないようだった。コガネは彼の言葉を噛み締めるように頭の中で繰り返し、いいえ、と首を振った。礼を言われるようなことは、何もしていないと思ったからだ。何も……。

そんなコガネを、おそらく見下ろしながらロウが「ふ」と笑いを溢す。それは、とても柔らかな微笑だった。

「私もね、昔、大事なものを失くしたことがあるんだ」

昔、と語るそれは、ロウの話だろうか。わからないまま、コガネはちらりとロウを見上げて話の続きを待つ。

「大事だったのに、目の前にあったのに。結局、手に入れることも触れることもできず、そのまま……失くしてしまった」

何となくだが、それが「物」ではなく「人」の話であることがわかった。その声に滲む切なさは、大切な人に対するそれだ。

「それ以来、目や、耳や、手の届くところにあるものを大事にしようと思うようになったんだ。逆に言うと、そのくらいのものしか守れない」

切実なその言葉を聞いて、コガネは自身の耳を跳ねさせ、手のひらを握りしめた。目の見えないコガネの、何かを感じることができる場所だ。それを使って守れるものは……。

「大事なものは失くさないようにね」

「……でも、それでも、失くしてしまったら？」

思わず言葉が漏れてしまって、コガネは慌てて口を手で覆う。そして「すみません」と頭を下げた。しかしロウは気にした様子もなく「ん？」と優しい声でコガネの声を受け止めてくれる。

「その時は、探して、見つけてあげて欲しいな」

探して、見つけて。

その言葉に、コガネは背が真っ直ぐに伸びる。失くしたのならば、見つければいい、探せばいい。間違えたらそこで終わりじゃない。人生は嫌というほど細く長く続いているのだから。

(そうか、……あぁ、そうだ)

コガネは、見つけてあげなければならない。一人で寂しい思いをしている「あの子」を。

「すみません、ちょっと……」

コガネはロウの腕から手を離す。そしてゆっくりと首を巡らせた。

——ちりん。

どこかで、高く澄んだ鈴の音が聞こえた。幻聴でも何でもない。たしかな音だ。

「探してきます」

「あぁ。ついて行かなくて大丈夫かい？」

決意のこもったコガネの声に、ロウが優しく問うてくる。コガネは、その申し出にしっかりと首を振った。

「大丈夫です。ちゃんと、聞こえると思うので」

断り、壁に手をつく。ロウは断られたのにもかかわらず「そうか」と、嬉しそうな声をあげた。

「甥を、ツルバミを、よろしく」

そしてたしかな愛情を滲ませた言葉をコガネにかけ、頭を下げたのがわかった。コガネは「はい」と何度も頷き、鈴の音がする方へと歩き出した。

鈴の音は近付けば離れて、離れれば近付いている……ような気がした。いずれかは幻聴もまじっているのかもしれない。聞きたくて、聞きたすぎて、コガネが勝手に耳奥で鳴らしているのかもしれない。

それでも、追いかけて歩くしかない。

『しばらくは、帰ってこない』

ロウの言葉を思い出し、コガネはくしゃりと顔を歪める。コガネを支えてくれる優しく大きな手が、低く柔い声が、たまに聞こえる控えめな笑い声が、どこかに行ってしまう。コガネの手も、耳も、目も届かない場所に行ってしまう。

（それは……）

――ちりん。

澄んだ鳥の鳴き声のような、美しい音が聞こえた。それはおそらく、ほんの小さな音だったが、コガネの耳にははっきりと聞こえたのだ。やはり、幻聴ではない。

（あぁ、ずっと）

長い廊下。壁を伝い、コガネは一歩一歩懸命に歩く。

『この鈴の音がしたら、わかるから。どこにいたって、絶対にクロを見つけるから』

クロはずっと、その約束を覚えていたのだ。

「……、あぁっ」

思いがけず、足元に段差があった。足を踏み外したコガネは滑り落ちそうになる。どうやら気付かない間に階段に差し掛かっていたらしい。

「コガネさんっ」

……と、後ろから腕を取られた。同時に、ぐっ、と厚い胸の中に抱き込まれて、包まれる。

分厚い体、回された腕の逞しさ、そして優しい香り。コガネはぺたぺたとその体に触れて、そのまゆっくりと手を上に向かわせる。頬を触って、髪に触れ、そして……。

「やめて」

鋭い拒絶の声に、コガネはぴたりと手を止める。

「……ツルバミくん」

名前を呼んだが、返事はない。コガネは少し躊躇ってから「俺のこと、怒ってるのか？」と問うた。

階段の途中に二人して座り込んだまま、妙な問答が始まる。

「違う」

「じゃあ、憎んでる？」

「違う」

「迷惑だと、嘘つきだと思って……」

「違うっ、違う、違うっ」

途中までは冷静だったツルバミが、どんどん語気を荒らげて、最後には叫ぶように「違うっ」と否定した。

「嘘だ。本当は、怒って……」

「そりゃあ、怒ってますよっ」

怒りは、たしかにそこにあった。ようやく認めたツルバミは、絞り出すように喉を震わし言葉を紡いだ。

「怒ってます、勝手に俺のためにと……自分の人生をめちゃくちゃにした、あなたにっ」

「ツルバ……」

「違う、嘘だ、怒ってない、ただ……悲しい」

めちゃくちゃな物言いに、コガネも言葉を失う。

聞いているだけで、ツルバミの混乱が、途方もない怒りが、どうしようもない悲しみが伝わってくる。彼の心が悲鳴をあげている。

コガネは頭の後ろに手を伸ばし、震える指で包帯の端を引っ張る。はら、と包帯が解けて、何重にもなったそれが、薄くなっていく。

「怒ってるのはもう、どうしようもない……俺に、怒ってる。あなたの苦しみも何も知らなかった俺が……、おれが……」

はらりと解けた包帯の向こう。眩いほどの光が窓から、大きな黒豹の後ろから差し込んでいた。目がちかちかとする。それでも、コガネは目を凝らした。もう、見失うわけにはいかなかったからだ。

艶やかな漆黒の髪、同じ色の耳は少し小さい。精悍《せいかん》な顔つきなのに、今は涙でぐしゃぐしゃになっている。彼はツルバミだ、ツルバミで、そして……。

「ごめん」

その泣き顔を見ていたら、馬鹿みたいに正直な謝罪が口をついて出た。

「コ、……ガネ、さんっ」

「ごめんな、ごめん」

目を見開いて、ゆるゆると首を振りながら、コガネは彼を抱きしめた。彼の方が余程大きいので、抱きしめるというより抱きつくといった方がいいくらいの、そんな情けない格好だったが。

「鈴……ずっと鳴らしてくれてたのに。見つけてあげられなくて、ごめんな」

それでもコガネは、全身で彼を抱きしめた。抱きしめて、そして手をすべらせて彼の手首に触れる。

そこにある鈴を指で揺らすと、ちりん、と美しい音が響いた。

「……っひ」

ツルバミの喉が鳴る。耐えられないというように、きつく、引き絞られた音がする。

「クロだ、あぁ、俺の……」

黒猫、と言いかけて「違う」と気付く。

わかっている。彼はツルバミで、黒猫ではない。立派な黒豹だ。コガネとてそれはわかっていたはずだ。

(だけど……俺にとっては)

「俺の、黒猫」

黒猫はどこかに行ってしまったのだと思っていた。元々黒猫なんていなかったのだと、黒豹だったのだと。しかし、「コガネの黒猫」はたしかにいた。

首に鈴をつけて、「コガネさん」と嬉しそうに名を呼んでくれたあの子は、あの瞬間のクロは、間違いなくコガネの黒猫だったのだ。そして今コガネにしがみつくようにして泣くこの子は、やはりコガネの黒猫だ。コガネの家族、コガネの唯一。

「違う、俺は、黒猫なんかじゃ……」

「っ、違わない」

自身を否定するクロの背中を撫でる。一度ぎゅっと目を閉じて、ぼろぼろと涙を落としてから、コガネは確信を持って続けた。

「違わないよ」

クロ、そう、彼はクロだった。ツルバミはクロだ。間違いなく、コガネの世界で一番大事な黒猫なのだ。

「俺にとっては、ずっと、大事な黒猫だ」

クロはここにいた。ずっと、コガネが見つけるのを待っていたのだ。それは立派な領主様ではない、小さな黒猫だ。コガネの黒猫なのだ。

「コガ、……ネっ、さん」

嗚咽《おえつ》を漏らすほど泣きじゃくるクロを、コガネは自身の腕でもって精一杯抱きしめた。もはや腕が回らないほどに大きく育った黒猫を、ぎゅうと、胸に収まりきれないほどの愛情を込めて、強く。

光が、目に痛いほど眩しい。痛くて痛くて、コガネも涙が溢れて止まらない。泣けて泣けて、仕方ないのだ。

「ごめん、たくさん間違えて、ごめんな」

もう一度謝った後、それがこの場に相応しい言葉ではなかったことに気が付く。

クロは、約束を守らなかったコガネを、それでも自分で探し出し、死の淵《ふち》から救い、助けてくれた。

コガネが気付かないので名乗ることもできず、ずっと陰に日向に支えてくれた。

「……っ、ありがとう」

喉をわななかせながら、コガネは一番言うべき言葉を告げた。

「ありがとう、クロ。……クロ」

頭の中に、小さな黒猫の姿が蘇る。コガネの指から乳を貰い、膨らませた腹を見せて「あ、りが、とう」と言ったあの黒猫の姿が。

あの時聞いた、混じり気のないありがとうと、同じように、澄んだ気持ちのまま彼の耳に響きますように。そう願いながら、コガネはもう一度万感の気持ちを込めて囁くように伝える。

「今度は、一緒に、二人で幸せを見つけよう」

独りよがりの幸せでなく、与えるだけの幸せでなく。ツルバミが望んでくれたように、二人で幸せを見つけたい。

クロが、泣く。泣いて体を揺らすたびに、ちりん、ちりん、と鈴の音がした。

「見つけよう。なぁ、クロ」

ちりん、ちりん。綺麗な鈴の音は、いつまでもいつまでも、その場に響き続けた。

終章

あるところに、とても立派な黒豹の領主がいました。

黒豹は、幼い頃に自分を「黒猫」として助けて育ててくれた狐を探していました。すぐさま見つかると思った狐はしかし、なかなか見つかりません。

探し続けるその果てしない旅の途中で、どうやら狐は悪い医者に騙されて、利用されているということがわかりました。黒豹は、気がおかしくなるかと思いました。一時は狐のことも恨んでしまいました。「どうして」と。「どうして俺を置いていくのか」と。自分の幸せには彼が必要なのに、何故狐自身を幸せの勘定に入れてくれないのか、と。泣いて、喚いて、怒り猛って、それでも狐を探すことをやめません。

もはや執念とも言えるでしょう。黒豹は市場で売られていたひとつのハンカチを「これは狐の作ったものだ」と見つけ出しました。そしてそれを売った店を、問屋を探し、ようやく、ようやく狐の住処《すみか》を見つけました。

もはや手負いの獣のような激しさで黒豹は狐の家を訪ねました。かつて狐と黒猫が暮らしていた荒屋を思い出させるような、小さな家。

過《あやま》たず、狐はそこにいました。その部屋の、小さなベッドの上で、丸くなって横たわっていました。ベッドには、彼が吐いたであろう血の溜まりができていました。黒豹の、全身の毛が逆立ちました。叫び、取り乱した彼を落ち着かせたのは、狐でした。彼は朦朧とした、何も見えていない目を黒豹に向けて「黒猫?」と問いました。黒豹のつけていた鈴の音が、そう思わせたのかもしれません。

名前を呼ばれた黒豹は、憑《つ》き物《もの》が落ちたかのようにすとんと大人しくなりました。そこからはもう取り乱すことも、泣くこともなく、淡々と狐の救助に努めました。病院に運び込み、必要な処置を施してもらい、しばらく休ませて。そしてその後、自身の領地へと彼を連れ帰りました。

狐の体はどこもかしこもぼろぼろでした。医者の判断など聞かなくてもわかるくらいの、それはもう、ひどいものです。

「壊れたものは、それ以上の時間をかけて治していくしかない」と医者に言われて、黒豹は項垂れました。項垂れましたが、泣きも、落ち込みもしませんでした。

狐のために自分ができることをしようと、決意していたのでしょう。黒豹は賢い獣人でした。

それから、狐のための屋敷を準備して、そこには自身と身内である叔父だけが出入りできるようにしました。そしていよいよ狐が目覚めそうだとなった時、彼は叔父に「ひとつ、芝居に付き合って欲しい」と頼みました。

賢く、強く、逞しい黒豹でしたが、ひとつだけ恐ろしいことがあったのです。それは狐に嫌われることです。もし狐が「自分の育てた子のせいでこんな体になってしまった」と恨んでいたら、黒猫のことを憎んでいたら、きっと黒豹は耐えられないと思ったのです。

そして黒豹は自身が黒猫であることを隠して、狐に接しました。久しぶりに話す狐は、やはり狐でした。黒豹を慈しみ、愛し、育ててくれた狐です。黒猫を恨んでいないこともわかりました。黒豹の胸には、堪え難いほどの愛が溢れました。

何度も「俺が黒猫です」と言いかけて、言えなくて、苦しみました。過去の自分も、今の自分も愛して欲しい、嫌わないで欲しい。いっそずっとこのままでいたい。そんなずるいことを考えては狐を思いました。

しかしそんなぬるま湯に浸《つ》かったような日々は、狐の目が見えるようにと手術を施すことが決まり、終わりを告げました。狐の目に自分が触れる、そのことがどうしようもなく辛かったのです。あの頃とまったく違う自分を彼の目に晒されることが。

だから、黒豹は狐の前からしばらく姿を消すことにしました。自分がいなくても狐が幸せならそれでいいと、それだけで自分は幸せになれるのだと思いました。そしてその時ようやく、自分を置いていった狐の気持ちを知りました。

自分がいてもいなくても、愛しい人が幸せならそれでいいのだ。そう、強く思ってしまったからです。自分以上に大切なものを思う気持ちを、黒豹は知ってしまいました。

千々に乱れた心のまま、黒豹は身を隠そうとしました。そして、最後に、最後の最後に狐をひと目見ようと。そう思って訪れた屋敷でしかし、黒豹は狐に見つけてもらえました。数年越しに「絶対見つける」という約束を、狐が守ってくれたのです。

迷子の黒猫が、ようやく狐に見つけてもらえました。

＊

コクという領地に、素晴らしい黒豹の領主がいました。

学校の制度を見直し、誰でも無償で教育を受けられるように徹底しました。おかげで、彼が領主になって数年後には領地の識字率はぐんと上がりました。また、真っ当ではない金貸しを取り締まり、罪が親から無関係な子へと受け継がれないようにと手を尽くしました。それ以外にもいくつもの政策を敷き、領地の益々《ますます》の繁栄に尽力しました。

また、世襲制だった領主決めに疑問を呈し、領主の長子が後を継ぐという決まりを撤廃しました。

完全なる民主制とはなりませんでしたが、一族外の獣人でも領主になれる決まりを制定したのです。

黒豹自身は、四十を前に領主を引退しました。彼の伴侶《はんりょ》は男性だったので、子どもはいません。しかし彼自身が制定した決まりにより、後継ぎは滞りなく決まり、すんなりと代替わりしました。

彼の伴侶は体の弱い人で、あまり人前に出てくることはありませんでした。わかっているのは、刺繍の得意な人、ということだけ。

「伴侶様の作った刺繍の作品を持っていると、幸せになる」

なんて噂もありましたが、嘘か本当かは誰にもわかりません。ただ、それを聞いた領主が「あぁ、本当だ」と珍しい黄金色の糸が使われた見事な刺繍が入ったハンカチを見せてくれたので、信憑性《しんぴょうせい》が上がりました。

領主は伴侶を心から愛し、伴侶もまた領主を深く愛しているようでした。

二人が本当に仲睦《なかむつ》まじい夫婦であったことは後世にも、まるで御伽話《おとぎばなし》のように語り継がれました。

コクの領地には「黒猫と狐」の話や「領主と伴侶様」の話など、誰が話し出したかわからない御伽話がたくさんありました。それはすべて同じ人物の話だと言う者もいれば、まったく違うと言う者もいます。何にしても、それらがすべて幸せな結末に辿り着くことは、皆知っています。

きっと今日もまたこの領地のどこかで、その御伽話があの子からその子へ、その子からこの子へと伝わっていくことでしょう。

幸せな物語はそうやって、誰かから誰かへ、細く永く、途切れることなく語り継がれていくのです。

後日談　1

一

コクの領地に春が来た。

元々温暖な土地ということもあり、芽吹きの季節は他の領地よりひと足早く巡ってくる。

コクの領主の館の庭にも色とりどりの花が咲き乱れ、新緑は瑞々《みずみず》しい葉を生い茂らせていた。コガネは目の上に手を翳《かざ》しながら、生命力に満《み》ち溢《あふ》れた木々を見上げた。

「眩《まぶ》しい」

館の裏庭は、領主の所有する森へと繋《つな》がっている。整備された木立の並木道を通り抜けると、そこには静謐《せいひつ》を湛《たた》える湖が広がっていた。コガネは最近、その湖まで散歩をすることを日課としていた。

目が見えるようになってまだ一ヶ月余り。毎日湖までの道を行ったり来たりしているが、落ち切った筋肉を取り戻すにはまだまだ時間がかかりそうだ。

日差しが強くなってきたからか、少し歩くだけで背中がじんわりと汗ばむ。ふぅ、と息を吐くと、隣を歩く男が心配そうに顔を覗《のぞ》き込んできた。

「大丈夫ですか？」

男……クロは自身の指でコガネの頬にかかった髪を耳にかけてくれる。おそらく汗で張り付いていたのだろう。コガネは思わず、ハッと顔を引いてしまって……そして「あぁ、大丈夫だ」とそれを誤魔化すように答えた。

クロの指先が触れた頬が熱いのはきっと、降り注ぐ日差しのせいだけではない。コガネはわざとらしくない程度に視線を前に向けて、クロを視界の外へと追いやる。

「汗をかいたから」

そして、先ほど指を避けた理由をぽつりと溢《こぼ》す。と、クロが笑う気配が伝わってきた。

「全然、問題ないです。コガネさんはいつもいい匂いがします」

遠ざけようと思ったのに、むしろクロは嬉々《きき》としてコガネに寄り添ってくる。その無邪気さに戸惑いながら「そういえば昔もこんなやり取りをしたな」と思い出す。クロはコガネがどんなに汚れていても離れることはない。

そのまま二人並んで並木道を歩き、湖を目指した。


コガネの湖までの散策に、クロは毎日付き合ってくれる。

別にコガネが「ついてきて欲しい」と頼んだわけではないのだが、ツルバミの頃から外に出る際はいつも付き添ってくれていたので、癖になっているのだろう。

「仕事も忙しいだろう。無理に付き合わなくていいんだぞ？」

クロはコクの領主だ。物知らずのコガネでも、領主というのがただ椅子に座っているだけの仕事でないのは知っている。特にクロは、コクという領地をより良くしていこうと日夜執務に励んでいると……以前新聞に書かれていたことを覚えている。

しかし、コガネがそういったことを言うと、クロは決まって「いいえ」と首を振る。

「こういうコガネさんと過ごす時間があるから、仕事も頑張れるんです。コガネさんの存在は俺の支えですから」

と、臆面《おくめん》もなくそんな恥ずかしいことを言うのだ。

二人で、互いにとってのちょうどいい幸せを見つけていこうと誓った身としては、それを簡単に「いや、それは」と拒否することもできず。結局、こうやって毎日連れ立って散歩に出掛けている。

（散歩だけじゃなく、よく一緒に過ごしてると思うんだが）

何もクロとの時間は散歩の時だけではない。寝起きは共にしているし、食事もクロが仕事の都合で難しい時以外は一緒に取っている。

それでも、クロはコガネとの時間を作って過ごしたがった。まるで離れていた五年間を取り戻すように、ぴたりと寄り添って。

（……もちろん、それが嫌なわけじゃない）

生い茂る葉の隙間から木漏れ日が降り注ぐ。そのきらきらと眩しい光を足で辿《たど》りながら、コガネは胸の中で呟《つぶや》く。

そう、嫌なわけではない。むしろ嬉《うれ》しい。コガネだって、クロにずっと会いたかったのだ。大好きなクロと一緒にいられて嫌な気持ちになるわけがない。

（けど）

コガネの下向けた視界の中に、長い脚が映る。逞《たくま》しいそれは、コガネより歩幅も大きいはずなのに、同じ速度で歩いてくれる。

ふと気付けば、先ほどまでの降り注ぐような日差しが落ち着いていた。……いや、落ち着いたわけではない。クロが、日差しを遮るような位置を歩いてくれていたのだ。コガネが汗をかいていたから、自身が日よけとなって影を作っているのだろう。

クロといると、まるで自分より大きなものに優しく包まれ、守られている気持ちになる。コガネは母を亡くしたその日からおそらく、父に疎まれていた。だからか、彼に守られたり、愛されたり、といった記憶はあまりない。あまりというか、ない。隣を歩く時に歩幅を合わせてくれたり、日よけになってくれたり、好きを隠さない態度で優しくされたり……そんなこと、初めてだ。

(胸が、むずむずする)

その度に、やたら胸が疼《うず》いてたまらなくなる。そして妙に恥ずかしい。

クロが優しかったのなんて、昔からだ。昔から、クロはコガネに一等甘く、優しく、そして全力で守ろうとしてくれていた。

なのに、今になってそのことを意識してしまうのは何故《なぜ》だろうか。

(……そんなの)

そんなの、その優しさを受け止めるコガネの方の気持ちが変わったからに他ならない。純粋に養い子として見てきたはずなのに、今は、それだけではない気持ちをクロに抱きつつある。その自覚はコガネにもあった。

距離が近いからか、歩いていると時折クロの腕に触れる。コガネはそのたびに体を硬くしてしまって、なんだか居《い》た堪《たま》れない心地になった。

(それは、だって、クロが……いや、ツルバミくんが)

こんなことを思うようになったのは、この屋敷に来てからのことだ。コガネにとってクロは「養い子のクロ」という存在でしかなかったのに、そこに「ツルバミ」という青年が混じってしまった。

『恋人に、してくれませんか』

不意に、真っ直ぐで、それでいて情熱のこもった青年の言葉が耳の奥に蘇《よみがえ》る。コガネはそれを打ち消すように、慌てて耳元に手をやった。

「コガネさん、どうかしました？」

ごしごしと耳を擦《こす》っていると、クロが不思議そうに尋ねてくる。コガネは「いや、なんでもない」と曖昧《あいまい》に首を振った。

まさか「クロの声を思い出して、どうしたらいいかわからなくなっていたんだ」なんて言えるわけがない。

ゆったりとした足取りで木立を抜け、コガネとクロは湖へと辿り着いた。

「暖かくなったな」

「そうですね」

コガネのぽつりと漏らした呟きに、クロが同意してくれる。

春の湖はどこか温《ぬく》く見える。冬はあんなに冷たそうに見えるのに不思議だな、とコガネは少しだけ荒い息を吐きながら額の汗を拭《ぬぐ》う。

そう広くはない湖の表面は、ほとりに生えた木や、その向こうに聳《そび》え立《た》つ山を映している。しばらく眺めていると、さぁ……と風が吹いて、その像が揺らいだ。波紋が列を成し、風向きに従って流れていく。

「綺麗《きれい》だな」

太陽の光を反射してきらきらと輝く湖面を眺めながら溢すと、クロがまた「綺麗ですね、とても」と同意してくれた。

そこで、視線を感じてふと顔を上げる。と、自身の方を見ているクロの金色の目と、目が合った。

「……どこを見ている」

「コガネさんを見ています」

やはり、視線を感じたのは誤りではなかったらしい。

こんなに壮大で、静かで、美しい景色を前に、自分を眺める理由がわからない。みすぼらしい狐《きつね》を見るより、もっといい景色がここには溢れている。

「……湖を見ないか」

肩をすくめてそう言って、ふと、先ほどクロの言った「綺麗」が何を見てのことだったのか、と考える。クロはここに着いてから、コガネのことばかり見ている。

まさかそんな、と否定したいところだが、実はクロは最近一事が万事こんな調子なのでばっさりと否定することもできない。

(クロは、俺のことを)

あの時のツルバミの言葉を信じるのであれば、クロはコガネのことを好きなのだろう。養い親としてだけではなく。綺麗だ、と臆面もなく言えて、寄り添って歩いて、恋人になりたいと願うような……そういった類いの「好き」だ。

（だってそれは、そんな……）

クロに対するコガネの愛情は揺らがない。それは何よりも大きく重いと自負しているが、では恋愛感情的な意味も含むのか、と問われたら首を傾《かし》げるしかない。ただそこに、ツルバミという存在が絡んでくるから厄介だ。ツルバミに対しての感情は、「家族愛だ」とは決して言えない。だが、彼にまったく愛情を抱いていないかと言われると……それは「そんなことない」と答えざるを得ない。

しかも最近、クロとツルバミに対する愛情が混ざり始めているから……困っているのだ。

クロに、まるで包み込むかのような愛情を向けられるたびに、やたらと意識して、頬まで熱くなってしまう。真《ま》っ直《す》ぐにクロの顔も見られなくなって、視線まで逸《そ》らして。

「風が強くなってきましたね」

「……え？　あぁ」

思考に耽《ふけ》っていたから、風が強くなったことにも気が付かなかった。顔を上げると、ちょうどよくビュッと強い風が吹きつけてきた。巻き上げられた塵《ちり》が飛んできて、コガネは「わ」と漏らして顔の前に腕を持ってくる。

「大丈夫ですか？」

と、あっという間に大きな体に庇《かば》われてしまった。クロだ。クロが吹きつける風からコガネを守るように、一歩前に立ってくれている。

不意に、クロの匂いがコガネの鼻腔《びこう》をくすぐった。

クロは、落ち着いた大人の男の香りがする。もしかするとわずかに、香水を振っているのかもしれない。優しく甘いのに、どこかずっしりと重い。そこに、少し汗ばんだような肌の匂いが重なっていて……コガネの尻尾《しっぽ》が、しびびと震えた。上手《うま》く言葉にできないが、これがいわゆる「えも言われぬ香り」というものではないだろうか。

くん、と無意識のうちに鼻を上向けている自分に気が付いて、コガネは「わ」ともう一度溢して後ろに下がった。一歩、二歩、距離にすればほんの少しのはずだったのだが……、後ろを見ずに下がったのが悪かった。

「わ、わ……っ」

踵《かかと》が大きな石に当たって、バランスを崩してそして……。

「コガネさんっ」

——ドボンッ!

間抜けな音を立てて、コガネは湖に落ちてしまった。しかもその直前に腕を掴《つか》んでくれたクロも引っ張るように伴って、諸共《もろとも》。幸いにしてというかなんというか、湖の浅瀬だったので溺《おぼ》れることも沈むこともなかった。

「あ、悪い」

「いえ。こっちこそ、止めることができず、ごめんなさい」

歩いて入れば膝《ひざ》の高さにも満たない水深。そこに、コガネは尻餅《しりもち》をついて、クロは片膝《かたひざ》をついた妙な格好で座り込んでいた。

しばし呆然《ぼうぜん》と互いを見合っていると、なんだか笑いが込み上げてきた。

「ふっ、ふふっ」

「見事にひっくり返りましたね」

思わず笑いを溢すと、クロも自身の髪をかき上げながら、笑顔を覗かせる。笑って揺れる体に、ちゃぷちゃぷと水がぶつかっては離れていく。

「夏になったら泳ぎに来ましょうか、って誘おうと思ってたんですけど、まさかこんなに早く入ることになるとは」

「そうだな、ふっ、びしょ濡《ぬ》れだ」

腕を持ち上げると、ざばぁ、と水が滴った。クロの方が先に立ち上がって腕を引いて起こしてくれたが、やはり下半身からも大量の水が流れた。文字通りびしょ濡れだ。

泳ぎに来ようと言っていた程なので、水は綺麗で匂いもない。コガネはクロに手を借りながら、どうにか水辺へと戻った。

「あぁ、脱いで絞った方がいいですね」

「そうだなぁ」

歩く度に靴から、ぷぎゅ、ぷぎゅ、と情けない音がする。水を吸い込みすぎているのだ。服もべちゃべちゃと肌に纏《まと》わりついて気持ちが悪い。

コガネはまずベストを脱いで、近くの倒れた木の幹に掛けた。クロもタイを解《ほど》いてベストを脱ぎ、同じように木の幹に掛けていく。

「そういえば、小さい頃に一回だけ村の川で泳ぎましたね」

「ん？　あぁ……」

そういえば、そんなこともあった。たしか夏が特別暑かった年のことだ。クロはまだ十歳にも満たなくて「暑いです、暑いです」と溶けたようにでろりと机にしがみついていて（家の中のもので一番ひんやりとしていたのだ）。見かねたコガネが「川に涼みに行くか」と誘ったのだ。クロは目が見えないから、それまでは「川に入ってはいけない」と教えていたのだが、その日だけは特別だと言って。クロの手をしっかり握ったまま、川の浅瀬に二人で入った。クロは、わぁ、わぁ、と何度も嬉しそうに声をあげて「冷たくて気持ちがいいです」と笑って。転ばないようにと二人で座り込んで、足にかかる川の水をちょろちょろと掛け合ったりして。

「あったなぁ、そんなこと」

懐かしくて、思わず笑ってしまう。

あの頃から随分と時間が経《た》ったが、コガネとクロは今もこうして一緒にいる。

「こうしているとあの頃と変わらないな」

「そうですね」

コガネはシャツを脱いで、くるくるとまとめるとグッと手に力を込めて絞り上げた。じゃばっ、と水が大量に流れて地面に吸い込まれていく。……が、コガネのすっかり細くなってしまった腕では、すべての水を絞り切ることができない。

ふん、ふっ、と何度も力を込めてみるものの、勢いよく水が出たのは最初の一回だけで、後はぽたぽたと水滴が滴る程度だ。

「絞りますよ」

と、隣からにゅっと腕が伸びてきた。コガネのものとは比べものにならないくらい逞しく、浅黒い……クロの腕だ。

「あぁ、悪い。クロ……」

シャツを託すついでに隣に立つクロを見やって、コガネは不自然に言葉を切った。思わず、見惚《みと》れてしまったからだ。

クロもコガネと同じようにシャツを脱いで、上半身は裸になっていた。ボトムの方も濡れているからだろう、わずかに前を寛《くつろ》げている。クロの体はまるで芸術品のようだった。

程よい筋肉に覆われて、凹凸のくっきりした体。シャツを捻《ひね》るごとに腕の筋肉が盛り上がり、筋と筋肉が浮かぶ。胸板は厚く、腹には均等な割れ目がついていた。ボトムの前を寛げているせいで、下穿《したば》きが覗いている。臍《へそ》からその下穿きに至るまでの間に薄《うっす》らと生えた体毛。

(これじゃあ、まるっきり大人の……)

クロの体は、すっかり大人の男になっていた。いや、もちろんそんなことなどわかりきっていたというのに、改めて目で見て実感して……コガネは無様なほどに動揺してしまった。

なんだか急に、自身の貧相な体を晒《さら》していることが恥ずかしくなってしまう。

「はい、コガネさん。コガネさん……?」

「えっ。あ、あぁ……ありがとう」

クロが差し出してくれたシャツを受け取り、礼を言う。と、クロは「いいえ」と笑みを浮かべた。

自身の半裸を見られても、照れもしない余裕のある態度。

(大人になったんだな)

間違いなく嬉しいことのはずなのに、どぎまぎするのは何故だろう。やたらうるさい鼓動を不思議に思いつつ、コガネはこそこそとシャツを羽織る。そして、無意味にシャツの裾《すそ》を引っ張って伸ばしてから、ボトムに手を掛けた。下穿きだけ残したまま、ずる、とそれを下げる。

「ん……」

「あっ、と……コガネさん」

やたらと肌に張り付いて脱ぎにくいボトムに苦戦していると、後ろから声をかけられた。もちろん声の主はクロだ。

コガネはボトムを脱ぎかけというなんとも情けない格好のまま、クロを振り向くことになってしまった。

「ボトムは絞りにくいので、一旦《いったん》そのまま帰りませんか?」

「そうか? まぁ、そうだな」

一瞬疑問に思ったものの、言われてみればわからないでもない。コガネの下半身もまた上半身に負けず劣らず貧相だ。原因のほとんどは、スオウに摂取させられた薬のせいだ。食欲はなくなり、寝たきりで過ごすことが多く、みるみる筋肉も体重も減っていった。

今は、毎日栄養のあるものを食べさせてもらっているからか、肉は少しずつ戻ってきた。肋《あばら》の浮いていた胸も、しっとりとした肉がのっている。

しかし、筋肉を身につけるとなると、まだまだ足りない。食べる量もそうだし、やはり適度な運動が必要だからだ。以前のような、とまでは言わないが、せめて歩いても走っても疲れない体を手に入れたい。が、湖まで歩くのすら苦戦しているコガネには、まだまだ遠い道のりである。

「なかなか戻らないな」

思わず、ぽつん、と漏らしてしまう。すると、それを耳聡《みみざと》く聞きつけたらしいクロが、ぴく、と黒い耳を跳ねさせた。

「焦らず、ゆっくり戻していきましょう」

クロはコガネを安心させるように、柔らかく微笑《ほほえ》んでくれた。コガネもまた「そうだな」と頷《うなず》いてから笑い返す。

「ところで、コガネさん」

「ん？」

「その……脇腹のところにある縫合痕《あと》はなんですか？」

そう問いかけてくるクロは、変わらず笑顔だった。クロの視線はコガネの脇腹に注がれていた。まだシャツに腕を通しただけでボタンをとめていないので、胸や腹は丸見えだ。

クロの視線の先、そこにはたしかに白い縫合痕が残っている。傷痕自体かなり薄くなっているので、よく気付いたな、と純粋に驚いてしまう。

「あぁ。これはスオ……、……その、実験の一環でちょっと手術のようなことをされて……その名残だ」

クロは、コガネがスオウの名前を口にすることを極端に嫌がる。クロにしては珍しいほど、どんよりと暗い負の雰囲気を醸し出す。

今もまたちらりと名前を出しただけで、まとう空気があからさまに重たくなった。コガネは姿勢を伸ばしてから「クロ?」と問いかけた。

「いや、ごめんなさい。今度またきちんとお医者様に調べてもらいましょうか」

「あぁ……迷惑じゃなければ」

クロが言っているのは、コクの領主付きの優秀な医者の診察のことだ。基本的には領主一族しか診《み》ないはずなのだが、クロは惜しみなくその特権をコガネに使用してくれる。コガネも何度も世話になっているし、悪い人ではないと知ってはいるが、いつも「本当にいいのだろうか」と少し気後れしてしまう。

なんとなく気まずい雰囲気になって、コガネは慌ててシャツのボタンをとめる。しかし湖に入って冷えたせいか、指が上手く動かない。もたもたとしていると、クロの手が伸びてきた。そして、何も言わないままにコガネに代わりボタンをとめていく。

クロが「ツルバミ」と名乗っていた頃、着替えや食事の介助など身の回りのことをだいぶん世話になったので、コガネの方も身を任せることに抵抗がなくなってしまった。

コガネは特に何も言わず、クロの手元を見守る。

「ベストは抱えて帰りましょうか」

「うん」

「帰ったら、すぐ風呂《ふろ》に入って温まりましょう」

「うん」

「一緒に入ってもいいですか」

「うん……うん？」

今のは頷くところではなかった、と慌てて顔を上げる。と、拗《す》ねたような目をしたクロと目が合った。

「クロ、一緒には入らないよ」

「ごめんなさい。でも、コガネさんの体にあいつにつけられた痕が他にもあるんじゃないかと思って。だから……」

できたら全身確認したくて、と言って耳を伏せるクロは、まるで小さい頃に戻ったかのようだ。あの頃のクロも時折「コガネさんを確認したい」と不安そうな顔でぺたぺたと全身を触ってきたりした。

『コガネさんが本当にここにいるのか、たまに不安になるんです。コガネさんが、あんまり素敵だから。僕が頭の中で勝手に創り上げた……都合のいい、想像なんじゃないかって』

そう言って、不安そうに耳を伏せて、尻尾を揺らして。

（体は、もうすっかり大人の男なのに……）

なのに時々、子どもの頃と変わらぬ表情を覗かせる。

「もう、他に傷痕はないよ。腹のこれも、ちゃんと、お医者様に診てもらうから……」

そう言って自身の腹部を見下ろすと、ちょうどクロの手も腹のあたりに差し掛かったところだった。

クロは「そうですか」と頷いて、そしてその手をするりとシャツの合間に差し込んできた。

「ク……クロ？」

妙に声が上擦ってしまったのは、クロの手が思った以上に熱かったからだ。冷えた肌の上を、熱を持った手のひらが這《は》う。クロの形のいい……しかし明らかに男とわかる節くれ立った指が、すう、と傷痕を撫《な》でる。

そのまま無言で何度も指先を往復されて、コガネはついに「ん」と声をあげてしまった。いや、声というより吐息に近いような、……コガネとしては「変な声」だ。

クロもまたコガネのその声を聞いて、パッと手を引っ込める。

「あ、悪い。くすぐったくて」

「いえ、俺こそすみません」

クロはそう言うと、今度こそボタンをすべてとめて、シャツの裾をボトムの中に仕舞う。

心臓が、痛いほどに跳ねていた。それはクロの手に驚いてしまったからか、それとも別の何かか。わからないまま、コガネはどきどきとうるさい胸の前に手を持ってくる。

「戻りましょうか。本当に体が冷え切っている」

促すように、さりげなく腰に巻きつけられた腕。耳元に寄せられた唇。昔であれば当たり前だった距離感が、妙に胸をざわつかせる。

「あぁ、……あぁ」

　自分の感情を誤魔化すように二度頷くと、クロがコガネの手を取った。そしてあっという間に手を繋いで、歩き出す。自分から解くのもわざとらしい気がして、コガネはそのまま指先を絡めておく。

　気恥ずかしい、胸がざわつく、けれど決して嫌ではない。コガネは手を引かれながら、クロと並んで歩き出す。体は冷えているのに、指先がじんじんと痺《しび》れたように熱い。

(俺は、多分……)

　コガネとて、いい歳《とし》をした男だ。特定の人物に対して胸が高鳴る現象を何というかくらい知っている。知っているが、自分のそれが果たして本当に「それ」なのか確証が持てず、戸惑ってしまう。まだ、この名前をつけ難い気持ちが生まれてほんの少ししか経っていない。今すぐにどうこうするつもりはないし、クロもコガネに対して答えを求めてきたりしない。

(しばらくはこのまま、穏やかに)

　これまで、まるで流れの速い川に流されるように日々を過ごしてきた。許されるのであれば、ほんの少しだけゆっくりと自分の気持ちに向き合っていきたい。

　クロに手を引かれながら、コガネはそんなことを考える。

　まさかそれからいくらもしないうちに、そんな呑気《のんき》なことを思っていられない事態が起きるなんて。そんなこと、コガネは想像もしていなかった。

＊

「コガネさん」

屋敷の廊下を歩いている時。ふと背後から呼びかけられて、コガネは「はい」と振り返る。

そこにいたのは、クロの親族だった。たしかロウの叔父の……。

「ギンススです。クロの大叔父の」

コガネの疑問顔に気付いたのだろう、ギンススは胸に手を当てて自己紹介してくれる。

コガネは恥ずかしい気持ちで「あぁ、どうも」と頭を下げた。顔を合わせる人間はそう多くないのに、いまだにちゃんと名前を覚えられない自身の記憶力の低さが恥ずかしかった。

しかしそれはそれとして、この屋敷で人に話しかけられるのは珍しい。

コガネが今住まわせてもらっているのは、領主家敷地内にある屋敷の別館だ。クロもこちらで寝起きしているが、仕事の際は基本的に本館の方へ向かう。どうやらこの別館は私邸のような扱いらしい。

コガネが目が見えない頃はここはロウの屋敷ということになっていたので彼もあえて住まっているように振る舞っていたが、実際は彼の屋敷は他にあるらしい。

というわけで、人が訪れるにしても使用人や、もしくはロウくらいだ。

（珍しいな……）

コガネはそう思いながらも、もちろんそれを口にすることはない。ただ気まずい気持ちでギンススから向けられる視線を受け止めるしかない。

ギンススはロウよりさらに十ほど年嵩《としかさ》に見える。もとは黒髪だったのだろう頭髪は白く変化し、金色の目もわずかにくすんでいる。だがやはり親族なだけあってクロを思わせる容姿をしている。

「今日は良い話をお伝えしに来たのです」

「……はぁ」

ぼんやりとしていたせいで、反応が一拍遅れてしまった。が、ギンススは気にした様子もなく後ろ手に組んで話を続ける。

「クロの一大事ですので、養い親のコガネさんにも知っていていただいた方がいいかと思いましてね」

「一大事？」

クロは、今朝も普通の顔をして「いってきますね」とクロの頬に頬を合わせてから屋敷を出て行った。どこも変わった様子はなかったように感じたが、それはコガネの勘違いだったのだろうか。

クロの様子、表情、言葉。順々に思い出して、ふと「そういえば」と思い至る。

（ただ「今日は大事な来客がある」と言っていたな）

何の気なしに今日の予定を尋ねたコガネに、クロはそう答えてくれた。さりげないひと言だったが、あれはもしかしたらギンススが言っている「一大事」に関することなのだろうか。

いずれにせよ、それがどんな来客か、来客が一大事にどう関わるのか、コガネにはわかるはずもない。

「結婚ですよ、結婚。クロもようやく身を固めてくれる気になったようです」

「……けっ……こん」

一拍どころか二拍も三拍も遅れてしまった。しかも、かなり不自然に言葉に詰まって。そんなコガネの様子に気が付いているだろうに、ギンススは笑みを浮かべて「ええ」と頷く。

「これまで頑として断られ続けていたのですが、ようやく私の紹介を受けてくれましてね。何せ相手は貴族の娘、虎獣人で同じ猫科。クロもこれは良い機会だと思ったのでしょう」

ギンススが誇らしげな顔で顎鬚《あごひげ》を撫でる。

「クロも領主となって三年目になりますからね。跡継ぎのことを考えると早すぎるということはありません」

コガネは何も言えないまま、ギンススの言葉を聞くしかなかった。

「子を生《な》すのは領主として当然のことだと、コガネさんも思われますよね？」

ギンススの問いにも、コガネはまともに返事ができない。が、ギンススはコガネが答えないことを別に気にしていない様子だった。そもそも、コガネの意見など求めていないのだろう。

「何故それを、ギンススさんが俺に？」

なんとなく、クロがコガネにそういったことをまったく言わないのは違和感がある。クロではなく、ギンススからそれを伝えられた理由を問うてみる。と、ギンススは目を細めてコガネを見やった。その冷たい視線に、意図せず耳が跳ねてしまう。

「私だからです」

きつい口調で、ギンススが言い切る。コガネは二、三歩後ろに下がってしまいたかった。が、ギンスの冷たい目がそれを許さない。

「クロはきっと養い親であるあなたに遠慮して言いたいことも言えないはず」

可哀想《かわいそう》に、と言わんばかりの物言いに、コガネは口を開いて反論しかけて、黙る。

「だから私がコガネさんにお伝えをしに来たのですよ。決して息子の邪魔をすることのないように、と」

こういった高圧的な手合いには、人生の中で何度も出会ってきた。たとえばそう、長年暮らしていたあの村の住人たちも、コガネに対して「こうするべき」とコガネの行動を制してきた。

「ご自身の身分をわきまえ、決して妙な口出しをすることのないようお願いします」

コガネはそれを聞きながら、しかし頷かないまま顎《あご》を引く。ギンススは何も言わないコガネを「同意した」とみなしたのだろう、鼻を鳴らして居丈高に胸を張る。

「クロの幸せを願うのならば、私の言うことに従っておいた方がいいですよ」

ギンススはそう言って、俯《うつむ》くコガネを威嚇するように顔を下げ、わざと視線を合わせてくる。

最後に「ここに来たことはクロには黙っていてくださいね」と言い置いて、ギンススは尻尾をくねらせながら屋敷の入り口の方へと向かって歩き出した。

「あ……」

その背中に声をかけようとして、やめて、コガネは拳《こぶし》を握りしめる。

二

「久しぶりだな、副会長……ではなく、コクの若き領主様」

「やめてくれ。お前に領主様と呼ばれるくらいなら、副会長の方がまだましだ」

握手を求めてきたチトセに応えて手を差し出しながら、クロは眉根《まゆね》を寄せる。

「相変わらずだな、副会長……クロ。卒業以来だから、二年ぶりか」

「そうだな」

軽く頷きながら、クロはチトセを応接間へと案内する。

今は人払いをしているので、案内もクロ自らこなす。チトセは「やぁ副会長様に扉を開けてもらうなんて悪いなぁ」と嘯《うそぶ》きながらするりと部屋の中に入った。

クロもまたその後に続き、扉を閉めて鍵《かぎ》をかける。決して、誰にも覗かれたり、聞かれたりすることのないように。

王立学園を卒業してから二年後の春、旧友であるチトセから手紙が届いた。

警察官僚となった彼は日夜犯罪の撲滅に精を出している……かどうかまでは怪しいが、とにかく仕事には励んでいるらしい。

彼から手紙が届いたのも、実はその仕事に関係していた。

「じゃあ、スオウはカイギ国にいるんだな」

「まず間違いない。よって、おいそれと手が出せない」

チトセの言葉に、クロは顎に当てていた手をぐっと握りしめる。

「……ちくしょう」

クロの、血を吐くような呻《うめ》き声を聞いて、チトセが申し訳なさそうに頭を下げた。

「すまないな」

「いや、お前のせいじゃない。わかっているさ」

クロはそう言って、拳を膝の上に置く。

話に上がっている「スオウ」とは、クロの目の手術を行い、学生時代クロの後見人となり、そして、コガネの体を実験台に違法に薬の開発を行っていた元医者だ。

「クロが情報を提供してくれたおかげで、居場所までわかったのにな。こちらの司法の手が及ばない国に逃げているとは……」

カイギ国はクロたちの住まう国とほとんど国交がない。どちらかというとまだ成熟しきっていない途上国で、情報の統制も取れておらず、人が隠れるにはもってこいの環境だ。物理的に距離も離れているので、捜査の手も及びづらい。

「あの薬は、流通に乗るのか?」

「あぁ。スオウから送られてきた薬を元に研究が進められているらしい。おそらく、近いうちに……」

チトセの言葉に、クロは顎を下げて膝の上の拳を睨《にら》みつける。

「皮肉な話だ。コガネさんをぼろぼろにして開発された薬で、多くの命が救われるとはな」

クロは堪《こら》えきれない激情をどうにか押《お》し留《とど》めようと無理矢理頬を持ち上げる。が、それはおよそ笑みらしい形を取ることもなく、鋭い犬歯を歪《いびつ》に覗かせるだけに終わった。

——薬、とは、この国で長年不治の病と呼ばれてきた遺伝性の病に作用する薬品のことだ。クロの父も、そしてその妻もまたその病で亡くなっている。

その薬がもうすぐ世に流通しようとしている。開発したのは犯罪者であるスオウ。彼は遠く国外からその薬をクロの住まうコクの領主の屋敷宛《あて》に送りつけてきた。クロはすぐさまそれを警察に渡した。薬は成分を分析するためにすぐに研究所に送られて……そして、実際に病に対して有効であることが証明された。もちろん「犯罪者が作った薬」として発表するわけにはいかないので、研究所で改めて製造される予定らしい。

その薬を開発するに至るまでに、スオウは罪を犯した。クロの最愛の人であるコガネを、薬の実験台にするべく利用したのだ。

元々、スオウはその薬を開発するための国の研究所に所属していた。しかし、結果を急ぐあまり無茶な人体実験を行おうと計画し、実行の許可を得られず退所。その後は自身の実家である病院を継いで医者としてごく真面目に働いているように思われていた。……が、蓋《ふた》を開けてみれば、なんと個人で薬の開発を続けており、研究所所属時代に計画していた人体実験を密《ひそ》かに決行していた。その実験台こそ、コガネだ。

コガネの居場所がわからなくなってから彼が見つかるまでの二年間、クロの記憶はひどく曖昧だ。

なんというか、常に怒りと悲しみと不安の中にいたため、心が疲れ果てて意図的に「忘れよう」と記憶に蓋をしているような、そんな感覚だ。落ち着いて思い返せるようになったのは、つい最近のことである。

（あの頃は、泥の中を進んでいるような気分だったから）

コガネのことを叔父であるロウから聞き、クロはすぐに自分の足で彼を探しに行こうとした。今までそこにあると、いてくれると信じて疑っていなかった心の支えが急に消えてしまったのだ。何をおいても、何を犠牲にしても、コガネを見つけるのだと、そう思った。しかしそれを強く反対した者がいた。ロウだ。

彼は、クロにまずは学園を卒業するようにと譲らぬ態度で主張した。

『学生の身分の君に何ができる。方法は？　それに必要な費用はどうする？　闇雲に追ったところで何も得るものはない』

クロは「それでもいい！　それでも、俺が探す、俺が探すんだ！」と反発した。が、心の底では、叔父の考えが正しいこともよくわかっていた。

ロウは、クロが動けない間は代わりに自分が人や金を使い、コガネの行方を探すと約束してくれた。コガネに関する情報はなんだってつぶさに報告する、決してクロの気持ちを蔑《ないがし》ろにしない、と。

どんなに抵抗したところで、結局のところ学生で満足に金もないクロにできることなどほとんどない。クロはロウを信じ、そして自身は前よりも一層勉学に励んだ。チトセ曰《いわ》く「あの頃のお前は鬼気迫るものがあった。俺たち学生はもちろん、教師ですらお前のこと怖がってたもんなぁ」ということだが、クロにはその記憶も朧《おぼろ》だ。覚えているのはただ、ロウから届くコガネを追う近況の報告を死にそうな心地で何度も何度も読み返していたこと。それまでコガネの手紙を心待ちにしていた柔《やわ》く純な気持ちは消え失《う》せ、ただ「どうして」「何故」という暗い気持ちに支配されていた。

スオウがコガネを自身の開発した薬の治験として利用していたことは、存外すぐに知れた。なにしろスオウはその件で警察からすでに追われていたからだ。スオウの病院の地下は個人の研究所となっており、そこには研究に使われた資料が一部残っていた。その中に、コガネと交わした契約書があった。

ロウは最初それをクロに見せるかどうか迷ったらしい。そこに書かれた内容が、確実にクロの心を傷つけるだろうとわかっていたからだ。それでも、コガネのことに関してはなんでもつぶさに報告するという約束を守り、彼はそれをクロに見せた。

契約書の内容は、至って単純なものだった。

スオウは、クロの手術費用を負担し、後見人となり王立学園への入学に関する一切の責を負う。その報酬として、コガネはスオウの実験に協力する。ただ、それだけだ。

つまりコガネは、クロのために自身の体を差し出したのだ。

契約書の内容を確認したクロは、思わず叫びそうになって、唇を噛《か》み締《し》めてそれを耐えた。犬歯によって破れた皮膚から血が流れたが、それを拭えぬほど指が、腕が震えていた。全身の毛が逆立って、内臓が全部ひっくり返ったような衝撃。悲しみに全身を覆われて、そのまま溺れてしまいそうだった。

コガネは昔から、クロに学をつけさせたがっていた。多分それは、自分がきちんと教育を受けられなかったことに起因するのだろう。いつでもクロに「幸せになって欲しい」と願って、実際そのために行動してくれていた。だがまさかそのために自分自身を差し出すなんて、犠牲にするなんて、思ってもいなかった。

スオウの研究室には、コガネの変化を綴《つづ》ったものも残っていた。体重が減り、体調を崩し、熱を出しては寝込み、どんどん弱っていくコガネの様子が。クロはそれを読みながら「やめてくれ」と泣いた。「そんなことをしたら、コガネさんが死んでしまう」と。もう通り過ぎた過去の資料を握りしめて、ぐしゃぐしゃにしながら、嗚咽《おえつ》を溢した。

その後、スオウとコガネが現在は別に行動していることもわかった。スオウが海外に逃亡した記録が見つかったからだ。スオウの情報は警察の方が追っていたので、さすがのロウでもすべてを把握することはできなかったようだが、とにかくコガネを連れて移動しているわけではないことは早々に察せた。

ということは、コガネはどこかにいる。この国のどこかに、きっと。もしも死んでいなければ、だが。

コガネが見つからないまま、クロは学園を卒業した。本当は、卒業したらすぐにコガネに会いに行くはずだったのに。それも叶《かな》わぬまま、クロはコガネを探し続けることになった。

そして同時期、クロはコクの領主となることを決めた。

以前ロウに語った通り、自身が領主になる必然性はないという考えは変わっていなかった。が、コガネを探す上で領主という地位を利用したいと思ったのだ。当たり前だが、探し人を見つけるためには、ただの一般人より領主である方が何かと都合がいい。

もちろんそれだけではなく、自身の住まう領地をより良くしたいという気持ちもたしかにあった。たとえばコガネのように読み書きのできない者を少なくしたい、自身のように目の見えない者でも学校に通えるようにしたい、自分のものではない借金で苦しむ者を減らしたい。すべて、そう簡単にどうにかなるものではないとわかっていた。だが、すぐに成果を得られないからと諦《あきら》めてしまっては、何も変わらない。

コガネを探し出すため、そしてこの世の中を少しずつでも改革していくために、クロは領主となる道を選んだのだ。


ロウに支えられながら、クロは領主として慣れぬ仕事に励んだ。もちろん一族からのバッシングもあったし、領民に戸惑いや不審の目を向けられることも少なくなかった。それでも、自分の知恵や若さ、ときには「見目よい」と褒められる容姿や「可哀想に、苦労したのね」と憐《あわ》れみを得られる過去さえも利用して、クロは着々とコクの若き領主としての地位を築き上げていった。

コガネ探しの方は難航していたが、ある時、思いがけぬきっかけで事態が急転することとなった。

そのきっかけとは、クロが視察を目的として訪れた市場で見つけた一枚の「ハンカチ」だ。

『このハンカチを持っていると、幸せになるって言われてるんですよ』

店員がそんな注釈をつけて、渡してくれたそのハンカチには、見事な刺繍《ししゅう》がしてあった。最初は「あぁ、綺麗な刺繍ですね」と流し見るだけだったのだが、その刺繍が日の光に照らされ、きらりと光ったことでクロの記憶を思いがけず刺激した。

『俺の尻尾は金色で、その金色を刺繡に使うと、なぜだか評判いいんだ』

『金色が入った刺繡はたまにしか出さないから……、まぁ、尻尾の毛だしな。それで、珍しいから、持っていると幸せになるなんて言われて』

『俺の尻尾は、夕日みたいな色、……らしい』

きらりと光る黄金《こがね》色の糸。クロは思わず飛び掛かるようにそのハンカチを掴み、天に掲げた。

夕日のような赤みがかった黄金色。それはおそらく、コガネの尻尾の毛であった。何故「おそらく」と曖昧な表現かというと、クロ自身がコガネの姿を実際に目で見たことがなかったからだ。

（おそらく、いや、だが、絶対に……）

持っていると幸せになるという、黄金色の毛が使われた刺繡の入ったハンカチ。

クロはまるで世界にひとつしかない宝を抱きしめるようにそのハンカチを胸に押し付けた。ようやく、ようやくコガネに繋がる……文字通り糸のように細い繋がりを掴んだのだ。

そこから、まるでとんとんと階段をのぼるように物事が進んでいった。一歩ずつ着実に、しかし一段も飛ばすことは許されずゆっくりと。ハンカチの卸し問屋を探し、そこでコガネと思われるハンカチの作者の住まいを聞き出した。ハンカチの卸し問屋はコクではなく隣の領地にあり、コガネもそこに住んでいた。

クロはすぐさま、知らされた住まいへと向かった。はやる気持ちを抑えに抑えて。しかし心の中ではずっと叫び続けていた。

「どうして自分を犠牲にしたんですか」

「なんで何も教えてくれなかったんですか」

「嘘《うそ》をついたのはどうしてですか」

「どこにいても、見つけてくれるんじゃなかったんですか」

コガネの身を案じるのと同じくらい、そんな子どもの癇癪《かんしゃく》のような気持ちが渦巻いていたのだ。コガネのことが好きだった、大好きだった。だからこそ許せなかった、悲しかった、不安だった。コガネが生きていると、生きて、今も刺繍を続けていると知ったからこそ、安堵《あんど》と共に、怒りが舞い戻ってきた。コガネが見つかったという喜びに浮かれ、忘れていたのだ。彼がスオウによりどんな目に遭わされていたのかを。

だからクロは、コガネの住まいの前で馬車を飛び降りてすぐ、家の扉を吹き飛ばしそうな勢いで部屋の中へと転がり込んだ。

そしてそこで、クロは初めて、自分の目でコガネを見た。自身の吐いた血に溺れそうになっている、痩《や》せ細《ほそ》って気を失ったコガネを。

＊

「クロ？」

名前を呼ばれて、は、と顔を上げる。

どうやら無意識のうちに過去に思いを馳《は》せていたようだ。クロは「悪い」と謝罪してからチトセとの話に意識を戻した。チトセは「いや」と肩をすくめてから、ふと思いついたように口に笑みをのせた。

「どうせ愛《いと》しい人のことでも考えていたんだろう」

チトセが考えているような甘いものではないが、たしかに愛しい人……コガネのことを考えていたのは本当だ。

「しっかし、どうしてスオウはクロのところに薬を送ってきたんだろうな。後見人だったからか？」

不思議そうなチトセの言葉に、クロはぴたりと動きを止める。そして、一、二度指先でゆっくりと膝を叩《たた》いた。

「あいつは、俺に宛てて送ってきたんじゃない」

理解できないし、したくもない。だが、彼の思惑はわかった。

「コガネさんが、俺のもとにいるとわかっていたからだ。だから、俺に宛てて送ってきた。コガネさんへの……罪滅ぼしのつもりなんだろう」

そう。スオウはコガネがクロのもとにいると確信していた。そしてクロは、スオウの意図を正しく読み取った。何故なら薬の入った箱の中に、ひとつ、綺麗に畳まれたハンカチが入っていたからだ。

『私はもう十分幸せになりました。この幸せはあなたにお返しします』

綺麗な黄金色の刺繍が入ったハンカチには、そう書かれた手紙が添えられていた。自分の幸せよりコガネの幸せを願って、スオウは薬をクロに送りつけてきた。そこに垣間見《かいまみ》える淡い感情に、クロの心はどろりと黒く淀《よど》んだ。クロと離れていた数年の間、コガネはスオウと二人きりで過ごしていた。そこで二人がどんな会話を交わしていたのか、クロに知る術《すべ》はないし、コガネに聞きたいとも思わない。だが、気にならないといったら嘘だ。

「コガネさんはスオウにとって実験対象だったんだろう？　体に悪いとわかっていながら薬を投与して。……なのに、コガネさんのために薬を送ってきたって？」

「あぁ、おそらくな」

目を丸くしたチトセが、ソファの背もたれに倒れ込みながら「はぁ」と溜《た》め息《いき》を吐《つ》いて天を仰ぐ。

「犯罪者の考えることはわけがわからないな」

「そうか」

俺は少しだけわかる、という言葉を心の中に飲み込んで、クロもまた「はぁ」と溜め息を吐いた。

「まぁまた進展があったら連絡する」

「あぁ。頼む」

重々しく頷いて頭を下げると、チトセがどこか楽しそうに口端を持ち上げた。

「ところでさ、なぁ、クロ」

「なんだ」

どうやら仕事の話はここまでらしい。急に旧友らしい親しげな笑みを寄越《よこ》したチトセが、こそこそと内緒話でもするように問いかけてきた。

「そろそろコガネさんに結婚を申し込まないのか？」

直球の問いに、クロは目を眇《すが》める。ロウには「最近また一段と眼光鋭くなったな」と言われるが、青春時代を共に過ごした友には、その威嚇も何も通じないらしい。

「なんだよ、凄《すご》んだって怖くないぜ副会長様」

「副会長じゃない」

「そんなことはどうでもいいからさ。なぁ、もう一緒に暮らして半年だろう？　体調もだいぶん回復したんじゃないか？」

チトセの問いに、クロは「まぁ、そうだな」と返す。

適切な処置や日々の生活そしてクロの献身的な看病により、コガネの体調は日に日に良くなっていっている。体重も、昔ほど……とはいかないがかなり戻った。まだ走ったり、長く外に出るのは難しいが、刺繍をしたり庭を散策したりするくらいであれば問題ない。

そう、体調の方は問題ないのだ。

「そもそも、まだ正式に……というわけでも、ない」

「は？　何じゃないって？」

途中ごにょごにょと言葉を濁したからだろう、チトセが狼耳《おおかみ》をひょこっと跳ねさせる。クロは舌打ちをしたい気分で「……びと」と繰り返した。しかしそれに対しても、チトセが「は？　聞こえないけど」と注文をつけてきた。

「だから、俺とコガネさんはっ」

クロは苦々しい顔で、やけのように声を張り上げる。

「恋人じゃないんだ……」

結局尻すぼみに語尾を小さくしながら、クロは「まだ」と悪あがきのように付け加えた。

三

「クロ、あの……どうかしたのか？」

茶褐色の目が、不思議そうにクロを見つめている。

クロはその目をじっと見つめてから「なんでもないですよ」と首を振った。

コガネは「なんでもない、か」と頷き、自身の手元の本に視線を戻す。何か言いたそうにも見えたが、コガネの心の中まではクロも覗けない。もう少し何か聞いて欲しそうな顔をしたら「何かありましたか」とクロの方から尋ねられるのに、コガネは自身の心情を隠すのがとても上手い。きっとこれまでも、そうやって生きてきたのだろう。色んな感情をその身の内に隠して、言いたいことを飲み込んで。

クロは結局何も言えないまま、コガネの膝の上にある本に視線をやる。

コガネが読んでいる大判の本は、小説というより、子供向けの絵本だ。コガネのような大人が持っているとちぐはぐだが、内容的にはちょうどいい。

最近、コガネは文字を読む練習を始めた。

『もういい歳だっていうのに、絵本だなんて、恥ずかしいな』

最初はそんなことを言っていたが、実際のところ楽しそうに、そして一生懸命に文字を学んでいる。幼い頃から父の借金を背負わされ仕事に明け暮れていたコガネに、ようやく、人並みに勉強をするだけの時間が与えられたのだ。最近は時折、本を読むことで文字を覚えたことを披露してくれる。

クロは二人だけのこの時間を、何よりも大切に思っていた。

「みずうみの、ようせいは、みなそこから、そらをながめました」

ゆっくりと文字を指で辿りながら、コガネが本を読み上げる。クロは耳だけを跳ねさせてその柔らかな声に聞《き》き惚《ほ》れた。

今二人は、寝室で同じベッドに入っている。背中にクッションを敷き詰め、二人並んで腰掛けながら。

ツルバミがクロで、クロがツルバミであるとわかってから、二人は同じ部屋で寝起きするようになった。クロが、それを強く望んだからだ。コガネは体調を崩しやすく、特に夜は咳《せき》が止まらなかったり、急に発熱することが多かった。そんなコガネの面倒を見るという理由で、クロは彼を自身の部屋に招き入れた。

「昔は一緒に寝ていたんだから、いいでしょう」なんてことまで言って。

昔と今では心持ちも、体付きも大きく変わったのだが……コガネは存外あっさりとそれを受け入れてくれた。

「いいよ、クロがそうしたいなら」

そう言うコガネのクロを見る目は、まるきり子どもを見るそれで。クロは一緒に眠れる喜びと同時に、男として意識されていない寂しさを感じていた。

(コガネさん、自分を好きな男と同じベッドの中にいるっていう意味、わかってるのかな)

「そのみずうみを、うえから、の、の……のぞきこむものが、いました。いっぴきの、かえるです」

言葉に詰まりながら、それでも懸命に文字を読むコガネの横顔を眺める。

(綺麗、だな)

コガネは綺麗な顔立ちをしている。と、クロは常々思っている。日に透かすと艶々《つやつや》と輝く金色の髪、長い睫毛《まつげ》に縁取られたツンと吊《つ》り上がった目、すっきりとした鼻筋に薄い唇。最近ほんのりと肉が戻ってきた頬はなだらかだ。

透き通るように肌が白いのは、元々の色に加えて病気がちになって、すっかり家の中で過ごすことが多くなってしまったからだろう。

水面に反射した光のようにきらきらと眩しくて、手で触れようとしたらサッと消えてしまう。そんな儚《はかな》さを感じさせる美しさだ。

クロは元々コガネという人が大好きで、顔を見る前から恋愛対象として意識していた。が、自身の目でコガネのすべてを見て、改めてその魅力に虜《とりこ》になってしまった。

(コガネさん、コガネさん……コガネさん)

クロの頭と心の中の何割かは、いつもコガネが占めている。

クロの熱心な視線に気が付いたのか、コガネがふと本から視線を上げた。そして「ん?」と首を傾げながらクロを見やる。

「眠たくなったか？」

ぼんやりとコガネを見つめていたクロは、慌てて「あ、いえ」と首を振る。しかしコガネは「もう寝ようか」と、本を閉じて、ついで、ベッド脇の棚の上に置いてある灯りを「ふっ」と吹き消してしまった。

暗闇の中、コガネが掛け布団をクロの体にかけてくれる。もう、どこからどう見たってコガネの方が小さいのに、いまだにクロを子猫のように扱うのだ。

クロは少し唇を尖《とが》らせてから「コガネさん」と名を呼んだ。

「ん？」

「いや、……おやすみなさい」

ごそ、と布団の中でコガネに手を伸ばす……よりも先に、彼の腕が伸びてきた。そして優しく腰のあたりに回される。

「おやすみ、クロ」

なんて健全な「おやすみ」だろうか。この後に何かある、なんて絶対に感じさせない、清々《すがすが》しいほどに清らかな「おやすみ」。クロは、彼の方に面した右半身が不自然に熱く感じるほど緊張しているというのに。右手が、コガネに触れたい、と叫び出しそうなほどだというのに。

（こんな調子で結婚なんて、夢のまた夢だな）

開いていると右手が勝手にコガネの体に回りそうだったので、クロは意識して拳を握り、それを耐えた。

コガネの隣にいられるのは何よりの幸せだが、最近、それと同じくらいに苦しい。変わらない関係を変えたいのに、それによって今まで築き上げてきたものが壊れるのが怖い。

クロは、コガネが好きだ。それはもう熱烈に。しかもそれは単純な「好き」にとどまらないから厄介なのだ。養い親であるコガネに対する親愛の情と、恋愛対象としての恋情と劣情と。なんとも表現しづらい執着まで強く抱いている。

ツルバミ、という人物を演じている時、初めてその気持ちの片鱗《へんりん》を伝えた。「俺を、恋人に、してくれませんか」と。きっともう、コガネは忘れてしまっているか……、もしくは冗談か何かだと思っているだろうが、あれは紛れもないクロの本心であった。ずるいと思ったが、クロではなく「ツルバミ」としてなら伝えられると思ったのだ。あれでもし「いいよ」と言われていたら、どうなっていただろうか。嬉しいような、嬉しくないような……まぁ、今となってはどちらでも関係ない。あれはもう、なかったことになってしまっている。

(それでも俺は、コガネさん以外の伴侶《はんりょ》なんて考えられない)

コガネに気持ちのすべてを伝えるのは、いつになるだろうか。クロはコガネに知られないように、こっそりと溜め息を噛み殺した。

そんなクロの様子を、じ、と暗闇の中で見つめる目があることに気付かないまま……。

＊

穏やかながら変化のないコガネとの関係。そんな二人に転機が訪れたのは、意外な方向からだった。いや、実のところ意外でもなんでもなく、当然といえば当然の方向から、思いがけない矢が飛んできた。

「……結婚？」

我ながら、地を這うような声が出てしまったと思う。

クロの言葉を聞いたロウは苦笑して、手にしていた資料を、ぽん、と叩いた。

領主の屋敷の執務室。クロの執務机の上にそれを置こうとしたロウは、クロの表情を確認してから心得たように引っ込めた。

「そうだ。先日机の上に写真を置いておいただろう？　見たんじゃないのか？」

ロウの言葉に、クロは盛大に眉を顰《ひそ》めて執務机の上を漁《あさ》る。たしかにそこには薄い冊子が書類に埋もれるようにして(実際埋もれて)置かれていた。ちら、と中を見ると美しいドレスに身を包んだ女性が見えた。まじまじと観察することもなく、クロはそれを閉じてロウへ渡す。

「で？　それは、私が彼女のことを気に入ったと勘違いした誰かさんが追加でお持ちした資料ということですかね」

ロウが持っている冊子のようなものは、かなりの分厚さがある。そこにどこの家の何某《なにがし》という大層優秀な女性の、生まれから現在に至るまでの輝かしい半生が多少の誇張とともに記されているのだろう。厚さからして、彼女のみならず彼女の家に関するあれこれも事細かに書かれていそうだ。

彼女自身に罪はないのだが、クロはゾッとした気分で首を振った。

「ギンスス大叔父ですね。どうぞ丁寧に突き返しておいてください。二度とそんな話が出ないくらい、きっぱりと」

「お、よくわかったな」

「わからないはずがないでしょう」

領主の一族の中でも強固に「領主の血筋を絶やしてはならん。次期領主は、現領主の長子が継ぐべきだ」と主張している一派である。何度も「結婚しなさい」「家柄の良い者をこちらで見繕いますので」と上申してくる。クロとしてはたまったものではない。

どうやら今回はクロが相手の女性を「気に入った」と勘違いしているらしい。いつもならその日のうちに突き返してくるクロが、女性の写真を手元に置いたまま離さなかった(まぁ、写真の存在そのものに気付いていなかったのだが)からだ。

クロは延々溜め息を吐き続けたい気持ちを抑えて、据わった目でロウを見やる。

「そもそもそんなもの持ってきて欲しくもないです。こっちは好きな人と結婚どころか恋人にもなれなくて悩んでいるのに」

「おい、まだ口付けのひとつもしていないのか?」

吐き捨てた言葉を聞きつけたらしいロウが愕然《がくぜん》とした表情をクロに向けてくる。

「……まだ、です。まだ。いずれしますから」

叔父の視線を受けて、クロは微妙に言葉を濁す。

「まさかと思うが、まだ気持ちを伝えていないのか？　コガネくんに、恋愛感情込みで好きだと」

「……」

「クロ……」

無言で応えると、ロウが「信じられん」というように額に手をやった。先日、チトセにも似たような態度を取られた。「まだ恋人でもない」と伝えた時だ。彼はロウと同じように頭を抱えて「なにやってんだよ」と呆《あき》れていた。

「お前の愛情はたしかにわかりやすい。誰がどう見たってコガネくんを、いや、コガネくんだけを愛していると伝わってくる。ギンスス大叔父ですら『相手がいるのはわかっているが』という前置き付きでこれを渡してきたんだぞ？」

これ、と結婚候補の相手について書かれた冊子を示されて、クロは「そうですか」と若干そっぽを向いて頷く。どうやら、子を生すために女性との結婚を推進している一派ですら、クロの気持ちを知っているらしい。

「お前はコガネさんを好きという気持ちを隠さないし、何より彼を助け出す時の……まぁ、獣のような姿を知っているからな」

獣のような姿、とは文字通りだ。まだコガネが見つかっていない頃、クロは手負いの獣のような勢いで彼を探し出そうと必死だった。対外的には「良き新領主」として振る舞っていたが、身近にいた者は彼が「コガネさんを探さねば」「コガネさん」「コガネ、コガネ」と取《と》り憑《つ》かれたようにコガネを探し求めていたことを知っている。ギンススも、コガネが見つかるまでのクロの姿を、そして見つかってからの穏やかな人物への一転を知っているのだ。

クロの身内で、クロがコガネなしには生きていけないであろうことを知らない者はいない。

「知らないのは、当人であるコガネくんだけってことか？」

「でしょうね」

素っ気なく答えると、

「クロは、コガネくんの前ではやたら猫を被《かぶ》るからな」

「被りますよ。大猫、いや、黒豹《くろひょう》だって被ります」

コガネに、この重たすぎる気持ちのすべてを知られたら、嫌われ……はしないが、引かれるかもしれない。その様を想像するだけで恐ろしく、クロはぶるりと身震いした。

「しかし、結婚しない限りギンスス大叔父はお前に女性との結婚を勧めてくると思うぞ」

ロウはそう言って、冊子を手に持ったまま腕を組む。クロは溜め息を吐いてから「わかってますよ」と同意した。

「そのうち黙らせます」

端的にそう伝えると、ロウが器用に片眉だけ持ち上げて苦笑いを溢した。

「相手がコガネさんでないと、本当に向かうところ敵なしなんだがなぁ」

ロウの半ば呆れ混じりの言葉に「お褒めに与《あずか》り光栄です」と返す。ロウは肩をすくめてから、仕切り直すように咳払いして「それにしても」と続ける。

「コガネくんもコクにずっと住んでいたなら、同性婚に抵抗はないはずだろう？　なにが問題なんだ」

「問題。問題は……色々ありますよ」

「コガネくんの方は、養い子としてしか見ていないとか？」

あっさりとそう言われて、クロは嫌な顔をしてそれをロウに向けた。

「もしくはあれか。今の関係を崩したくないとか？」

「……」

「まさか結婚を申し込んで、『俺はそんな目で見ていなかったのに……』なんて言われて距離を置かれたらどうしよう。なんて考えてるわけじゃないよな？」

「……」

クロは無言で執務机の上の書類に向き直り、さらさらとペンを走らせる。叔父の言葉の、その何もかもが図星だったからだ。

「クロ」

と、ロウが呆れたように、それでいてどこか気遣わしげに名前を呼んできた。

「別に、結婚がすべてじゃない。結婚なんてあくまで契約でしかないからな」

私自身結婚はしていないしな、と言うロウはたしかに長年独身を貫いている。自身は長子ではないという主張で、親族からの結婚の勧めものらりくらりとかわしてきたようだ。ロウ自身、結婚に必要性は感じていないらしい。が、それでもロウなりに、クロとコガネの関係について思うところがあるようだ。

「だが、契約関係にないコガネくんは、今はただの血の繋がらない養い親だ。もし、万が一今クロに何かあったら、この屋敷から追い出されかねないぞ」

そのことについては、たしかに考えたことがないでもなかった。たとえば今クロに何かあったら、親族の一部は「これ幸い」とコガネを屋敷から追い出そうとするだろう。わかってはいるが、言葉にされると無性に腹が立つ。思わずロウを睨みつけると、彼は肩をすくめた。

「そう睨むな。その時私が生きていたら、もちろん最善の手を尽くす」

ロウはロウなりにコガネに感謝の念を抱いているらしく、至極丁重に接してくれる。きっとクロに何かあったら一番の味方になってくれるだろう。だがそれも盤石とはいえない。

「私から見れば、クロとコガネくんは互いに相手を思い合っているように見えたがな」

相思相愛というか、と続けられて、クロはペンの尻でコンッと机を叩く。

そうであったらどんなによかっただろう。だが、クロの思いとコガネの思いは違う。似て非なるものだ。

悩むクロに、ロウが穏やかに微笑んだ。

「皆が、もう結婚の約束をしていると考えるくらい親密に見えているということだ。コガネくんの態度は親子というだけではないように思えるが……本人には聞いてみたのか？」

ロウの問いに、クロは緩く首を振る。

「別に、関係が変わってもいいじゃないか。それで互いへの想《おも》いが失《な》くなるわけでもないだろう」

「……まぁ。そう、ですね」

クロは自身の手を見下ろす。その手首には今もずっと、鈴を通した腕輪が巻き付いている。腕を持ち上げ、ちり、と鳴らしてから、クロは「はぁ」と溜め息を吐いた。

もやもやと思い悩むより、まず考えるべきはコガネの気持ちだろう。クロは「まぁ頑張れよ」と呑気な応援をくれる叔父をちらりと見やって「はい」と気の抜けた返事を返した。

四

結婚、結婚なぁ、結婚。そんなことを思い悩みすぎたせいか、クロはとんでもない幻聴を聞いてしまった。

「クロ、結婚するのか?」

いや、幻聴ではなかった。

その日の朝。クロはコガネを誘って庭に散策に出た。カーテンを開けた瞬間、眩《まばゆ》いほどの光が差し込んできたからだ。今日はかなり天気が良くなりそうである。

「暑くなる前にどうですか?」

と湖への散策を誘ってみたところ、コガネは少し迷う様子を見せてから「そうだな」と頷いてくれた。

そういえばここのところ自身の「結婚したいと、そもそもコガネのことが好きなのだと、いつどうやって伝えるか」という悩みにかまけて、ゆっくりと話をする時間もなかったように思う。

「暑くなってきましたね」「そうだな」「夏は湖で泳ぎましょうね」「そうだな」なんて話しながら湖畔を歩いてる最中《さなか》、ふと、コガネが「あの」と切り出してきたのだ。

結婚について考えすぎたせいで、ついにコガネの声で幻聴が聞こえるようになってしまった。……と思ったが、それは本当の本当に、コガネの発言であった。

「えっ？」

「あぁいや、答えたくなかったら、答えなくてもいいんだ」

ふい、と視線を足元に咲く花に向けながら、コガネは早口でそう言った。そしてそのまま黙り込む。

焦ったのはクロだ。

「け、結婚？　それ、だ、誰から聞きました？」

ロウか、チトセか、と内心冷や汗をかきながらコガネの横顔に問いかける。まさか自分の勇気がなく躊躇《ためら》っているうちに、他の者の口から先に結婚話を聞くとは。この上なく情けない。「あぁ……」と心のうちで嘆きながら問いかけると、コガネはきゅっと顎を引くように口を引き結び、そして「君の、大叔父さんに」と言った。

「…………は？」

人間、あまりに思いがけないことを言われると、口も動かなくなるらしい。クロは「え、ど……どういう？」と口籠《くちごも》りながら頭の中を整理する。その戸惑いが、コガネにどう見えるか気付かないまま。

「やっぱり、本当なんだな。貴族の娘さんで、虎獣人。同じ猫科、なんだよな……」

「ちょっ、ちょっと待ってください、えっ？」

混乱する頭でどうにか話についていこうとするが、待て、と言うだけで精一杯だ。しかもコガネはその「待て」をまったく聞いてくれない。

「おめでとう。水臭いじゃないか、俺にも黙っているなんて」

冷たい風が、びゅ、と吹いて、コガネの金髪を巻き上げる。美しいそれが宙に揺れて、コガネの薄茶色の目を隠す。

「俺はお前の……親代わりなのに」

しん、と静かな声だったが、不思議と耳に残った。クロは慌ててコガネに伸ばそうとしていた手を、ぐ、と握りしめて体の脇に落とす。そして、幾分冷静な声で「コガネさん」と目の前の人のことを呼んだ。

「何にしても、本当にめでたいな。あの小さかったクロが、結婚か……」

「ねぇ、コガネさん」

もう一度名前を呼ぶと、コガネが口を噤《つぐ》んだ。わずかに顔を俯けているせいで、どんな表情を浮かべているかが見えない。

「コガネさん、本気でめでたいと思ってるんですか？　俺が、誰かと……コガネさんの知らない人と結婚することを」

「そりゃあ……」

「コガネさんにとって、俺は子どもですか？　それ以外の存在には、なり得ませんか？」

ぽつぽつと、重ねるように言葉を紡いでいく。クロの問いに、コガネは答えない。ただ、クロと同じように脇に垂らした彼の腕の、その先にある手がゆっくりと拳を握るのだけが見えた。

「俺は、俺はずっと、小さい頃から、ずっとコガネさんのことが」

「だって、ツルバミくんが……」

必死になって言い募った言葉が、震える声で遮られてしまう。が、声の調子より内容の方が気になって、クロは「え？」と間抜けな反応を返してしまう。

「ツルバミ……、俺ですか？」

ツルバミとは、無論クロのことだ。コガネに、自分がクロであることがバレないように工作した際に名乗っていた。

クロの言葉を聞いたコガネが、慌てたように自身の口元を押さえる。その目元から頬にかけては薄らと赤く染まっていて、その眉根は心底困ったというように震えて、寄せられている。

何故今その名前を出されるのかわからず、クロは首を傾げる。と、ぶるぶると微《かす》かに腕を震わせたコガネがゆっくりと手を下ろした。

「ツルバミくんが、恋人にしてくれって言ったんじゃないか」

それはどこか責めるような口調でもあった。不満そうで、悲しそうで、それでいて拗ねているようにも聞こえる。

「コガネさ……」

見間違いでなければ、その目には涙が光っていた。

「だから俺はてっきり……。なのに、結婚するなんて聞いて、俺だって……」

驚いて何も言えないでいると、勢い込んで続けたコガネが、ふと下唇を噛み締めた。薄く色付いた唇が、きゅうっと白くなる。

「コガネさん、あぁ、唇が」

その仕草があんまりにも痛々しくて、クロはやめさせようと手を伸ばす。が、何か悩むようにグッと目を閉じたコガネは、ふるふると首を振る。

「……悪い。忘れてくれ」

そう言い残して、コガネはくるりと背を向けた。そして思いがけぬ身軽さで、庭の向こうへと駆けていく。呆気《あっけ》に取られて立ち尽くしていたクロは、その背が手の届かない場所まで遠ざかってからようやく動き出す。

「えっ、コガネさんっ！」

追いかけて走り出そうとしたその時、コガネが走っていったのとは別の方向から「領主様〜！　クロ様！」と声がかかった。領主の仕事を補佐してもらっている年嵩の黒豹獣人だ。どうやらクロを探していたらしく、目が合うと「あっ、こんなところに！」と肩をいからせながらやって来る。

「馬車を待たせていますから、急ぎ玄関ホールへ向かわれてください。きっと先方もお待ちですよ」

クロは「あ、いや」と言葉を濁し、コガネの去って行った方を見やる。が、そんなことお構いなしに彼はクロの腕を掴んだ。

「今日は大事な会合です。領主のクロ様が遅れるなんてこと、あってはなりません」

「いや、あの、コガネさんが……」

「何を言っているんですか。ささっ、お早く！」

腕を取られたまま、引きずられるように庭を進む。突っ切ればすぐさま玄関に辿り着く。そこにはきっと馬車が控えているだろう。

結局、ほぼ押し切られる形で歩を進め、馬車に詰め込まれて。クロはコガネの本心を碌《ろく》に聞けないまま、会合へと向かったのであった。

＊

「コガネさんが見当たらない？」

夕方になってもコガネが屋敷の中に見当たらないと聞いたのは、会合を含め、その日の仕事をすべて終えた頃だった。

クロは飛び上がって驚いて、使用人総出で屋敷中を探させた。が、寝室にも食堂にも、ついでに本館の方にも、庭にも……どこにも見当たらない。

基本的に、コガネは人に迷惑をかけるようなことはしない。探されるのがわかっていて、いなくなったりするだろうか。

まさか自分の意思ではなく連れ出されたのか、とゾッとしたが、あと一箇所だけ行き場所に心当たりがある。クロは使用人たちに「後は俺が確認してくる。人手が必要な時だけ呼ぶので、各々自身の仕事に戻ってくれ」と指示してから、裏庭を抜けて森に入った。

夏が近付いてきて、日暮れが遅くなった。ゆっくりと沈んでいく太陽を見ながら、湖への道を駆けた。いつもはゆっくりと時間をかけて歩く道を、ただただ、風を切るよりも速く走った。

夕方の湖畔に、少しだけ冷たい風が吹く。

――ザァ、と揺れる草木や水面を眺めながら、クロは一歩一歩踏みしめるように湖のほとりに進んだ。

「……コガネさん」

湖のほとり、いつからそこにあったのかわからない横たわった木に腰掛けたコガネが、湖を眺めていた。

クロの問いかけに、ぴっ、と耳を跳ねさせて顔を上げる。

「クロ」

その声はやたらと掠《かす》れていて、彼が長い時間誰とも喋《しゃべ》らずここに座っていたことがわかった。

「まさか朝からずっとここにいるんですか？」

風邪をひきますよ、とクロはなるたけ優しい口調でそう言って、自身の羽織っていた上着を脱ぎ、コガネの肩にかける。コガネは逆らうことなくそれを受け入れて「ありがとう」と短く礼を言ってくれた。上着の前をあわせると、それがコガネにとってはとても大きいことがわかる。

自身のぶかぶかの服を羽織るコガネが妙に愛しくなって、クロはコガネの肩に手を回そうとして……そして、すんでのところでそれを耐える。

今朝、彼とどんな会話をしていたか思い出したからだ。

「逃げたいなら、屋敷の外にだって、俺の見つけられない場所にだって隠れられるのに」

そう言うと、コガネは「逃げたかったわけじゃ」と俯きながら言葉を漏らした。所在なげに視線を下げている様子が、たまらなく庇護《ひご》欲を刺激してくる。

(昔は、頼れる人っていう印象だったんだけどな)

幼い頃、コガネはクロの言うことをなんでも叶えてくれる人だった。もちろん無茶な願いなど言わなかったが、些細《ささい》な願い事はなんでも聞いてくれた。たとえば一緒に寝たい、歌を歌って欲しい、手を繋いで歩きたい。本当に、なんでも。

だが、歳を重ね自分よりもひと回り以上小さく細くなってしまったコガネは、なんだかとても弱々しく見える。もちろん、体調を崩したということもあるが……元々、そんなに強い人ではないのだろう。クロのために、強くあろうといてくれたのだ。

「コガネさん」

どうしようもない愛おしさが胸に込み上げて、クロはコガネの前に立って……そしてその場で膝をつき、膝の上に置かれたコガネの手に自分のそれを重ねる。

「今朝の話。まず、俺はギンスス大叔父の薦《すす》める人と結婚なんてしません。あれは大叔父の嘘です」

「嘘……？」

切れ長の目を、ぽか、と丸く見開いたコガネは、しかし困ったように首を傾ける。

「でも、いずれは女性と結婚して、子を生すだろう」

「女性とは結婚しません」

「でもク……」

「あのね、コガネさん」

コガネの言葉を遮るようにその手を強く握りしめる。もう、自分が誰か見も知らぬ人と結婚するなんて、そんな悲しいことをコガネに言わせたくなかった。

「俺、好きでもない人と結婚なんてできません」

コガネは再び目を丸くすると、茶褐色の瞳《ひとみ》をうろ、うろ、と彷徨《さまよ》わせた。

「すみません、コガネさん」

そこで一旦言葉を区切って、クロはコガネの顔を覗き込む。コガネは視線を俯けていたが、泣いてはいなかった。ただ、何もかもを飲み込んだような顔をしている。いつもの、クロを切なくさせるあの顔だ。自分なんてどうでもいいから、クロに幸せになって欲しいんだと願うあの顔。

「コガネさん、俺が……ツルバミが言っていたことを、ちゃんと覚えててくれたんですね」

「……それは」

コガネの瞳が泳いだ。何か言い逃れしようと思案している目だ、と察したクロは、有無を言わさずその手を握る。

「今朝言ってたの、本気ですよね、嘘じゃないんですよね」

「く、クロ……」

「俺が恋人にして欲しいって言ったの、覚えててくれたんですよね？」

コガネの視線が彷徨う。もしかしたら「違う」と言いたいのかもしれないが、クロとして再会して以来、コガネはクロに嘘を言わない。おそらく、嘘をついて離れたことを悔いているからだろう。嘘を言いたくとも言えない、そんな律儀で不器用なコガネだから、クロはこんな時でも泣きたいほどいじらしくてどうにかしてやりたい気持ちになるのだ。

「俺のこと、意識してくれてたんですか？」

コガネの繊細な髪の毛が、頬に触れる。その頭の先にある耳が、震えている。震えて、ぺた、と伏せられたそれを見て、クロの心が歓喜に沸いた。

だが、まだ焦ってはいけない。家族としての態度を崩さなかったコガネの、小さな綻《ほころ》び。ここを放さないようにしないと、きっとコガネはまた線引きをする。

「あの時……。ツルバミくんのことを、まだ、クロと気付いていなくて」

ぽつ、と、コガネが漏らす。クロはそれを遮らないように「うん」と静かに先を促した。

「でも、接していて心地いいというか。こう、雰囲気が好ましいなって思っていた」

それは、クロの面影がどこかしらにあったからだ……と、自惚《うぬぼ》れていいのだろうか。クロは少しだけ胸を高鳴らせながら大人しく続きを待つ。

「初めて大人の……男の人に守られているような気持ちになって、恥ずかしいけれど嬉しかった」

クロは父親に捨てられている。もしかしたら無意識のうちに父性を、自身より大きな何かに包み込まれることを求めていたのかもしれない。コガネの話を聞きながらそんなことを考えて、クロは「うん」と頷く。

「それで、恋人にして欲しいって言われて、……多分、嬉しかったんだ」

どっ、とひとつ、心臓が強く鳴った。胸に拳を打ち付けられたかのような衝撃だ。

動揺しすぎて手にはじわりと汗が滲《にじ》み、頬が熱くなる。おそらく、顔面どころか首まで赤くなっているだろう。

コガネはそんなクロの態度に気付いているのかいないのか……、いや、おそらく気付かないまま、懸命に話を続けている。

「でも、ツルバミくんがクロだってわかって。あの、恋人にして欲しいが本当のことなのかもわからなくなって。それでも多分、そういう意味で好きでいてくれるんだろうと信じていて……」

戸惑ったようなコガネの言葉に、少しだけ申し訳ない気持ちになる。あの時、ツルバミの皮を借りずに自分の言葉で伝えていれば、また違ったかもしれないのに、と。

「けど、結婚するって聞いたら……、その」

「聞いたら？」

途切れた言葉がもどかしくて、続きを催促する。と、コガネは何度か躊躇うように口を開いて、閉じて、そして諦めたように項垂《うなだ》れた。

「あぁ……理不尽に、こう、俺のことが好きだったんじゃないのかって、気持ちが湧いてきた」

それはつまり、と心の中でコガネの言葉を整理して、そして頭に血がのぼったような感覚に陥る。

それはつまり、それはつまり……。

と、項垂れていたコガネが、もぞ、と身を捩《よじ》った。その手もしっとりと汗ばんでいる。緊張からか、湖面の向こうから差してくる眩い夕焼けのせいか。わからない。わからないが、コガネの金色の髪も、頬も、シャツも……そのすべてが、赤く染まっている。

（あぁ……）

クロは、心の中で感嘆の声を漏らした。夕日色の毛を持つコガネが、その夕日の中に溶けそうな色合いに染まっている。

「悪い。ちょっと、放して欲しい」

「なんでですか」

何故か懸命にクロの腕を押す（しかし、まったく力が敵《かな》っておらず、動かせていない）コガネを見下ろして、クロは首を傾げる。

「あの、顔が、顔を……隠したい」

細く繊細な両手を顔の方に持っていって、コガネがどうにか顔を隠そうとしている。恥ずかしいのだろう、頬は薄らと赤く染まって、目は閉じてしまっている。

「頼む、顔を……」

隠させて、と消え入りそうな声で囁《ささや》くコガネが愛しくて、クロはどうにかなりそうだった。この世に、こんなにも可愛《かわい》くて美しい人がいるだろうか。

尻尾の毛が膨らむのを感じながら、クロは「嫌です」と、突っぱねた。そして、コガネの両手首を掴む。

「あ……」

「放せない。放せるわけない」

ぐ、ぐ、と腕を押し開いて、顔を見る。赤く染まった顔は、今にも泣き出しそうだ。いや、実際にほろりと涙がひと粒溢れた。頰を滑ったそれは、コガネとクロの手の上に落ちて弾《はじ》ける。

「クロ、頼む」

「俺からも、頼みたい」

放してと願われて、しかしクロはそれを拒否する。そして、逆に自身の願いをぶつけた。

「好きですっ」

思いの外大きくなってしまったその声は、夕暮れの湖畔に響き渡る。木立の中から、バサバサッと鳥が何羽と飛び立っていくのが見えた。

「好きです、好きです、好きなんですっ。もう何年もずっと、出会った時からずっと、ずぅっと……！」

あなただけを、と懇願するようにそう告げる。

……と、ぐぎ、と意地を張るように腕に力を込めていたコガネが「は」と漏らして、全身から力を抜いた。いや、抜いたというより抜けたという方が正しいのかもしれない。閉じていた目を見開いて、コガネがクロを見つめてきた。その目はしっとりと潤んでいる。

「コガネさん、結婚してください」

「ク……」

「してください。お願い、お願いです」

恥も外聞もなく、畳み掛けるように懸命に願う。と、コガネの赤い顔が、ますます赤くなった。

「い、意味を、わかってるのか」と言いながら、ゆるゆると首を振って。

「わかってますよ。愛してる、好き、大好き。恋人になりたい。コガネさんの、この唯一の人になりたい」

お願いします、としつこく懇願すると、コガネがたじろいだ。多分、まだ理解しきれていないのだろう。は、え、と漏らしながら困ったように眉根を下げている。

「本当は……ツルバミじゃなく、クロとして、あなたを愛してるんです」

コガネが、クロを見上げた。その腕からはすでに力が抜けており、クロが放すと膝の上に、ぽて、と落ちた。

「でも、俺は……」

「今さら、俺はクロに相応《ふさわ》しくないとか、子どもが産めないとか、言わないでくださいね」

先んじてそう言うと、コガネが「く」と下唇を噛んだ。どうやらまさしくそういったことを言おうと思っていたらしい。

「そんなこともう織り込み済みで結婚申し込んでますから。一切合切承知の上で、それでも……」

クロは、膝の上に落ちたコガネの手に手を重ねてもう一度持ち上げる。先ほど力尽《ず》くで開いた時と違う、優しい扱いで、その手の甲に口付けを落とす。

一生を誓うように、誠実に。

「それでも、俺が一生を添い遂げたいのは、コガネさんしかいないんです」

思えば。幼い頃から、将来誰かと暮らすとしたらコガネがいいと思っていた。結婚の制度を知った時に、男同士でも結婚ができると知って嬉しかったのは「これでコガネさんと一緒にいられる」と思ったからだ。

もしかすると養い親と子であることや、領主の身分のことももっと考慮しなければならないのかもしれない。が、クロに迷いはまったくなかった。最初からこうなることが決まっていたかのように、コガネと共に暮らす未来が見える。いや、それしか見えない。

コガネは、はく、と口をわななかせてから、困ったように閉じた。しかしその頬は赤いままで、目も……そこに浮かんだ色も明るい。それが夕日に照らされているからなのか、それとも彼の心持ち故のものなのか、はっきりとはわからない。

「あぁ。……あぁ」

コガネは言葉少なに二度頷いて、自分からクロの手を握りしめた。

そしてふと思いついたように、嬉しそうに笑う。

「俺も、クロしかいない」

その言葉はまるでそれ自体光り輝いているようにきらきらと煌《きら》めき、クロの胸の内に落ちてきた。

クロはコガネと繋いでいた手を放し、そして、その手でゆっくりとコガネの顔を挟む。

「ん？」

警戒心なんてまるでない、その滑らかな頬をもにもにと両側から揉《も》み込み、そのまま頭の方に持ち上げて、耳を触る。

「ん」

くにくにと親指と人差し指の腹で耳を挟んで揺らすと、コガネがくすぐったそうに笑った。その顔を見ると、何故だか……というか、どうしても、下腹部のあたりがもやもやと熱を持って。クロは何度も喉《のど》を上下させてから「あの」と声を絞り出した。

「恋人しかできないことをしてもいいですか？」

「ん？　あぁ」

わかっているのかいないのか、コガネが微笑みながら寛容に頷く。クロはどきどきと胸を高鳴らせながら、コガネの頭を優しく固定する。そして……。

「ん」

ちゅ、と軽い音を立てて、コガネの唇に口付けを落とす。力の抜けたコガネの唇はふにふにと柔らかくて、クロは驚いて目を見開く。そして、コガネが行儀良く目を閉じたままであることを確認してから、もう一度、二度、三度、ちゅ、ちゅ、ちゅ、と口付けを繰り返す。

角度を変えてさらに二度、そして薄く唇を開いてさらに一度。そこまですると、コガネが自身の手をクロの胸に押し付けてきた。おそらく、ぐ、と押しやって離れたいのだろう。それに気付いていながら、クロはそのまま押し切って、コガネの下唇をはむように二度口付けをした。

「うむ、ん？」

「嫌ですか？　変な感じ？」

これで違和感を感じてしまったら、恋人として関係を深めていくのは難しい……というより時間がかかってしまうかもしれない。が、コガネはどこかぼんやりとした表情を浮かべたまま「ん？」と首を傾げた。

「いや、……多分、気持ちがいい」

そのひと言で、クロは自身の下半身に血が集まるのがわかった。が、どうにかそれを耐えて「それは、よかったです」と柔らかく返す。いくらなんでも、こんな外で催すわけにはいかない。

クロは一応の知識として、男同士でどう体を繋げるかを知っている。そして、叶うことならコガネとそれを果たしたい。しかし、今すぐにその行為に傾《なだ》れ込《こ》むことは難しいだろうことも、ちゃんとわかっていた。

今日は、恋人として口付けを交わすことができただけでも満足だ。

「じゃあ、あの……そろそろ帰りましょうか」

表面だけはいい子のふりをして、クロは立ち上がりコガネに手を差し出す。

コガネはやはりどこかぽやぽやとした表情のまま「あぁ」と頷いた。そして、クロの手を取って立ち上がると、その身をクロの体に寄せてきた。

「………あ、の。コガネさん？」

そのまま、ぴたりと寄り添うように体を密着させられて、クロは嬉しさ半分戸惑いと興奮半分でコガネの名を呼んだ。が、コガネはどこか満足そうに鼻を鳴らすと、それをクロの肩口に擦り付けた。

「恋人なら、こんなことをしてもおかしくないんだな」

その言葉に、クロは「く」と息を呑《の》む。そしてやはりそれに気付かれないように「そうですね」とやたら冷静な声を返した。

「変な感じだ」

「……はい」

「だけど、悪い気はしない」

コガネは安心しきった顔でそう言うと、ゆったりとクロに体重を預けてきた。

「嬉しいな」

寄り添った体の下の方、コガネの尻尾がゆらゆらと揺れている。昔より格段に毛が減ってしまったが、それでも、クロにとっては艶々と美しいその尻尾が。ゆら、と揺れて、そっとクロの体に巻きついてくる。

（あぁ……）

知らず、涙が出そうになって、クロは慌てて顔を上向ける。今自分の腕の中には、コガネがいる。美しい彼の色に包まれたこの場所で、美しい彼を胸に抱いている。

この幸せを、なんと呼べばいいのだろう。

クロはおずおずと、コガネの背中に手を伸ばそうとした。……と、コガネが顔を上げる。

「わ」

コガネは笑っていた。泣き笑いのような顔だが、たしかにコガネは笑っていて、そしてその手をクロの頬へと伸ばしてきた。つられるように、クロもまたコガネの頬へと手を伸ばす。

日が沈みかけて、空の端が紺色に染まっていく。薄く暗くなっていく世界の中で、絶対に見失わないように。

（そういえば）

そういえば、目が見えない時はこうやって手でコガネの存在を確かめていた。コガネがそこにいると、手で、鼻で、耳で、全身で感じ取ろうとしていた。

「コガネさん」

「クロ」

コガネの柔い髪に、滑らかな頬に、手を絡める。大事なものは、幸せはここにあると、しっかりと手で触れて確かめるように。


二人触れ合って、抱き合って、時折頬に口付けを落として。そして「そろそろ戻ろうか」「はい」なんてやり取りをして、手を繋いで歩き出す。いつもはクロが先導することが多いが、今日は二人並んで歩く。

「暗い道を歩くの、俺も少し得意になったんだ」

「俺の方が、得意だと思いますよ」

お互いに目で見る力を失ったことがある者同士、笑えるのか笑えないのかわからない冗談を言い合いながら。

気恥ずかしそうで、しかしやはりどこか嬉しそうなコガネと手を繋ぎながら、クロは「可愛いな」とコガネを見下ろす。と、視線に気が付いたらしいコガネが「ん？」と首を傾げ、そしてクロの腕に自身の腕を絡めた。

「俺も、好きだよ、クロ」

そういえばちゃんと言っていなかったな、と、首を傾げて笑いながら。

（かっ……）

可愛い笑顔だなぁ……、としみじみと噛み締めて、クロはわずかに天を仰ぐ。こんなに愛しい人と、おそらくは今日もまたベッドを共にするのだろう。

（我慢、できるか？）

色んな経験を経たとはいえ、クロはまだ二十代に足をかけた若人だ。気持ちを通じ合った愛しい人と同じベッドに寝て何も……たとえば手を出さずに我慢できるだろうか。

昨日まで、コガネと同じベッドにいながら触れ合えない虚《むな》しさを感じて悩んでいたというのに。なのに、今はまた別の悩みが生じてしまった。

（これは、生殺し感が、凄いな）

腕や体に感じる温《ぬく》もりを意識しながら、クロは石のように固まったまま身動きが取れなくなる。

（とはいえ）

何にしてもきっと、昨日までの自分にしてみれば、贅沢《ぜいたく》な悩みだ。クロはやれやれと歳の割に妙に老成した溜め息を吐いてから、隣の恋人に倣ってゆったりと足を進めた。

後日談　2

コクの若き領主の結婚式は、身内だけで執り行うささやかなものとなりました。領主が派手好きではないということと、その伴侶《はんりょ》となる狐《きつね》獣人の体があまり丈夫ではないという理由らしいのですが……一般の民にそこいらの詳しい事情はわかりません。

ただ、領主はその伴侶のことをそれはもう心から愛しており、式の間も終始仲睦《なかむつ》まじい様子だったと……そんな噂《うわさ》がまことしやかに流れていました。それ以外にも、やれ、伴侶はかなりの歳上《としうえ》だ、儚《はかな》げな美人だ、実は子持ちの未亡人だ……なんていろんな噂が飛び交っていましたが、いずれも真偽のほどはわかりません。

何にしても、領主がかけがえのない伴侶を得たこと。それだけは、間違いのない事実でした。

＊

「ふ、はぁ」

結婚式の後。珍しく煌《きら》びやかな衣装に身を包まれて落ち着かないコガネは、そわそわと大広間を抜け出して外の空気を吸っていた。

(こんなにたくさんの人に「おめでとう」なんて言われるのは、生まれて初めてだ)

式とはいえ、招いたのは親族とごくごく親しい知人のみだ。慣例では領地をあげて盛大に祝うもの……らしいが、クロは「そんなことに金を使う必要はない」と主張し、自身の屋敷で行う極めて簡素な式の形を取ってくれた。どうもコガネが派手な式が苦手なことを見抜いているらしい節があった。

ありがたい気持ちと申し訳ない気持ち、そして頼もしい気持ち。コガネは、せめて式中にクロに恥をかかせないようにと自分の中にある社交性のすべてを振り絞って愛想を振りまいた。……まぁ、振りまくほどの愛想など元から持ち合わせていなかったので、笑顔を絶やさない、ということくらいしかできなかったが。

それでも、領主として、式の主役として堂々と振る舞うクロの姿を見るのは嬉《うれ》しかったし、皆に祝福されることによって「クロと伴侶になるんだ」という自覚がひしひしと湧いてきたのも事実だ。

(楽しかった、と言うとまた違うけど、充実した式だったな)

そんなことを思って、コガネは空を見上げる。抜けるように青い夏の空。燦々《さんさん》と眩《まぶ》しく降り注ぐ日差しを一身に浴びながら、コガネは「さて」と自身の太腿《ふともも》を叩《たた》いた。白を基調として金糸の刺繍《ししゅう》がふんだんにあしらわれたタキシードは、本当に自分に似合っているのか自信がないところではあるが……まぁ、質はとても良い。

ほどなく出席してくれた人たちを見送らねばならない時間だから、ゆっくりとしている暇はない。そろそろ戻るか、と踵《きびす》を返したその時……。

「コガネさん」

「え？」

聞き慣れない声が耳に届いた。コガネは驚いて振り返る。そこには一人の狼《おおかみ》獣人が立っていた。

「あぁ……、チトセくん」

「はい。チトセです」

にこやかに手を差し出されて、コガネもそれに応えて握手をする。

コガネに声をかけてきたのは、クロが王立学園に通っている当時親しくしていたという狼獣人のチトセだった。

黒い燕尾服《えんびふく》を優雅に着こなした彼は、警察官僚として日夜悪と戦っているらしい……。らしいというのは、彼が式の最中挨拶《あいさつ》に来た際に自分で言っていたからだ。「コガネさんお久しぶりです。悪と戦う正義の味方、チトセですよ」と。それに対するクロの「こんな時にまでふざけるな」という冷たくも親しげな返しから、彼が本当にクロと仲が良いことが見てとれた。大体人に本性を見せたがらないクロにしては、とても飾り気のない話し方だった。きっと、気の置けない友人なのだろう。

そんなチトセとは、実は以前会ったことがある。いや、コガネははっきり覚えていないのだが、スオウのことについて事情聴取された時、彼が話を聞いてくれたというのだ。コガネはまだ目が見えるようになってすぐのことだったので、チトセの顔まではは っきり覚えていなかった。だから今日「あの時お話しした警察です」と言われて、至極驚いてしまった。

「仕事の時はまぁまぁ真面目な顔してるのに、普段がこれですからね。気付けなくて当然です」

クロはそう言ってくれたが……、まぁ、たしかにその通りだった。

何にしても、チトセはとても感じのいい好青年だった。コガネにとっては、クロと親しくしてくれているという点でもう言うことなしだ。

「いつもクロがお世話になっています」と頭を下げると、「はい。お世話しています」と言われたのも楽しかった。おそらく、この気楽な態度をクロも好ましく思っているのだろう。

(けど、何故《なぜ》今ここに?)

話ならば、式の時にしたはずだ。どうして今コガネが一人になった時にわざわざ話しかけてくるのかわからず、コガネは内心首を傾《かし》げる。

……と、チトセはコガネの心を読んだかのように「やぁすみません。ちょっとだけ二人で話したくて」と笑った。

「二人で?」

「はい。クロには止められていたんですがね。うん、俺はコガネさんに話しておいた方がいいと思って」

チトセの言葉に、コガネは目を瞬かせる。

(話しておいた方がいいこと……)

およそ思い当たらない、と思っていると……ふと頭の中に閃《ひらめ》くものがあった。

「スオウ、先生のことか……?」

コガネの問いに、チトセがどこか気まずげに口端を持ち上げる。まるで「正解」だと言わんばかりのその仕草に、コガネは胸の前で手を握りしめて、息を詰めた。

二

若きコクの領主ことクロは、現在人生で一番とも言えるほどの緊張の瞬間を迎えていた。普段それほど緊張せず、精神的に強い……というより図太いクロにしてみたら珍しいほどに、緊張で手足まで冷たくなっていた。

そう、クロは「繊細そう」と評される端整な見た目と裏腹に、かなり図太い精神を持っている。若くして領主になってからというもの、肯定的な声をよく貰《もら》っていたが、同じくらい反発の声も向けられていた。が、はっきりいってそんなもの気にもならなかった。なにしろ目が見えないことや捨て子という事情のせいで、幼い頃から色んな人に侮られて生きてきたからだ。ちょっとやそっとの揶揄《からか》い等の悪意や野次程度では動揺すらしなくなってしまった。

しかしそれは生来の性格だけでなく、幼い頃から自分のことを何よりも肯定してくれるコガネという存在が側《そば》にいてくれたからだろう。彼が「クロはすごい、賢い、とてもいい子だ」と褒めてくれたからこそ、クロは自分を卑下することなく生きてこられた。

そんなクロが現在何に動揺しているかというと……、それは、今日まさに伴侶となったコガネのことに関してだ。

クロは今まさに、コガネと「初夜」を迎えようとしていた。それでもう、どうしようもないくらいに昂《たかぶ》り緊張しているのだ。

「コ、コガネさん」

「ん？」

今二人がいる場所は、いつもの寝室、いつものベッドの上だ。しかし、いつもと違うところがいくつかある。まず、二人の着ているものがいつもより少しだけ煌びやかだ。袖《そで》の部分がゆったりとした絹の寝巻きは、襟元が広くレースがあしらわれている。クロはその下にすっきりとした黒の下穿《したば》きを、コガネは特に下穿きはなく、その代わり裾《すそ》が長く、足首までしっかりと隠れている。これが婚礼の夜に着る伝統的な衣装だと言われれば、着ないわけにはいかない。コガネは「クロならまだしも、俺にこんな服は似合わない」と苦笑いしていたが、クロは内心「とてもよく似合っている」と思っていた。

また、部屋の中もところどころいつもと違う。たとえば部屋の隅で焚《た》かれた香がなんともいえない芳《かぐわ》しい香りを漂わせていたり、たとえばムーディな雰囲気を漂わせる灯りが灯《とも》されていたり。

脱がせやすい服、洒落《しゃれ》た照明に甘い香の匂い。いずれも「初夜」を盛り上げる小物たちだ。そう、婚礼の夜といえば初夜だ。昔は性行為が間違いなく行われたかを確かめる見届け人が同室したり、初夜の際に使用したシーツを次の日玄関先に掲げたりと何やらとんでもないしきたりがあったようだが、今はすっかり形骸《けいがい》化している。とりあえず夫婦が同衾《どうきん》すれば良し……という程度だ。

そう。クロとコガネは今日という善き日に無事婚姻関係を結ぶことと相成った。

二人の思いが通じ合ったのはおよそ三ヶ月前のこと。クロが結婚するかもしれないと誤解したコガネの発言をきっかけに、すったもんだありつつもようやく恋人としての関係を築き出した。

結婚については、特に大きく反対をされることなく周囲にも受け入れられた。というのも、そもそもクロがコガネに対して並々ならぬ執着を見せていたというのが大きい。領主の後継ぎ問題に関しては、クロが早々に血統による世襲を撤廃する政令を出していたことが幸いした。それを盾に「子どもを生《な》す義務はない」と押し通したのだ。もちろんギンススをはじめ反対者もいないではなかったが。それでもクロのあまりにも堅い意志を、誰も止めることはできなかった。

結婚式自体は、コガネが「あまり衆目に晒《さら》されるのは……」と言ったため、ロウをはじめとする一族の者とごく親しい知人だけを招待して、内々のうちに済ませた。

式の後、二人でクロの母の墓に参った。結婚の報告だ。クロは失った記憶……母と過ごしていた頃の記憶をまだ取り戻していない。本当は「クロ」ではなく「ツルバミ」という名前だったことも、なにも。

ロウの話を聞く限り、母は命をかけてクロを守ってくれたらしい。きっと、良き母だったのだろう。せめても思い出してあげたいが、こればかりはどうしようもない。

「失《な》くしたものは、また見つければいい。きっといつかは見つかる」

というのは、母の墓に参った後にコガネがぽつりと漏らした言葉だ。きっとコガネなりに、クロを励まそうとしてくれたのだろう。

式や墓参りを終え、湯浴みを済ませ、そしてようやく二人きりになった。

クロはもちろん初夜を迎えるつもりで。だからこそ心臓が破裂しそうなほど胸を高鳴らせているのだが……。

「クロ」

だがベッドの上に座ったコガネが、不意に、静かな声を出した。

「ちょっとだけ、いいか？」

「？　はい」

どういったことかとクロを見ると、ここに、と招かれるように彼の正面を柔《やわ》く叩かれる。クロは素直に腰を持ち上げ、そこに座る。

「先生のことなんだが」

「先生？」

今日の式に「先生」と呼ばれるような招待客はいただろうか。はて、と首を傾げるクロに、コガネは静かな口調で「スオウ先生だ」と告げた。

途端、自分でもはっきりと表情が失くなるのがわかった。初夜に浮かれていた頭から、すぅ、と熱が去っていく。目が据わって、口端が重くなる。

「……誰がそれを？」

問うと、コガネが「クロ、顔が怖いぞ」と言った。これはコガネだから言えるのだ。おそらくロウあたりなら何も言わずに逃げ出すだろうし、チトセなら「こわいって！」と首をすくめてやはり逃げ出しているはずだ。

「チトセくん」

「……あいつ、何を勝手なことをっ」

クロは怒りに任せて口悪くチトセを罵《ののし》る。そして、コガネの肩に手をのせた。

「何を言われたんですか？　何を知ったんですか？　あいつのことなんて考えもしないで欲しいです。だってあいつは、あいつは……」

耳と、尻尾《しっぽ》の毛が逆立つ。眦《まなじり》が吊《つ》り上がって、犬歯が剥《む》き出《だ》しになる。怒りで、悔しさと後悔で息が苦しくなる。……と、コガネが「チトセくんを怒らないでくれ」と声をあげた。

「彼は、俺……いや、クロのことを気にかけて、スオウ先生のことを教えてくれたんだ」

「……俺？」

それを聞いて、クロの眉間《みけん》にさらに皺《しわ》が寄る。自分のことなんてどうでもいい。スオウなんて、スオウのことなんて、コガネに思い出させたくもない。コガネの純粋な気持ちを利用して、利用し尽くして、コガネの心も体もめちゃくちゃにしてしまった、あの悪人なんて。

ふー……、ふー……、と荒い息を吐き口元を押さえるクロの背に、コガネの手が回る。

「……チトセくんの言うことは、本当だったんだな」

「なに？」

わけがわからず、コガネにまで荒い口調で問いかけてしまう。と、コガネがクロの頬に手を滑らせた。く、と持ち上げられて、正面に座るコガネの茶褐色の目と目が合う。

「クロが、スオウ先生への憎しみに、強く囚《とら》われてるって」

「俺が？　俺が……、あぁ、あぁそうですね」

そう。たしかにクロは囚われている。スオウへの憎しみに、怒りに、叶《かな》うことならこの手で八つ裂きにしてやりたいくらいに憎んでいるのだ。

今だって目の前が赤く染まりそうなほど憎くて仕方ないのに、なのに……。

「駄目だ」

ぱち、とコガネに頬を柔く叩かれる。その音と優しい痛みに、クロは瞬《まばた》きをする。三回、四回、五回目でようやくコガネの顔が像を結ぶ。

「コガネさん？」

「ありがとうな、クロ」

突然礼を言われて、クロは「え？」と間抜けに溢《こぼ》す。しかしコガネはそんなクロの戸惑いに気付いていながら「ありがとう」と繰り返す。

「俺のために怒ってくれてありがとう」

コガネはそう言って、クロの髪を指で梳《す》く。抱きしめて、撫《な》でて、梳く。いい子だね、と褒めるように。

「俺はいつも上手《うま》く怒れないから、助かる」

クロの見開いた目から、ほろ、と涙が溢《あふ》れた。怒りが、悲しみが、涙を溢させる。

「先生のことは、自業自得だって思ってるんだ」

「そんなわけ……っ」

静かな声でそんなことを言うコガネを否定しようとするも、コガネは確固たる意志を感じる口調で
「そうなんだよ」と繰り返す。

「あれについては、ちゃんと契約を交わした。クロも、契約書を見たんだろう？」

クロは言葉に詰まって、何も言えなくなる。

たしかに、スオウとコガネが交わした契約書は、スオウの研究所から出てきた。クロの手術費を肩代わりすること、クロの後見人になること。それを条件にコガネは薬の治験に体を貸すと。

「俺は俺の目的のために先生を利用して、先生も先生の目的のために俺を利用した」

自身の喉《のど》が「うぐ」と情けなく鳴るのを聞きながら、クロはコガネの背中に手を回す。

「あの人は多分、これまでもずっと苦しくて……多分、これから先も苦しみ続けると思う」

コガネは、スオウと三年近く一緒に過ごした。

理解したくはないが、きっと、互いにしか、コガネとスオウにしかわかりあえない何かがあるのだろう。それがやたらと憎たらしくて、悔しくて、そして羨《うらや》ましくて仕方ない。けれど、スオウになりたいとは思わない。絶対に、絶対に。

「薬が送られてきたって、聞いた」

ぽつ、とコガネが漏らす。チトセはそこまでコガネに話してしまったのだ。

「少しでも、人のために役立つならいいな、と思うよ」

クロは「なんでだっ」と叫びそうになってそれをどうにか耐える。握りしめた拳《こぶし》から血が滴りそうだ。どうして許せるのか、あんな、コガネがぼろぼろになった代償に生まれた薬なんか。

クロは、コガネがいまだ後遺症に苦しんでいるのを知っている。夜中に起きて苦しそうに咳《せき》をすることも、走りたくても走れないことも、寒い日には体が痛んでどうしようもないことも。全部知っていて、知っているからこそ、それを受け止めるコガネが痛ましくてたまらない。

「やだよ、コガネさんを苦しめる奴《やつ》は、みんな嫌だ。スオウも、村の奴らも、みんな、みんな……」

溢れた涙を拭《ぬぐ》うことなく、クロはコガネの肩口で首を振る。いやだ、いやだ、と。頑是ない子どものように。

「なんでコガネさんを苦しめて、平気で生きていけるんだ……っ」

どうして、と血を吐くように繰り返す。

どうしてみんな、平気な顔をしてコガネを利用して、苦しめて、そして生きていけるのだろう。叶うことなら、クロがそんな彼らを苦しめたい。コガネが傷ついたのと同じくらいの、いや、それ以上の傷痕《きずあと》を残してやりたい。

素晴らしい領主様なんて言われているが、結局クロの頭の中はこんなことを考えているのだ。もちろん、すべてというわけではない。領地の、そこに暮らす領民の幸せを願う気持ちもある。

だが頭の隅に、いつまでも消えない憎しみがあるのだ。今も赤々と燃え続ける憎しみの炎が。

「クロ、たしかに彼らは生きている」

しかしコガネは、穏やかにクロを呼んだ。いつもの優しいあの声で。

「けどな、クロ。俺も生きてるよ」

コガネの言葉に、クロの耳が跳ねる。二、三度ゆっくりと耳を跳ねさせてから、クロはくしゃくしゃになった顔を持ち上げる。

「色んなことがあったけど、今、幸せに生きてるよ」

クロが憎む彼らは生きていると、コガネは言う。

しかしコガネだって生きているのだと、コガネは言う。

「許せないことも、悲しいかったこともあるけれど、それ以上に今この瞬間が幸せでさ」

コガネの穏やかな顔は、嘘《うそ》をついているようには見えない。呆然《ぼうぜん》とその顔を見つめていると、コガネが親指でクロの目元を拭ってくれた。

「俺にとって大事なのは、今しかないよ」

クロといる今が大事だよ、それ以外はどうでもいいよ。

コガネはそう言って、優しく微笑《ほほえ》んだ。

（あぁ……）

クロの、怒りで固まっていた肩から力が抜ける。ゆる、と落とした肩を、コガネが撫でてくれた。そしてぽんぽんと柔く叩いて、また背中に手を回してくれる。

「俺と、クロ、二人で幸せになろうな」

それこそがクロの中の憎しみを失くす方法だと、コガネが教えてくれる。いや、本人が意識しているかどうかはわからないが、けれど本能で、クロが欲しかった言葉をくれる。

クロはコガネの頼りないほど細い背中に手を回す。

（あぁ、あぁ、どうか）

クロは泣き喚《わめ》きたい気持ちを堪《こら》えて、コガネを抱きしめる。不格好に、情けない猫背で、思い切り抱きしめる。

（これから先、この人の人生に、幸せなことしか起こりませんように）

いるかどうかもわからない神に祈りたくなるほど、切実に願う。そして、幸せになるのはコガネだけではいけない。クロは身勝手に捧《ささ》げられる幸せの歪《いびつ》さを知っていた。一方だけでは駄目なのだ。

（この人と、一緒に、幸せになれますように）

クロは心の底の底。一番柔らかく無防備な場所で祈る。たくさん苦しんだ分幸せにしてくれ、とは言わない。ささやかでいい、たくさんはいらない。けれど穏やかな幸せが、細く永く、続いていきますように、と。

＊

結局二人して泣いてしまって。クロは「格好がつかないな」と恥ずかしい思いでぼやきながら、それでもコガネの濡《ぬ》れた頬に、同じく濡れた唇を何度も押し付けた。

そして二人で笑い合って、ベッドの上で寝転んだり起き上がったりして、夜更けの頃にようやく……ようやくそういった雰囲気になった。

「どうしたら、いい？」

不安そうにそう言うコガネに対し、クロは極力落ち着いた風を装いながら、服を脱がせた。

コガネは「灯りを消して欲しい」と恥じ入った様子で伝えてきたが、クロは「つけていたら駄目ですか？」とねだってみた。

「俺は、コガネさんを見ていたい」

そう言うと、コガネは少しだけ視線を揺らしてから「わかった」と頷《うなず》いた。普段であればクロの方がコガネの言うことを聞くのに、これではいつもと反対だ。「素直に自分の言うことを聞くコガネ」を目の前にして、クロはくらくらと目が眩《くら》んだ。背徳的な喜びが胸に溢れ、下腹部に熱が溜《た》まる。

（駄目だ、落ち着け）

クロは軽く首を振ってから、改めてコガネに手を伸ばした。

服を脱がせたコガネの体は、成長途中の若木のようでもあり、すっかり熟した果実のようにも見えた。おそらく、一度しっかりと筋肉が落ちてしまったせいだろう。細くしなやかなのに、どことなく柔らかそうな肉ものっている。

「あ……」

何か言おうと思うのだが、どうしても言葉が出てこない。綺麗《きれい》だ、なんて今さら言ってもいいのだろうか。何を言っているんだと変な顔をされないだろうか。

もやもやと悩んでいると、コガネがどこか申し訳なさそうに首を傾けた。

「無理だと思ったら、いつでも言ってくれ」

コガネの白い肌の上、灯りによってできた影がゆらゆらと揺らめく。その揺れが妙に艶《あで》やかで、クロは生唾《なまつば》を飲み下す。そしてコガネの発言の意味を考えるに至り「ん？」と低い声を出した。

「無理、ってどういうことですか」

「だって、俺の体だ。魅力も何もないし、そういう欲も湧かないだろう」

そう言って、コガネは恥ずかしそうに胸元に手をやり、厚みの薄い太腿を擦り寄せる。恥じらうその仕草に、クロがどれほど翻弄《ほんろう》されているか、わかっていないのだ。

「十分すぎるくらい、魅力的です」

クロが正直に、言葉に力を込めてそう断言すると、コガネは「そうか」と顔を俯《うつむ》けながら自嘲《じちょう》するように笑った。明らかに信じていない。

クロはその胸元の手を掴《つか》んで、ぐい、と優しく……しかし力強く引っ張る。と、コガネは「あ」とか細い声を出してベッドに倒れ込んだ。その背に手を回しコガネが痛い思いをしないように受け止めながら、クロは真剣な目を彼に向ける。

「俺は、もうずっと前からコガネさんが好きです。欲が湧かないどころか、欲まみれです」

「欲、まみれ……？」

「はい」

仰向《あおむ》けに自分を見上げてくるコガネの、その無垢《むく》な表情が愛《いと》しくて。クロはわざとらしく、見せつけるように、手をその体に下ろした。

「ん」

くすぐったそうな吐息を漏らして、コガネがわずかに身を捩《よじ》る。クロはその首筋に指を当て、するすると撫でるように下ろした。

「細い首筋も、白い肌も」

「ん、ん」

鎖骨を撫でて、胸元へ辿《たど》り着《つ》く。色素の薄い乳首はとても小ぶりで、その存在をまったく主張していない。そこにあることさえ、本人は意識していないのだろう。

クロはゆっくりとそこに指で触れて、コガネにその存在を教える。

「ん、あ」

あえかなコガネの吐息が、クロの神経をじりじりと刺激する。日頃図太いと評されるそれは、コガネの吐息ひとつで焼き切れそうだ。

「小さな胸も、薄い腹も」

くに、と何度か乳首を押した指を、今度は腹の方へと下ろしていく。全体的に肉付きが薄いが、腹は特にそうだ。筋肉も、余分な肉もないそこをするすると撫でると、コガネはくすぐったそうに「ん、ひ」と目を閉じて笑った。その仕草が、どれほどクロの雄を煽《あお》っているのか、きっとコガネは知らない。

剥き出しの脚にも、自身の脚を絡める。すらりと細く長い脚もまた、コガネの魅力のひとつだ。

「全身、どこもかしこも魅力的だ」

ひくひくと震える腹のその中心、臍《へそ》を指でくすぐる。「あ、ふ、ふ」と今度こそ笑い声を漏らすコガネを見下ろし、そのまま薄い下生えに手を伸ばす。

するとそこでようやく、コガネが閉じていた瞼《まぶた》を持ち上げた。

「クロ……」

黄金色の毛は薄く、ほとんど肌が透けて見えている。クロはさわさわとそれを撫でて、鼠蹊部《そけいぶ》をすうっと指で辿る。

「クロ、あ、……あっ？」

ぞくっ、という音が伝わってきそうな体の跳ね方だった。不思議そうな顔をしたコガネは、困ったようにクロを見上げてきた。

「ん、くすぐったい」

無垢な子どものような言葉に、クロは「ぐぅ」と呻《うめ》きたくなる。そのまま慎ましく収まっている陰茎に手を伸ばす。他の部位と同じく色素の薄いそれは、自分の持っているそれより綺麗に見える。

優しく手のひらで包んで、二、三度上下に擦《こす》る。と、わずかにむくむくと頭をもたげる。

「や、ちょ、クロ……」

困ったような声を出したコガネは、股間《こかん》を隠すように太腿を擦り寄せる。が、クロはその脚の間に無理矢理自身の体を捩《ね》じ込《こ》ませて、それを思い切り開かせた。

「こら、あ……」

「コガネさん、コガネさん」

できるだけ優しく陰茎を扱《しご》く、と、コガネの顔はみるみる赤くなって、比例するように陰茎に芯《しん》が通い固くなる。コガネは恥ずかしいのか、極力そちらを見ないように顔を背けている。それでも「ん」「あ」という声は隠せないし、陰茎もしっかりと勃《た》ち上がり、ちゃんと快楽を拾っていることを教えてくれる。

「コガネさんにも、性欲ってあるんですね」

半ば感動的な気持ちでそう呟《つぶや》くと、コガネは「は、はぁ？」と戸惑ったような声をあげた。

「そりゃ、あるさ……人並みには」

おそらく、コガネの思う人並みとは一般的なそれよりだいぶ低い気がする。が、とにかくまったくないということはないようだ。少しだけほっとしながら、ふと、気になっていたことを問うてみる。

「一緒に暮らしてる頃、そういうことしてませんでしたよね？　恋人もいなかったし。処理とか、どうしてたんですか？」

二人で暮らしている頃、コガネに恋人はいなかった。ほとんど、四六時中一緒にいたが、コガネが一人で性欲を発散している気配を感じたこともない。

するとコガネは、顔を赤くして「いや……」と言葉を濁した。しかしそれでもジッと見つめ続けると、もにょ、と口を開く。コガネは昔から、クロのおねだりに弱いのだ。

「あの頃は、たまに……本当にたまに、クロが寝た後に、一人で……」

それを聞いただけで、自分の尻尾の毛がぶわりと膨らんだのがわかった。クロはだんだんと収めるのがきつくなってきた下穿きの股間部を見下ろし「そう、だったんですね」と当たり障りのない返事をする。

あの頃、クロの寝る横で自身の陰茎を慰めるコガネがいたのだ。音を立てないように静かに自慰行為をするコガネが。

「いっ……つぅ」

「クロ？」

想像しただけで、どうにもたまらない気持ちがぶわっと込み上げて、下半身に直結する。急激に血液が流れたからか、陰茎が、痛いほどに張り詰めているのがわかった。心配そうな声を出すコガネに「なんでもないです」と言いながら、クロは自身の服に手をかける。

上着を脱ぎ、下穿きも脚を使って雑に脱ぎ捨てる。と、コガネが不思議そうにクロの下半身を見やった。

「もう、勃ってるな」

「コガネさんに触れたからですよ」

そう言うと、コガネがきょとんとした表情を浮かべた。まるで「思いがけないことを言われた」とでもいうように。そして、柔らかく表情を緩める。

「本当に、そういう意味で俺のことが好きなんだな」

どこかほっとしたようなその顔を見て、クロは、ようやくコガネが信用してくれたことを知る。

「好きですよ」

自信を持ってそう言い切ると、コガネは「うん」と鷹揚《おうよう》に頷いてくれた。そして、どこか気まずそうに視線を逸《そ》らす。

「俺は、正直……ごめん、まだよくわからないんだ」

それは、なんとなくわかっていた。コガネの「好き」は恋愛的な要素が薄い。もしかすると、家族愛という言葉の方がしっくりくるのかもしれない。

クロは「そうですか」と頷いた。コガネの心はコガネだけのもので、クロがどうにかできるものではないからだ。コガネはそうとわかっていて、それでもクロの気持ちを受け止め、向き合ってくれている。

それで十分じゃないか、と内心で納得したところで、コガネが「でも」と言葉を続けた。

「でも、こういうことをしたいと、してもいいと思うのは、クロ以外いないと思う」

クロは目を見開いて、コガネの顔を見つめた。

「多分、俺のすべての愛は、クロに向いているから」

コガネの、茶褐色の瞳《ひとみ》がクロを見つめている。優しく、柔く、愛おしげに。

「俺の愛は、全部、クロだけのものだ」

なんて熱烈な愛の言葉だろうか。クロは驚いて声を失い、そしてその内容の苛烈《かれつ》さにぶるりと全身を震わせる。

多分、クロの愛とコガネの愛は、形が違う。それでも、その愛が重なると不思議としっくりくる。同じ形でなくとも、同じ温度でなくとも、互いが互いを唯一無二だと思っている。

「コガネさん……っ」

どうにもたまらなくなって、クロはコガネを抱きしめた。剥き出しの肌が触れ合って、互いの心臓の音が聞こえた。

どっ、どっ、と鼓動が跳ねているのがわかる。

「大好きだ、クロ。大切なんだ。クロが、クロだけが」

クロはゆっくりと目を閉じた。

目の見えないあの頃、クロは視覚以外のそれでコガネに対して愛を覚えた。抱きしめられた時の首筋の匂い、幼い口付けのその甘さ、「クロ、俺の黒猫」と呼ぶ優しい声、柔らかな尻尾の手触り。コガネが発するそのすべてが、クロを魅了した。

目を開くと、自分を見つめるコガネが見える。吊り上がり気味の目、ツンと上向いた細い鼻に薄い唇、黄金色の髪、毛。それらすべてが、クロを向いている。

「……コガネさん」

クロはゆっくりとコガネの片脚を持ち上げる。彼の体の負担にならないように。

「触ってもいいですか？」

そう問いかけると、コガネがどこか面白そうに「ふ、ふ」と笑った。

「俺の体に、クロが触れちゃいけない場所なんてない」

その言葉に、全身の毛が逆立つのがわかった。

それでもクロは、自分にできる限りなんてことない顔をして「ありがとうございます」とコガネの頬に口付ける。

「余裕があったら、俺のことも触ってくださいね。俺も……全身、全部、コガネさんのものなので」

そう言うと、コガネが嬉しそうに「あぁ」と頷いてくれた。互いが、互いを好きにしていいと自身を明け渡す。なんと不健全で、そして、なんと幸福なことだろうか。

クロはコガネを、コガネはクロを、まるで「自分のものだ」というように抱きしめた。

「んっ……あっ」

「痛く、ないですか？」

クロの三本の指は、きゅう、と痛いほどコガネの尻穴《しり》の肉に締め付けられていた。香油を垂らしているので痛くはなさそうだが、やはりどうしても慣れが足りない。

うつ伏せになって腰を上げているコガネの、その尻。少し毛の薄い尻尾は、先ほどからふさふさと左右に揺れたり、ぴんと立ち上がったり、動きが忙《せわ》しない。コガネの動揺を表しているのだろう。今もまた、尻尾がふるふると小刻みに震えている。

「一旦《いったん》、抜きますね」

クロは頭が痛みそうなほどの欲に抗《あらが》いながら、どうにかコガネの穴から指を引き抜いた。ちゅぽ、と淫靡《いんび》な音を立てて出てきたその手を、じ、と見つめる。香油に濡れたそれは今までコガネの体内にあったのだと思うと、どうにもたまらない気持ちになった。

「クロ？　……もう、挿《い》れるか？」

はぁ、と荒い息を吐くコガネのその額には、薄《うっす》らと汗が浮いている。灯りに照らされて艶々《つやつや》と光るそれを見ながら、クロは情けなく眉尻《まゆじり》を下げた。

男性同士の性行為の挿入は、尻穴を使う。

そのことを、初夜より以前……恋人となってすぐの頃にコガネに伝えたところ、コガネは「なら、俺が受け入れる側になりたい」と申し出てきた。クロはどちらかというと挿入したい欲があったので、二人の希望が合致したことに喜んだ……のだが、どうやらコガネは「挿入されたい」というより「挿入される方が負担だろうから、自分がそれを負いたい」と思っているであろうことが察せられた。コガネにとってクロはいつまで経《た》っても庇護《ひご》すべき対象なのだ。

ならばせめて気持ちよくしてやりたいと、クロは今日、持てる知識をもって精一杯コガネに気持ちよくなってもらおうと思っていた。が、それがまた中々難しい。

コガネの体はクロの体より細く、薄い。尻の肉付きもそんなによくなく、どう見てもクロの……それなりの大きさがある陰茎を飲み込めるようには見えない。

今も、指で尻穴を解《ほぐ》していたのだが、やはりどうしても狭さがある。

(これは、何回か段階を踏んで解した方がいいかもな)

クロはそう思い至って、うつ伏せになったコガネに「あの」と切り出した。

「今日は、お互いの体に触れるくらいにしておきましょうか」

そう言うと、コガネは驚いたように顔を上げ、ついでゆっくりと体を起こした。

「何故?」

ベッドの上に座ったクロに向き合うように座って、コガネが首を傾げる。

「いや、その……コガネさんの体に負担をかけたくないからです」

嘘をつこうかと思ったが、コガネに茶褐色の目でじっと見つめられるとそれも叶わない。コガネの真《ま》っ直《す》ぐな目に、クロは特別弱いのだ。

「負担じゃない。大丈夫だ」

クロの言葉を聞いたコガネは、自身の胸に手を当ててそう言った。

「今夜は初夜だろう？」

「そうですけど。無理して進める必要もないですよ」

どうやらコガネは、やめるという選択肢を持っていなかったようだ。驚いた顔をして、そしてその顔を下向ける。

「でも、クロ……勃っているじゃないか」

それ、と示されたのは、片膝《かたひざ》を立てて座った自身の股間だ。その中心では、陰茎が「天をも貫かん」という勢いで勃ち上がっていた。

「そりゃあ、コガネさんを見たり触れたりしたら、勃起《ぼっき》しますよ」

格好悪いとはわかっていたが、クロは正直に伝える。

何年も恋焦がれてきた存在であるコガネが、肌を晒し、体を差し出し、大事な箇所に触れさせてくれているのだ。肌はしっとりと艶やかだし、尻穴は薄く色付いて思いがけず色っぽいし、はっきり言ってもう……どうしようもなく興奮してしまうのだ。

今さら、コガネの前で取り繕ってもしょうがないので素直にそう伝える。と、コガネはおよそそういった欲を向けられているとは思えない無垢さで「そうなのか」と頷いた。どこか恥いるように頬を染めているのがまたたまらない。

今すぐにでも押し倒したい気持ちを無理矢理押し込めて、クロは緩く首を振る。

「でも、コガネさんを傷つけたいわけじゃないので。我慢くらいできます」

「……嫌だ」

「え？」

小さく否定の言葉を漏らしたコガネが、クロの肩に手を回してきた。そして、脚を回してクロの上に跨《またが》ってくる。

「ちょ、コガネさん？」

「今日、挿れたい。最後までしたい」

コガネらしからぬ頑《かたく》なな物言いに戸惑っているうちに、クロの陰茎に後ろ手を添えたコガネが、ゆっくりと腰を下ろしてきた。

「んっ、……んんっ」

尻穴に、ぴと、と先端が当たったかと思うと、それはあっという間に柔らかな媚肉《びにく》に包まれる。

「ちょっ、コガネさん……っ！」

「ぐっ、うぅ」

先端の、えらが張った部分を飲み込まれて、クロは「はっ、はっ！」と荒い息を溢しながらどうにか耐える。耐えなければ、三秒と保《も》たずに精を吐き出してしまいそうだった。

「待って、待ってください」

コガネの腰を両側からガシッと掴んで動きを止める。が、コガネはそれをくねくねと揺らして「嫌だ、やっ」と逃れようとするから、どうしようもない。一瞬その淫蕩《いんとう》な動きに目を奪われて、クロはハッと首を振った。

「コガネさんっ、怪我《けが》したらどうするんですか」

痛い思いをさせたくない、という一心で、少しきつめの声をあげる。と、コガネはクロの肩に回した手をびくっと跳ねさせた。尻尾も、そして頭の上の耳も、同じように跳ねている。そしてそれはすぐに、しょぼ、と勢いなくしなだれていった。

「……だって、クロと、繋《つな》がりたいんだ」

「コガネさん」

「クロは俺を気遣ってくれているのに、浅ましくて、ごめんな」

クロは、コガネに性欲なんてないのだと思っていた。だが、コガネだって普通の獣人で、男で、性欲だってたしかにあるのだ。こうやって頬を染めて、目に涙すら溜めながら「したかった」と言うくらいには、ちゃんと。

カッ、と頭の中が焼き切れそうなほどの興奮を覚えて、クロは思わずコガネの腰を掴んでいた手に力を込めてしまう。

「クロ、……あっ」

興奮は下半身にもしっかりと直結していた。陰茎の先端を体内に受け入れていたコガネにもそれは伝わったらしく、彼は目を見開いて、じわりと目元を赤くした。

「あ、あ、大きく……」

「すみません、コガネさん」

欲が剥き出しな自分が恥ずかしくて、苦々しい思いで謝る。きっと、クロの頬もコガネに負けないくらい赤くなっていることだろう。

「謝るな」

そんなクロの頭を、コガネがよしよしと撫でてきた。

髪を梳き、耳をくにくにと揉《も》むように撫で、そして額に口付けを落としてくる。

「やっぱり、今夜繋がろう」

な、クロ。と、額に、ちゅ、ちゅ、と何度も唇を押し付けられながら促されて。世界で一番愛している人に、何年も何年も劣情を抱いていた人に、そんなことをされて。耐えられるはずがないのだ。

「……っ、無理はさせませんから」

それでもどうにか最後の理性を総動員して、クロは食いしばった歯の隙間から唸《うな》るように溢す。

と、コガネは素直に頷いて、そして口付けをねだるように、首を傾けて「ん」と唇を差し出してきた。……それが、合図だった。

「コガネさんっ、っ、コガネさん……っ」

「あっ、あぁっ」

腰を持ち上げて、ぐっ、と尻穴を突く。狭いそこにいっぺんにクロの陰茎を打ち込むなんて無理で、ようやく先端をすべて押し込めた程度で、止まる。

「あ、クロ、あ、あ」

全部を飲み込んではいないが、コガネの中で擦れる感触が心地良すぎて、それだけで射精しそうになる。が、それをどうにか堪えて、クロは優しく腰を揺すった。

「ん、あ、うぅ」

コガネの方も少しずつ快感を拾っているらしく、目を細めて「あ、あ」と途切れることなく喘《あえ》いでいる。陰茎は萎《な》えることなく揺れており、それを見るだけでクロの欲が一段と膨らんだ。

「コガネさん、コガネさん、……っコガネさん」

本当は、もっと違うことも言いたいのに、口をついて出るのはコガネの名前だけだ。気持ちいいか、きつくないか、どこが良いのか、確かめたいのに。

(人と、体を繋げるって、こんなに)

あまりの快楽に目を閉じる、と、コガネの肌の匂いが、立ちのぼるほのかな汗の匂いが、鼻を刺激してくる。細い腰を手で撫でて、背中に回して力を込める。と、コガネの体重がグッと全身にかかってきた。どうやら、自身を膝《ひざ》で支えることができなくなったらしい。そのせいでさらに深いところまでクロの陰茎が挿さる。先端が中程に至り、そしてゆっくりと進み……。

「あ、全部、っ……」

尻肉がクロの太腿に触れたことで、自身の尻穴がクロの陰茎をすべて飲み込んだことに気付いたのだろう。はく、と唇をわななかせたコガネが全身を震わせた。

「全部、はいっ、たぁ」

その声を聞いて、クロはもうどうにも我慢できなくなった。腰の力を存分に使い、ぐっ、ぐっ、とそれを前後させる。

ひぁ、とか細い声を漏らして、コガネがクロにしがみついてきた。なすすべなく、クロの腰が揺れ

るのと同じように揺さぶられて。

「クロ、あぁ、クロ……っ」

コガネのあえかな声が耳を刺激してくる。クロは、ぶるっと全身を震わせてから、その厚い体でコガネを抱き込んだ。

「コガネさんっ」

互いに、互いの名前しか呼べない。この世に、こんなにも気持ちいい行為があることを、クロは知らなかった。

「クロ、クロ……気持ちいいな、クロ」

「……っつ！」

艶《なま》めいた声で、そんな、あやすようなことを言われて。クロはたまらずコガネを抱きしめる。抱きしめても抱きしめても、まだ足りない。と、そんなことを思いながら。

そして、コガネが「あっ、あぁっ」とか細い悲鳴をあげながら吐精したのを確認して、自分もまた、コガネの中に注ぐように精を放った。

この世のものとは思えないほどの心地良さと、疲労感。そして、コガネに「クロ、クロ」と名前を呼ばれながら抱きしめられる安息感。クロは、は、は、と短い呼吸を繰り返してから、コガネと同じように彼を抱きしめ返した。

「気持ちよかったです、コガネさん」

そう告げると、コガネが嬉しそうに「そうか、よかった」と笑った。きっと受け入れる側のコガネは、気持ちいいばかりではなかっただろう。それでも「よかった」と言ってくれるコガネの優しさが、嬉しくて、そして少し切ない。

クロはコガネを膝の上に抱えたまま、何度も、何度も、その肩や鎖骨や、そして唇に、口付けを落とした。

(抱けば、少しはこの気持ちも落ち着くと思ったのに)

そんなことはまったくなかったと、今まさに実感しながら、クロはコガネに触れる。コガネのすべてが、愛しくて愛しくてたまらなかった。

＊

「大丈夫ですか?」

「大丈夫だ。クロは心配性だな」

行為後のベッドの上。横たわったコガネの、その前髪を手で梳きながら問いかける。と、コガネがくすくすと笑う。クロは、む、と眉根を寄せる。

「いや、いや。さっきまで顔面真っ白になっていたじゃないですか」

そう。コガネはつい先ほど……行為が終わってすぐに、ぐったりと倒れ込んでしまった。慌てて医者を呼ぼうとするクロに「大丈夫だから、医者は呼ばないでくれ」と頼みこんで。とりあえず清潔な布で体を清めて、寝巻きを着せ、水を飲ませて……今ようやく人心地ついたところである。先ほどまで紙のように真っ白な顔色をしていたのだから、心配して当然だろう。

「朝になっても調子が戻らないようだったら、医者を呼びますよ」

コガネは柔らかな枕に頭を埋《うず》めて目を閉じたまま、わかったわかった、と笑った。

穏やかな表情のコガネを見ているだけでたまらない気持ちになって、クロはその頬に唇を押し付ける。

「クロ？」

「俺ばっかり気持ちよくなって、ごめんなさい」

先ほどから考えていたことを口に出してみる。と、コガネが薄らと目を開いて、隣に横たわるクロに顔を向けてきた。

「馬鹿。俺も気持ちよかったよ」

「でも、苦しかったでしょう」

そもそも、受け入れる器官ではない場所を使うのだ。そりゃあ苦しいだろうし、体に負担もかかる。

しかし、コガネは緩く口端を持ち上げて「いいや」と溢した。

「クロとすることで、苦しいことなんかひとつもない」

宝石のように美しい、向こうが透けて見えそうな茶褐色の瞳。そこには一片の嘘すら見えない。きっと、本当に心からそう思ってくれているのだろう。

急に、ぐ、と胸が詰まって、クロは唇を引き結ぶ。

（コガネさんの優しさは……）

この途方もない優しさは、いったいどこから生まれ出るのだろう。クロは、自身のコガネに対する愛は際限ないと思っていた。誰にも負けないだろうと思っていた。……が、唯一、コガネの愛には勝ることがないかもしれない、と気付く。

クロの身勝手で途方もない愛情さえ、コガネはさらに大きな愛でもって包み込んでしまう。大丈夫だと、愛されているんだと、信じさせてくれる。

初夜を終えて、幸せでたまらないはずなのに。なのに、何故だか少しだけ泣きたい気持ちになる。

「クロ、おいで」

もう腕も動かせないほど疲れているのだろう。だがそれでも、コガネはクロを呼んでくれた。クロは自ら布団を持ち上げて、コガネのすぐ隣に滑り込む。

「不安になったのか？」

コガネは、クロの表情や小さな仕草、変化だけで、驚くほど正確に気持ちを察してくれる。

「大丈夫。明日にはよくなってる」

な、と言われて、クロは「はい」と返すことしかできない。本当の切なさの理由は告げずに、コガネの体を包むように腕を回しながら。

「今度、また、一緒に気持ちよくなろうな」

それは、コガネなりの精一杯の誘いなのだろう。「一緒に」と言ってくれるところが実に彼らしく、クロは喉を鳴らすように笑った。

「はい、一緒に」

そう。まだ二人には未来があるのだ。次の行為の約束だってできる。その時にはコガネを気持ちよくするだけ気持ちよくして、事後にぐったりなんてさせないようにしよう。

（未来が、あるから）

今はまだコガネの愛に包まれるばかりだが、いつか、自身の愛でコガネを包み込みたい。揺るがないほど大きく、厚い愛情に包まれる安心感を、コガネにも教えてあげたい。

「コガネさん、大好きですよ」

柔らかな金髪に鼻先を埋めるようにして、こそ、と呟く。くすぐったかったのだろう、コガネの耳がはたはたと震えて、クロの頬を弾《はじ》いた。

「俺も、愛してるよ。俺の黒猫」

今にも消えてしまいそうな、うとうとと眠たげな声。それを聞きながら、クロは目を閉じた。

肌の匂い、温かな体温、甘い唇、微《かす》かな寝息。そのすべてが、クロを優しい気持ちにさせてくれる。

（コガネさん。俺の、黄金の狐）

窓の外はまだ暗いが、ひと眠りして夜が明ければまた空に日が昇る。窓からは黄金の朝日が降り注ぐ。

昔、コガネは自身の尻尾の色を「夕日みたいな色」だと教えてくれた。実際にその色を見て、クロは「たしかに、夕日だ」と思った。温かくて、そしてどこか寂しい黄金色。だがもうひとつ、彼の色に似ていると思ったものがある。朝日だ。

ゆらゆらと立ち昇る朝日は時折、驚くほど赤い色を見せて、そして黄金色へと変わっていく。その一瞬の変化の瞬間を、クロはいつも「コガネさんの色だ」と思っていた。

夕日は黄金、そして、朝日も黄金。その間には、黒い夜が挟まっている。黒は、夜はクロの色だ。

(繋がっている)

コガネが、沈む夕日でも昇る朝日でも、どちらともクロと繋がっている。きっと、繋がっているのだ。

クロはそんなことを考えて、寝息をたてるコガネを柔く抱きしめる。自分たちもまた、繋がっていられたらいいなと願いながら。

そして二人は、穏やかな眠りについた。

黒い夜が明けて、黄金の朝日を迎えるまで。

あとがき

初めまして。伊達《だて》きよと申します。この度は『黒猫の黄金《おうごん》、狐《きつね》の夜』をお手に取ってくださり、ありがとうございます。

今作は「献身」をテーマに書いた作品になります。

父の借金を返すことに人生のほとんどを捧《ささ》げてきたコガネと、そんなコガネに拾われて育てられることになった記憶喪失のクロ。なにも持たない二人が、互いを支えに生きていく物語です。

相手のために尽くす献身は、上手《うま》くいくこともあれば、まったく無駄になってしまうこともあると思います。心から感謝されることもあれば、悲しまれ、恨まれることも。いくつもの過程、いくつもの結果があるであろう中のひとつのお話を、今作では書かせていただきました。

私は決して物語の中の登場人物の選択が間違いなく正しい、と思いながら書いているわけではありません。彼らは時に、明らかに愚かな選択をしたり、周りから見れば笑ってしまうほど滑稽な行動を取ることもあります。

ただ、その行為や選択も、彼らにとっては精一杯悩み抜き、自分が選べるすべての中からようやく選び取ったものです。今作は、そんなコガネやクロの様々な選択を見守るような気持ちで物語を綴《つづ》ってきました。皆様にも、彼らの選択を最後まで見守っていただけましたら幸いです。

物語はここで終わりとなりますが、登場人物達の人生はこれからも続いていきます。

コガネはようやく人に与えるばかりではない、自身の幸せについて考えるようになって、文字を学び本を読み、自分のために刺繍《ししゅう》をするようになるのだと思います。夜は、コクの若き領主である伴侶《はんりょ》クロと、穏やかに言葉を交わし、愛を交わしながら。

それでもやはり時々、誰かの幸せを願い黄金の毛を使って刺繍をして、クロに「もう、コガネさん」と怒られたりもするかもしれません。ただきっとそのうち、コガネの尻尾の毛は昔よりももっと豊かになるのだと思います。そんなコガネの毛を、クロはこの上なく幸せな気持ちで撫《な》でているかもしれません。手首につけた美しい音のする鈴を鳴らしながら、穏やかに、穏やかに。

それぞれが、それぞれの場所で生きていきます。そんな彼等《ら》の未来に、ほんの少しでも思いを馳《は》せていただけましたら、嬉《うれ》しい限りです。


最後になりましたが、どんな時も的確なアドバイスをくださった優しい担当様（いつも本当にありがとうございます）、そして物語の世界をイラストによって豊かに広げてくださったyoco先生、校正、印刷、営業の各担当様方、この本の作製に携わってくださった全ての方、そして、数ある作品の中から、本作を手に取り、このあとがきまで読んでくださっているあなた様に、心からの感謝とお礼を申し上げます。

またいつか、どこかでお会いできましたら幸いです。

伊達　きよ

Ruby collection

黒猫《くろねこ》の黄金《おうごん》、狐《きつね》の夜《よる》

2024年6月1日　初版発行

著者　伊達 きよ
©Kiyo Date 2024

発行者　山下直久

発行　株式会社KADOKAWA
〒102-8177
東京都千代田区富士見2-13-3
電話：0570-002-301（ナビダイヤル）
https://www.kadokawa.co.jp/

印刷所　株式会社暁印刷

製本所　本間製本株式会社

デザインフォーマット　内川たくや（UCHIKAWADESIGN Inc.）

イラスト　yoco

本書は書き下ろしです。

●お問い合わせ
https://www.kadokawa.co.jp/（「商品お問い合わせ」へお進みください）
※内容によっては、お答えできない場合があります。
※サポートは日本国内のみとさせていただきます。
※Japanese text only

ISBN 978-4-04-114989-8　C0093　Printed in Japan